我们每个人，都有一些茧。撕碎这茧，没有外力和机械可供支援。只有靠自己的心和爪。

梁晓声

2022，北京

你知道你的茧

毕淑敏——著

时代文艺出版社
SHIDAI WENYI CHUBANSHE

图书在版编目（CIP）数据

你知道你的茧 / 毕淑敏著. -- 长春 : 时代文艺出版社, 2022.9（2024.11重印）
ISBN 978-7-5387-7015-5

Ⅰ. ①你… Ⅱ. ①毕… Ⅲ. ①散文集－中国－当代 Ⅳ. ①I267

中国版本图书馆CIP数据核字(2022)第113918号

你知道你的茧
NI ZHIDAO NI DE JIAN
毕淑敏　著

出 品 人：吴　刚
产品总监：郝秋月
责任编辑：李荣崟　陈　阳
装帧设计：李　扬
排版制作：毛倩雯

出版发行：时代文艺出版社
地　　址：长春市福祉大路5788号　龙腾国际大厦A座15层（130118）
电　　话：0431-81629751（总编办）　0431-81629758（发行部）
网　　址：weibo.com/tlapress（官方微博）
开　　本：880mm × 1230mm　1/32
印　　张：12
字　　数：312千字
印　　刷：三河市万龙印装有限公司
版　　次：2022年9月第1版
印　　次：2024年11月第2次印刷
书　　号：ISBN 978-7-5387-7015-5
定　　价：58.00元

目　录

第一辑

在心中给爱留下足够的容量

第二辑

我们的事业，是我们的田野

第三辑

开启自己的钥匙

第一辑

在心中给爱留下足够的容量

无论一生遭受多少困厄欺诈，
请依然相信人类的光明大于暗影。
哪怕是只多一个百分点呢，
也是希望永恒在前。

一花一世界，一家一宇宙

家可以延伸得很远很远，包容大千世界。

家可以蜷缩得很小很小，仅两个人也打得不可开交。

家的边陲可以绿树成荫繁花似锦，围起一个小鸟的天堂。

家也可以狼藉一片血流漂杵，筑成一双男女的死牢。

关键需每位成员既是国王也是兵，建设它守卫它，

和谐地调整家的内政外交，处理好家的边关防务。

家的疆域

一个家就像一潭水，经常有风和石头经过，扰乱平静。夫妻间发生争执的人和事，有时同自家没一点儿关系，颇有株连的味道。比如遥远的地方有一个女人死了，妻子说，真吓人啊。丈夫说，有什么了不起？这世上每天死的人多了去了。妻子就说，想不到你是这么一个绝情的人，有朝一日我死了，只怕你也无动于衷。丈夫说，这不是强加于人吗？她死和你死有什么关系呢？真小题大做！妻子说，我都要死了，你还说是小题，在你心里，究竟谁才是大事？！……于是争吵就水到渠成地发生。

家是一个那么容易发生地震的地方，其频率和烈度大大超乎我们的想象，震中却往往不足挂齿。好像人们相知得越多，越难以彼此从容地体谅。如果说我们对外界的人，还有耐心探讨动机的多种可能性，做出比较理性客观的判断，对在同一屋檐下爆发的争吵，几乎从一开始就认定对方是挑衅和非善意。我们可能为一个毫不相干的人和事，发起剧烈的口角，直到完全忘记了唇枪舌剑的诱因，只遗留下锋利言辞对彼此心灵的伤害。每逢阴雨，那伤痕还会像蚯蚓似的蠢蠢欲动。

或许对家庭的势力范围，做个明确的划分会有益处。家是我们共同的领地，它从建立那天起，就是一个崭新的国度。每个男人和女人，在婚前都有自己的疆界和朋友。走到一起来的时候，除了携着自身，还举一反三地带来了原先的爱好、习惯和亲朋……要知道，新组家庭的国境线，并不是男女双方原有管辖区域简单地算术叠加。如果你悲惨地那样以为了，就会对不期而至的遭遇战惊诧莫名，被无穷的战火轻则熏伤重则灼灭。

每一对夫妻都需要细致地研究，这个刚刚诞生的小小联合体，有哪些不同的兴趣和特殊的禁忌。

当我们对某一人和事慷慨陈词的时候，也许表面上看不出血肉相依的联系，但实际上凸透的是自己对世间的特定视角。既然我们在其他场合，都可以谦虚地承认自己并非万能，在家中为什么要强硬地固执己见？想来是希望最亲近的人，能与自己心心相印。一旦遭到误解和反驳，愤怒和沮丧便呈现三倍的猛烈与尖锐。

所以，对于那些敏感而无关大局的话题，明智的办法就是像两个边境不清的邻国，各自后撤，以便维持和平共处。

无伤大雅的分歧，可避让与迂回。对远处的人和事，不妨模糊朦胧，求同存异。对那些有可能导致战火的危险话题，明智地腾挪躲闪。对共同感兴趣的部分，大张旗鼓同仇敌忾。

当然疆域可以渗透，可以磨合，可以扩展，可以融会贯通天下大同。但那需要时间，很漫长的时间，也许一生一世。涂抹疆域界线的橡皮，只能是爱。持之以恒地相互热爱，甘远醇厚。爱到心驰神往，爱到天人合一。

家可以延伸得很远很远，包容大千世界。家可以蜷缩得很小很小，仅两个人也打得不可开交。家的边陲可以绿树成荫繁花似锦，围起一个小鸟的天堂。家也可以狼藉一片血流漂杵，筑成一双男女的死牢。关键需每位成员既是国王也是兵，建设它守卫它，和谐地调整家的内政外交，处理好家的边关防务。

在家的日子，我们要更宽容，更聪慧，更善良，更真诚。

家无垠。

家 十 问

家是什么?

家会很小很小，螺蛳壳是蜗牛的家。家会很大很大，宇宙是星星的家。

家会很轻很轻，像一粒浮尘，被人一指掸掉，不留一丝痕迹。家会很重很重，像一座铅山，压在脊上，寸步难行。

家会很快乐很幸福，像一眼不老的喜泉。家会很凄楚很悲凉，像一汪深不可测的泪潭。

问年轻人：家是什么?

他们回答：家是粉红色的玫瑰，有刺更有蕾。家是甜蜜的吻、热烈的拥抱、柔情似水的情话和思念时的邮票。

问中年人：家是什么?

他们回答：家是心灵与肉体的港湾，能停泊万吨巨轮也能栖息独木小舟。家是无私的付出与接纳，家是脱去疲劳的热水澡。家是一个苹果，你一大口，我一小口。家是一副重担，我愿这边的力臂短，你那边的力臂长。

问老年人：家是什么?

他们回答：家是黄昏湖边的搀扶，家是灯下互相剪去丝丝白发。家是一件旧风衣，风也是它雨也是它。家是虽非一见钟情，却望白头偕老的漫漫旅程。家是墓前的一枝黄菊。

问孩子：家是什么？

他们回答：家是妈妈柔软的手和爸爸宽阔的肩膀，家是一百分时的奖赏和不及格时的斥骂。家是可以耍赖撒谎当皇帝，也得俯首听命当奴隶的地方。家是既让你高飞又用一根线牵扯的风筝轴。

问情人：家是什么？

他们回答：家是舔着伤口的两只狼，家是荷尔蒙的汹涌分泌。家是一日不见，如隔三秋。家是猜忌、争执、思恋、指责的杂耍场。家是枕边泪窗前月，家是今夜你会不会来。

问养家的人：家是什么？

他说：家不是勋章，你挂在胸前，别人也看不见。家是一条暗地里逼你不断挣钱的鞭子，直抽得你遍体鳞伤。

问弃家的人：家是什么？

她说：家是一种能力，一种学习。我自忖无力从那里毕业，就中途逃亡了。

问无家的人：家是什么？

他说：家是羁绊，家是约束，家是熄灭人创造激情的沼泽地，家是一种奢侈的靡费。

问恋家的人：家是什么？

她说：家是树上的喜鹊窝。纵然世界毁灭了，只要家在，依然有一切。

问恨家的人：家是什么？

他说：家是爱情的终点，家是英雄气短的坟墓。家是累赘，家是负担。家是挂在你项上的枷锁，家是你自卖自身的契约。

我不知世上还有另外的场所，会如此众说纷纭，褒贬不一。

纵观家庭，是大千世界的缩影。人们在家中卸去重重角色的面具，露出天然嘴脸，最坦率最赤裸。人性的善与丑，方寸之间，纤毫毕现。一代伟人，能领导好一个国，未必能调理好一个家。能统率千军万马的将军，可能是妇孺裙钗下的败将。

有人以为家是最自由的所在，可以放荡不羁。其实，家是最考验责任感的圣坛。对一个你所挚爱的人，都不忠诚，你还能为世人所信吗？对一个托付终身的人，都无法负起责任，你还能承担他人的期嘱吗？连自己的一脉血缘都不能照料和抚育，你还能爱国爱民吗？在家中，我们看到了太多的丑恶。对亲人施暴的人，不可能对他人仁慈。在家中阴郁的人，不可能对太阳微笑。在家中诡计多端的人，不可能真诚对待友人。在家中粉饰虚伪的人，不可能直面惨淡人生。

如果没有准备好，请不要撕下走进家庭的门票。如果没有爱自己也爱他人的能力，请不要构造家庭的地基。

很多人抱着从家庭掠取资源的动机，匆匆为自己寻一个可供汲取能量的后勤仓库。殊不知，家庭不是无中生有变出魔力的黑斗篷。家庭的温暖，先要无私无偿地培养和付出，然后才像春草，毛茸茸地生长起来。一旦失了爱情的滋养，再稳固的家也会很快风化。爱的力量，有时很巨大，有时很贫瘠，全看你是否以心血灌溉。

家庭里如果没有神圣感和勇气，请别要孩子。

家庭缔结之时，并不是简单男女人数相加，而是诞生了另样的结构，一个崭新的物种。这个物种的花朵和果实，就是孩子。

一花一世界，一家一宇宙。婴儿降临世上，家是包裹他的蛹壳。倘若家中注满健康的爱的花粉，他就吸吮着它，用爱滋养构建着自己的听觉嗅觉知觉，渐渐地酿成心中小小的蜜盏。在爱中长大的孩子，爱是他的羽衣，爱是他的长矛。在爱中蓬勃成长的孩子，他看天下，就比较的明朗。他看人性，就比较的乐观。他看自身，就比较的尊严。他看他人，就比较的客观。他看丑恶，就比较的勇敢。他看前途，就比较的光明。他看事物，就比较的冷静。他看死亡，就比较的泰然。

在纷乱和丑恶的气氛中成长的孩子，是伪劣家庭的痛苦产品。他们在家中最先看到并习得的待人处世经验，是破碎疏离和粗暴残酷。他们是那样幼小，缺乏分辨的能力，以为这就是人世间的模型。当他们走进社会的时候，会不由自主地以不良家庭的模式对待他人，将紊乱与不协传染到更远的范畴。更令人惊惧的是，来自不完美家庭的孩子们，彼此具有病态的吸引力，仿佛冥冥中有一块恶作剧的磁石，牵引性格有缺憾的男女，格外同病相怜，迫不及待地走到一起。病态中建立的家庭，如履薄冰，全是悲剧。如果不能卓有成效地打断铰链，这种会伤人的家庭，就像顽强的稗草，代代相传，贻害无穷。

家可以很单纯，一个人也是一个完整的家。家可以很复杂，整个地球是一个共同的屋顶。

家啊，是理解奉献思念呵护，是圣洁宽容接纳和谐，是磨合欣赏忠诚沟通，是心心相印浪漫曲折生死相依海角天涯。

当我们想家的时候……

常常想家。

当我们想家的时候，其实是想起了母亲。当我们想起母亲的时候，其实是想起了无边无际云蒸霞蔚的爱。当我们想起爱的时候，其实是想起了如天宇般宽广淳厚的温暖和一种伟大神圣的责任。当我们想起责任的时候，其实是在宁静致远地思索人生的真谛和生命的尊严。

世上没有关于“家”的节日，好在有一个“母亲节”，让我们飘荡的心有所附丽。每年这一天，人们心心相印地隆重纪念这个节日，感念一种饱含沧桑的爱。

最初发起为母亲设定一个节日的人，定是一位成年的男人或是女人。太小的孩子，我以为是无法理解母爱的。婴儿的热爱的涌起，更多的是源于一种生命本能的驱动。孩子从母亲那里，得到最初的食物和衣着，看到世上第一张欢颜，听到人间第一句笑语……小小的心，像一只薄而透明的钵，盛满了乳色的爱，悄悄涟漪着。以孩子的智力，必认为这些都是上天无缘无故倾倒的玉液琼浆，是与生俱来的赠品。

作为施与的一方，母爱有时也是本能以致盲目愚蠢的代名词。母爱单纯也复杂，清澈也浑浊，博大也狭窄，无偿也有偿。体验这种以血为缘的爱，感知它的厚重深远，纪念它的无私无畏，弘扬它的旗幡，播撒它的甘霖，需要灵敏的悟力和细腻的柔情。世人只知给予艰难，其实接受也非易事，需要虚怀若谷的智慧。只有容纳得多，才有可能付出得多。对于早年无爱的生命来说，就像没有河溪汇入的干涸之库，无法想见在旱魃猖獗时会有泉眼喷涌。

母亲于是成了一种象征。

她是低垂的五谷，她是无尽的蚕丝，她是冬天的羽毛和夏天的流萤。她是河岸的绿柳依依，她是麦田的白雪皑皑。她是永不熄灭的炉火，她是不肯降下毫厘的期望标杆。她是成绩单上的一枚签名，她是风雨中代人受过的老墙。她是记忆中永恒年轻的剪影，她是飓风中无可撼动水波不兴的风眼。

母爱并不仅仅从生育这一生理过程中得来，她是心灵的产物而不是子宫的产物。生育只是母爱的土壤，它可以贫瘠也可以富饶，可以繁衍灵芝也可滋生稗草。

我愿把人类那种最崇高而结晶的挚爱，无论来自男女，统称为母爱。母爱如盐。盐主要是来自大海，母爱最主要的蕴含地，当然是母亲了。但世上还有湖盐、井盐、岩盐、池盐……母爱并不是母亲的专利，它是人类所有最美好最无私最博大的爱的总命名。比如未生育的女子，也会富含母爱，像医家泰斗林巧稚大夫，她的双手，便是摆渡万婴安达人世的慈航。在人类的发展史上，更有无数志士仁人，把无边的爱意和关怀倾泻人寰。那爱的纯正灼热，至今散发着炙烤肺腑的力度，促人们警醒，激人们向前。

无论我们是男人还是女人，成人还是少年，我们都曾欢欣地接受过母爱，我们也都可以成为辐射母爱的源泉。

母爱的级别

有人说，爱是与生俱来的。母爱是我们理解爱的最好的范本和老师。

我以为，错。爱是需要学习，需要钻研，需要切磋，需要反复实践，需要考验，需要总结经验，需要批评帮助，需要阅读需要讨论，需要提高需要顿悟……总之，爱是需要一切手段打磨和精耕细作的艺术。

与生俱来的只有动物的本能。人的爱，超越了血缘、种族、国界，它辽阔的翅膀抵达宇宙的疆界，这是地球上任何一种动物，不可能天然辐射的领域。所以，爱不是如同瞳仁的颜色和身高的尺度，是一串基因决定的先天，而是后天艰苦琢磨的成长之丹。

印度狼孩的故事，是一个动物母爱的典范之作。有时想，假如是一个人类的母亲，得到了一只狼的幼崽，将会怎样？一般情形下，怕是不会用乳汁哺育它长大的吧？这不但说明了母爱是盲目的，还说明如果单纯比较母爱的浓度，也许人还不如一只动物。有人会说，狼长大了，会咬人，谁敢喂它？那么，一只小鼠，就会有人类的母亲用乳汁哺育它吗？答案也基本上是否定的。

母爱并不是爱的高级阶段，因为它仅仅是人类的一种本能。人类的婴儿接受母爱，是被动和无意识的。在感知的那一方面来讲，母爱首先是物质的，是生存的必要条件。如果没有母亲的乳汁和精心呵护，小婴儿根本就无法生存。所以，母爱的早期阶段是分割界限不清晰的融合和多方面付出的照料性质，高级阶段则升华为分离和精神的构建。世上有许多母亲，可以把属于动物本能那一部分做得较好，就是可以完成对子女的衣食住行的补给维护，但是对高级部分，就是超越一己博爱人类——从血缘分离弥散扩展和广博的爱，就未必能及格以至优秀。

我们不时地听到某个母亲，因为孩子的学习成绩不好，竟把自己的亲生孩子殴打致死。这是爱吗？很多人说这不是爱，因为他们本能地拒绝承认这是爱，在他们眼中，爱是纯正和没有任何杂质污染的，包括爱是不能有失误的。但我想说，假使把那位死去的孩子复活，问他或她，你的妈妈是否爱你，我想，他和她带着满身伤痕，也会说，妈妈爱……

因为母爱的初级阶段，就是如此盲目和自怜自恋的。她很可能不尊重孩子，难以清晰地界定孩子是另一个完整的独立的个体。她把自己的感受和期望，强加在一个与她完全不同的人身上，就会酿成悲剧。这不但是生理上的，还有更深的心理上的痕迹。我要说，很多成人的家庭不幸和性格缺憾，追索起来，都和母爱只停留在低级阶段，未能完成向高级阶段的转化有关。单纯的低级的母爱，是泥沙俱下糟粕与精华并存的原始状态。

在母爱的高级阶段，母亲要高屋建瓴地完成与孩子的分隔。她高度尊重生命的不同个体之间的差异，帮助一个新的生命走向灿烂和辉煌。这种境界，即使是一个潜质优等的母亲，如果不经过修炼和学习，也是不容易天然达标的。如果将它比作一座关键的闸门，我们将忧虑地看到——无数的母亲被隔绝在门的这一边，只有少数优异的母亲，才能跨越这对她们自身也充满挑战的门槛，完成爱的本质的升华。

既然母爱里包含着如此分明和严格的界限，我们有什么理由坚持——母爱就一定是我们接受爱的完善楷模呢？

所以，我宁可说，爱是没有天造地设的老师的，爱又是无法无师自通的。爱很艰巨，爱要我们在时间中苦苦摸索。

再选你的父母

很多人一看到这个名称，先是吓了一跳，马上大不以为然，甚至愤愤然了。这叫什么话？我的父母是天下最好的父母，让我再选一对新父母，这不是滑稽加大逆不道吗！这个游戏要是叫我的父母看到了，还不得指着鼻子骂我，恨不能把我扫地出门！要是父母之中有人驾鹤西去了，这题目更让人匪夷所思，简直违背天伦。

我国乃仁孝之邦，身体发肤受之父母，感恩戴德还表达不尽呢，哪里容得了再选父母？如果你看到这儿把本书丢弃，我只有叹息。这的确是一个“可怕”的想法。请原谅，我没有一点儿冒犯你的意思，也不是为了震撼视听，哗众取宠，实在是因为这个禁区不得不谈，它和我们的心理健康息息相关。

你要说啦，我父母都很好，凭什么让我再选一对父母？这就是咱们在做游戏之前首先要解开的思想疙瘩。问号不打开，游戏就成了缘木求鱼。

父母可不可以批评？大家理论上一定承认父母是可以批评的，即使是伟人，也有这样那样的错误和缺点，父母不是完人，当然也可以批评。可实际上，有多少人心平气和地批评过父母，并收到了良好的回馈，最终取得了让人满意的效果呢？我猜这个比例一定不高。有人也许回忆起和父母吵架，分庭抗礼，甚至离家出走的经历，那不是批评，而是叛逆。你可曾像一个平辈那样拉开距离，客观地审视过自己父母的优劣长短、得失沉浮吗？大多数人的回答很可能是否定的。也许有人会说，那都是历史了，我们有什么理由在很多年后，甚至在父母都离世之后，还要议论他们的功过是非呢？

心理学家会很严肃地说，有。因为那些历史并没有消失，它们就存在于我们心灵最隐秘的地方，时时引导着我们的行为准则，操纵着我们的喜怒哀乐。

琼瑶写过一本《我的故事》，其中讲了这样的故事。

琼瑶的小说处女作《窗外》发表后，大获好评，并搬上了银幕。父母在电影公映的第三天去看了电影。看完之后，母亲瞪着眼看着琼瑶。琼瑶回忆道：世上再没有那样的眼光，冷而锐利，是寒冰，也是利剑。

不知瞪了多久，母亲狂叫：“为什么我会有你这样的女儿？你写了书骂父母不够，还要拍成电影来骂父母！你这么有本事，为什么不把我杀了？”琼瑶扑通跪下了，抓住母亲的旗袍下摆，泪如雨下。

连通情达理的父亲，也不能饶恕女儿。他的目光也是同样的冷峻，冷冷地盯着琼瑶说：“你永远会为这件事后悔的！”琼瑶的大脑一片空白，只知道跪在那里，颤抖着一遍遍忏悔：“我错了！我错了！我错了！”

母亲并没有饶恕琼瑶，她要用她的自虐来折磨和鞭挞琼瑶的良心，她要用自身肉体的痛苦把琼瑶推上审判席。她要重新取得胜利，让女儿俯首称臣。第二天，母亲开始绝食。大家轮流到母亲床边，端着食物求她，母亲就是滴水不进。第四天，琼瑶从一大早就双手捧着碗跪在母亲床边，哀求母亲吃点儿东西，但母亲理都不理，闭着眼睛不说话。到了第五天，琼瑶六岁的儿子小庆跪在外婆跟前，说："外婆，你不要生妈妈的气了，我端牛奶给你喝！"

母亲依然不理，小庆又说："外婆不吃东西，妈妈不吃东西，大家都不吃东西，小庆也不敢吃东西……"

琼瑶再也忍不住，走过去和小庆一起跪在那里，小妹也走过来跪下，大家一齐跪下了，那场面十分凄惨。母亲终于一边掉着眼泪，一边喝了小庆捧着的牛奶。

事件终于解决，琼瑶浑身发软，和平鑫涛等人一起到台中透透气。刚刚学会开车还没有拿到驾驶执照的琼瑶发疯似的开车，平日要用三个多小时的路程，只用了两个小时。她打赌平鑫涛无法在剩下的两小时内完成后一半路程。平鑫涛把车开得飞快，结果出了车祸。琼瑶全身都是口子，腿上被削去了一块皮。小妹脾脏大出血，平鑫涛右脚骨折……

这个故事，让人心中十分沉重。我们常常回忆起父母的慈爱，其实，记忆永远美过现实。

父母是会伤人的，家庭是会伤人的。

当我们还是孩子的时候，无力分辨哪些是真正的教导，哪些只是父母自身的宣泄。我们如同最恭顺的小伙计，把父母的言语、表情和习惯、嗜好等等，流水账一般录在脑海的空白处。他们是我们的长辈，他们供给我们衣食住行，从某种程度上说，我们是凭借着他们的喜爱和给予，才得以延续自己幼小的生命。那时候，他们就是我们的天和地，我们根本就没有力量对他们分析、抗辩、反思。

你的父母塑造了你，你在不知不觉中套用着他们展示给你的模板，在未经清理和重塑之前，你在很大程度上是他们的复制品。你可能很不赞同这些话。不妨放下这本书，思忖一下你周围的人和事，就会发现它并非毫无道理。这个游戏虽然叫作"再选你的父母"，但实际上，和我们自身的关系要比和父母的关系密切得多。从某种意义上讲，是为再造一个你做些准备。

你的顾虑能否打消了一些？

游戏和你对父母的孝顺无关，也和你对父母的尊重无关。我几乎可以担保，你做完这个游戏后，对你的父母会有更深入的了解，你会更理解他们，更接纳他们。

你准备好参加这个游戏了吗？如果还是迟疑，不要勉强，翻过就是了。

准备阶段用了比较长的时间，别着急。

这个游戏完成起来很简单，只要一张白纸。对环境的要求有个前提，请避开你的父母，起码要在他们的视线之外。尽量卸去负罪感和不好意思。

毕竟，我们要重新为自己选一对父母，这在常人眼里不合章法，甚至就是荒谬。请把情感干扰因素减到最小，让思绪和想象力自由驰骋。

在白纸的上方写下“再选 ××× 的父母”几个字，××× 就是你自己的名字。

“再选 ××× 的父母”。你看着它一定不舒服，这是正常的，此刻之前，你从来没有想过可以把自己的父母“炒鱿鱼”，让他们“下岗”，自行“招聘”一对父母。你也不要感觉对不起他们，毕竟这只是一个游戏。游戏不仅是儿童的权利，也是成年人不可或缺的心灵舞蹈。

完成了上述步骤之后，请你郑重地写下你为自己再选的父母的名字。

父：

母：

猜你一定要狠狠地别扭一阵。虽然我们对自己的父母有过种种的不满，但真的把他们就地淘汰了，必有目瞪口呆之感。请坚持住，本游戏最艰难的地方就在这里。如果你开始设想谁是你的再选父母的最佳人选，祝贺！第一关你已经成功跨越。

谁是再选父母的合适人选呢？很可能你陷入苦苦思索之中。不必煞费苦心，你的潜意识如同深海的美人鱼，一个鱼跃，跳出了海面，露出了它流线型的身躯和嘴边的胡须。原来，它并非美女，也不是猛兽，关于你的再选父母的名称，你把头脑中涌起的第一个人名写下就是了。

他们可以是你认识的任何一个熟人，也可以是传说中的神仙魔鬼，可以是英雄豪杰，也可以是邻居家的老媪；可以是已经逝去的皇亲国戚，也可以是依然健在的平头百姓；可以是绝色佳人，也可以是末路英雄；可以是动物植物，也可以是山岳湖泊；可以是日月星辰，也可以是布帛黍粟；可以是一代枭雄，也可以是梁山好汉；可以是江湖侠客，也可以是枯藤昏鸦；可以是仰慕的师长，也可以是同窗好友……总之，你就放开胆子，天上地下地为自己寻觅一对心仪的父母吧。

一时有些不知所措是吧？可挑选的范围实在是太广泛了。广泛到不可思议，是不是？因此也可以打消你的顾虑了，这并不是要对你的亲生父母有什么不敬，只是进行一次特殊的心灵探索。也许有的人会问，能认一对没有生命的东西，比如怪石或是原子来做父母吗？

你再选的父母是什么类型的物体（原谅我用了“物体”这个词，没有不敬之意，只是为了叙述方便），这不重要。重要的是你在这个游戏中，弥补缺憾，你在表达你长久以来压抑的情感，你在重新构筑你的世界。

有个农村来的大学生，父母皆是贫苦乡民。在这个游戏中，他令自己的母亲变成了玛丽莲·梦露，让自己的父亲变成了乾隆。这是一个非常典型的例子，我首先要感谢这位朋友的坦率和信任。这类的答案是太容易引起歧义和嘲笑了，虽然它可能确是一些人的真心向往。

我问他，玛丽莲·梦露这个女性，在你的字典中代表了什么？他回答说，她是我所知道的最美丽和最时髦的女人。我说，你是不是觉得自己的亲生母亲丑陋，不够时尚？他沉默了很久说，对。中国有句俗话叫作“儿不嫌母丑，狗不嫌家贫”，我嫌弃我的母亲丑，真是大逆不道的恶行。平常我从来不敢跟人表露，但她实在是太丑了，让我从小到大蒙受了很多羞辱。我心里始终讨厌她。从我开始知道美丑的概念，我就不容她和我一道上街，一前一后也不行。后来我到城里读高中，她到学校看我，被我呵斥走了。同学问起来，我就说这是一个丐婆，我曾经给过她钱，她看我好心，以为我好欺负，居然跟到这里来了……我说这些话的时候，一点儿也不脸红，反倒理直气壮。母亲丑，并把她的丑遗传给了我，让我承受世人的白眼，她对不起我。我父亲是一个乡间的小人物，会一点儿小手艺，能得到人们的一点儿小尊敬。我原来还是以他为自豪的，后来到了城里，上了大学，才知道山外有山，天外有天，才知道父亲是多么的微不足道。看同学们的父亲，不是经常在本地电视中露面的要人，就是腰缠万贯挥金如土的巨富，最次的也是个国企的老总，就算厂子不景气，照样有公车来接子女上下学。我想，如果把社会比作高楼大厦，我一定是在地下车库的位置。而这个位置是我父母强加给我的。这种深层的怒火潜伏在我心底，使我在自卑的同时非常敏感，我拼命努力奋斗，但是不能容忍任何形式和程度的不公平，我性格懦弱，但是在某种时候又像个“飞毛腿”导弹。我就好像是两个人拼起来的……今天做这个游戏，可以大胆设想，不拘一格，我一下子就想到了梦露和乾隆，就随笔写了下来。

我说，谢谢你对我的信任。其实父母是不能改变的，我们从中发现的是自己的心态。我先问你一个问题，如果父亲的名字不是乾隆，换成唐太宗或是布莱尔，你以为如何？

他笑起来说，当然也可以。我说，你希望有一个总统或是皇上当父亲，这背后反映出来的东西，你能察觉吗？

他静静地想了很久很久，好像有一个世纪，说，我明白了那永远伴随着我的怒气从何而来。我仰慕地位和权势，我希图在众人视线的焦点上。我喜欢美貌和钱财，我看重身份，热爱名声，我希望背靠大树好乘凉……当这些无法满足的时候，我就怨天尤人，心态偏激，觉得从自己一出生就被打入了另册。因此我埋怨父母，可中国“孝”字当先，我又无法直抒胸臆，这些复杂的情绪交织在一起，让我不得轻松。工作中、生活中遇到的任何挫折，都会让我想起这种先天的差异，觉得自己无论怎样奋斗也无济于事……

我说，谢谢你的真诚告白。事情还有另一面的解释，你可想过？

他停顿了很久很久，最后说，我知道是什么了。我平凡贫困的父母，在艰难中养育了我，我长得不好看，可他们没有像我嫌弃他们那样嫌弃我，而是给了我无私的爱和力所能及的帮助。他们处于社会的底层，却竭尽全力供养我读书，让我进城上了大学，有了更开阔的眼界和更丰富的知识。他们明知我不以他们为荣，可从不计较我的冷淡，一如既往地爱我。他们以自己孱弱的肩膀托起了我的前程，不希求任何回报……我把梦露和乾隆组合成父母，跨越历史和国籍，攫取威权和美貌的叠加，是懦夫和逃兵，是自卑和忘本……

面对这种泣血的反思，我深深感动。那位年轻人若有所思地走了，从他挺直的背影中，我看到了新的力量。

我们究竟有没有权利对自己的父母不满？这是一个敏感的话题。多年以前，当我看到一本国外心理学家所写的书，叫作《家庭会伤人》时，蓦然一惊。只能说家庭是幸福的港湾，不能说家庭也暗藏杀机。只能渲染家庭给我们以温馨，不敢声讨家庭给我们以冰冷。我们期待从家庭汲取力量，不晓得家庭常常是吞噬能量的黑洞。我们以为在家庭中受到的心灵暴力是偶然遭遇，殊不知几乎俯拾皆是……

假如没有大规模的战争，伤亡于家庭的人，一定多于战场。在我们周围，有透明的鲜血流淌，有看不见的伤口白骨森森。毋庸讳言，这些鲜血和伤口的制造者，很多来自我们的父母。你可以从再选父母和亲生父母的比照当中，察觉内心蛰伏极深的期待，接受自己的这种愿望，并非罪过。如果你写下的名字是一位柔和的女性，那么也许父母给予你的精神压力需要清扫。如果你写下的名字是一位很有决断的英雄，也许你怨怼父亲的优柔寡断。如果你写下笑口常开的相声演员，也许你的父母太过严厉，幽默不够，你也继承了不苟言笑的秉性，潜意识中，你希望自己从再选的父母那里传染点儿调侃的细胞……

假设虽多，却连真实世界的万分之一都无法达到。心理的玄妙，让任何假设、预期和解释都苍白失色。尝试着面对自己的心灵，破解它所发出的神秘而悄然的信号，是你我终生的功课。

父母和孩子的关系极为密切。海淀区法院少年法庭庭长尚秀云，亲手审判过几百名未成年犯罪者。她说：问题少年往往是问题父母的产物。每七个编造谎言犯诈骗罪的少年当中，有六个家庭的家长不诚实。每十四个偷盗的少年中，有十三个家庭的家长崇尚金钱，贪小便宜。每十五个持械斗殴犯故意伤害罪的少年当中，有十二个家长性格暴躁，爱与人争斗，动辄打骂孩子。

面对着自己的期望，有待整理的东西还很多。你可以从他们体态相貌的差异中，发觉自己的审美情趣，你可以从他们文化教养的程度，分析一下自己是否有门阀观念和等级思想。如果你选择父母时很在意他们的经济状况，那么你也能从中察觉自己对金钱的态度，如果你很在意父母的性情，是否你的童年受过精神打击？

生活是由关系组成的，佛教认为，世界就是由缘分组成的。“缘”就是关系。事物皆有关系，你和目的，你和食物，你和天气，你和交通工具……当然了，最主要的是你和周围人的关系，你和自己的关系。我们与周围人的主要关系，常常反映出我们和父母的关系。

如果我们不能在内心重新梳理和父母的关系，就无法创造出其他合乎理想的种种关系。

父母，是我们人生中第一任上级。你要服从他们，你要得到他们的奖赏，你要讨得他们的欢心，才觉得有价值和萌生自豪感。

试着想一想，你和上级的关系，是不是也在有意无意地重复着和你父母的关系？我认识一位在外企工作的白领，他努力向上，是个呱呱叫的业务骨干，马上就要成为大中华区域的负责人。但他找我来商量，说自己准备跳槽，到一个小公司去从头开始。我一头雾水，摸不清他到底要的是什么。如果是自己想做老板了，白手起家，从零打拼，也算顺理成章。但他很坚决地摇头说，到小公司还是做白领，替人打工。我说，那我就不明白了，你放弃了优厚的待遇和发展的机会，到底是为了什么？小伙子说，真正的原因是他很困惑——老板究竟还喜不喜欢他了？

我说，你不是告诉我老板刚给你加了薪，还要把更大的责任委托给你，这不都说明老板是喜欢你的吗?

谈话进行到这里，我突然沉思不语，察觉了症结的所在。成年人在形容和领导的关系之时，是很少用“喜欢”这个词的，只有小孩子才在意别人的喜爱。他为什么总纠结在领导是不是喜欢自己这个问题上呢?

经过一番深入的探讨，他告诉我说，这已经是第N次跳槽了，每次都是自感老板不喜欢了，就抽身而去。他也搞不懂这是怎样一个无法扭转的怪圈，他从小是在父亲的表扬和责骂之下长大的，这位父亲大概深得巴甫洛夫学派条件反射学说的真谛，赏罚分明，且立竿见影，好的坏的都挂在脸上，时效抓得很紧，表扬不过夜，批评也不过夜。小伙子在这种氛围下长大，工作之后，只要有一两天老板未曾表扬他，心中就惴惴不安。如若更长时间听不到鼓励的话语，情绪更是一落千丈，后来干脆变得疑神疑鬼，魂不守舍。表扬对于他，成为鸦片一样的毒药。只要有表扬，就眉飞色舞，意气风发，如果听不到表扬，就灰头土脸一蹶不振。

找到症结之后，小伙子豁然开朗。原来，在这个成年男子的心里，还栖息着一个小男孩的身影。儿时记忆盘踞心底，他把老板当成了父亲，把父子关系投射到了工作关系之上。听不到表扬，幼年形成的焦虑、恐惧就爬上了眉梢。为了避免被人遗弃的危险，干脆采取先下手为强的策略，提前离职。表面上看起来是炒了老板，其实是不自信的心理在作怪。疙瘩一解开，小伙子伸展双臂，说我从今天开始长大成人，我会以一个成年人的心态对待工作。

我们和父母的关系，具有难以形容的魔力，会在不知不觉当中，像晒化的沥青，渗透到所有的重要关系当中。

有一位满脸微笑的善良女子，嫁到公婆家。结婚之前，她下决心要成为一个好儿媳。既然公婆培育出的孩子，成了她亲爱的丈夫，她爱他们的儿子，愿对公婆孝字当先。婚后的生活，并不像她想象的那样温馨单纯。笑脸挡不住婆婆的数落和公公对完美的苛求，小媳妇的应对方式就是一味忍让。终有忍不住的那一天，笑脸变哭脸，小媳妇火山爆发，歇斯底里一通大发作，心里才算透出一缕光线。光线很快被自责的乌云挡住，她懊悔不已，笑得更妩媚了，加倍地干活，给公婆送贵重的礼物……新的一轮指责和苛求又开始了，新一轮的爆发也随之酝酿。丈夫如同夹心饼干中的奶油，被挤压得没了形状。小媳妇找到我，呼天抢地地说，她要改变这个模式，把自己救出来，也把丈夫救出来。

讨论许久，最后聚焦到了小媳妇和原生家庭父母的关系上面。小媳妇小时候是个乖乖女，爸爸妈妈的掌上明珠。小女孩要博得众人喜爱，只有嘴甜，天天面带笑容。小女孩知道自己的花裙子和小人书都是从笑脸上获得的，就笑得格外灿烂。小女孩也有烦心的事情，当她实在维持不住笑脸的时候，就会委屈地放声大哭，一顿宣泄之后，雨过天晴。小女孩渐渐长大成人，但这种周期性的发作，并没有从根本上改变。到了公公婆婆那里，在主观上，她把他们当成了父母，于是她应对父母的模式就全须全尾地出现了。

小媳妇问我，我能改变吗?

我说，这个答案可不在我手里。

她很紧张地问，那在谁手里呢?

我说，你这么聪明的一个人，就猜不到答案吗?如果丈夫还是这个丈夫，但公婆可以由着你选择，你要一对什么样的公婆呢?

小媳妇说，我理想的公婆应该善解人意，倘若让我再选，那么公公是许仙，婆婆是薛宝钗。

我说，你经常处在苦恼之中，因为别人不明白你心底的想法。

你能不能直截了当地把心思说出来？小媳妇很为难地说，我不知道怎么说。我希望别人能猜透我的心，如果猜不透，我就隐忍着，依旧很乖顺的样子。如果他们还是猜不透，我就更乖顺地服从他们，给他们一个时间，期待他们能破解我的心事。当一切努力都告失败之后，我会勃然大怒，压抑的怒火倾泻而出，眨眼间成了一个泼妇。可这责任在我吗？

我说，如果你在怨恨刚刚积攒的时候就说出来，会怎样呢？

小媳妇怯怯地说，我不会这样。我太不习惯了。

我说，如果你想改变，就试试吧。许仙和薛宝钗不成夫妻，就是成了夫妻也不会做你的父母和公婆。只有靠你自己救自己了。

以后再没见到小媳妇，有时会惦记她。她能救出自己和丈夫吗？相信一定会的。如果你已为人父母，那么这个游戏，也促使你检讨一下自己做父母的资质。如今干什么都讲求资质，无论你是会计还是律师，哪怕是电梯工和驯狗师，也需要经过专业认定。奇怪的是，结婚后做父母，无须经过培训和考核，真是宽大无边，相信天下的男女都有自然而然成为父母的潜质。

如果你为自己列出了理想的父母，试着想一想，你是否是一个合格的父母？如果你的答案是肯定的，那么恭喜你的孩子，我们有理由相信他有一个美好的童年和一个自信的人生。

一位老人金刚一样岿然不动。我说，您想什么呢？他不悦地说，我的父母已经过世很多年了，为什么要让他们在黄土之下不得安宁！我不做你的游戏，不让你的想法得逞。

我说，老人家，这个游戏对您真正的父母并无冒犯，其实是在探索我们自己的内心世界。不要以为人老了就没有探查的必要，其实，越是年纪渐长，人们就越来越像自己的父母了。连吃饭的口味、行走的姿势、说话的语气很可能都同长辈一模一样。这不仅仅是生物的遗传使然，更是有意无意的模仿和一种家族的密码所决定。您想认识您自己吗？您想让自己的一生过得更明白清晰吗？当我们逼近死亡的时候，探索自我的欲望也会变得更加迫切，美国迪士尼娱乐公司的创办人——华特·迪士尼说：

如果不继续成长，就会走向死亡。

说这话的时候，他早已不年轻。

沉吟半晌，老人开始做这个游戏。做完之后，他一脸凝重地告诉我说，他想起了自己的父亲。其实老人从来没有见过自己的父亲，他是遗腹子。正因为这种身份，他听懂的第一句话就是——你要争气，你要对得起父亲。当他偶尔微笑的时候，凡是看到他笑容的人都会说，你看你看，这孩子的笑和他爸爸是一模一样的啊！从此，他觉得自己不能有其他的笑法，连嘴唇扯动的幅度都要和那个他从未见过的父亲相仿。如果他吃饭的时候，对某个菜多夹了一筷子，妈妈就会说，天！他怎么和那死人一个口味？血脉这东西，真是管天管地啊！从此，为了不伤妈妈的心，他哪怕是不爱吃那菜了，也要装出甘之如饴的模样。

老人说，他一辈子都笼罩在这个从未见过面的父亲的阴影之下，觉得他在天上瞪着一双炯炯有神的眼睛，俯瞰着他。如果说别的孩子还能有片刻躲过自己的父母获得一点儿小小的自由的话，他却连一分钟的自在也不曾有。父亲已经死了，死了的人住在天上，有了类乎神仙的功力，遗腹子没有一天轻松地做过自己。

老人说他理想的父亲就是“空白”。他已经在父亲的阴影下过了一生，现在他需要解放和自由。这个故事会不会对年老的朋友有些许启发？父母是我们人生的第一任教员，重新设计他们的形象，也是对自己人生的回顾和展望，什么时候开始都不算晚。如果你写下的再选父母的名字，就是你的亲生父母，那么，祝贺你，羡慕你。

这样的概率不是很多，你有一份罕见的幸福。但愿在我们这个游戏做完之后，你赶回家，如果父母还健在，请拥抱他们并深深地表达谢意。如果他们已经远行，请面对着浩瀚星空，遥望他们的英灵，微笑并且致敬。父母是不可以再选的，但可以在我们的心中重新认识并复活。

好脾气的悖论

记得一位老妈妈曾对我说，要为儿子挑一房好脾气的媳妇。我说，你怎么考察呢？她说，看为娘的脾气就知道女儿的性情了。过了几年，我问老人家，媳妇怎样？她说，啊呀呀，再没那么凶的了，属煤气罐的，一点就着！老人又说，轮到给小儿子说媳妇，这回特地挑了一家悍妇的女儿，果然竟是极温顺的。你说这是怎么回事？！她瞪着苍老的黄眼珠问我。

我不知道老妈妈的遭遇是否具有普遍性，也不认为脾气孬好是恋爱的先决，只是环顾四周的家庭，像这般悖论的情形，似乎还可找到不少。

一个在充满了爱意家庭中长大的孩子，却丧失最起码的温情，凶残地对亲人举起屠刀。一个极朴素的母亲，孩子反奢靡成风。钵满缸流的富家子弟，横起杀人越货的贼心。勤俭本分人的后代，摇身成了江洋大盗。目不识丁的双亲，养育半打硕士博士。荒僻的山野，走出雄才大略的军师。贫寒人一旦发达，挥金如土。富甲天下的豪门，一毛不拔……

家庭通常是一个古老的模具，克隆出与前辈酷似的后代。此等异样情形，实在是一个悖论。设想因为父母脾气躁动，孩童自小在疾风暴雨中成长，经受锻炼考验，耐力反倒出众。家长若老好人，四处懦弱逢迎，对孩子也唯命是从，自然易养出暴戾乖张之徒。周围的人手脚不停，操心不止，孩子手到擒来，端的惯成特号懒包。爹妈若一觉睡到日头红，孩子必得自我张罗早饭，无意中造就一个勤快人。所以除了正面的培养，有时候，不妨利用悖论。

你想得到一个勇敢的孩子吗？月夜里，虽然他年纪幼小，体质孱弱，也让他横刀跃马地走在黑暗中，给你带路。

你想得到一个慷慨的孩子吗？无论你多么富有，不要平白无故给他金钱。每一分硬币必须让他用汗水兑换，然后不问那钱的去处，给他以完全的支配权。

你想得到一个清洁的孩子吗？看到他肮脏时，千万不要帮他洗涤，坚决袖起你的手，由着污浊下去。直到他自己忍无可忍，动手改变这局面。在新与旧的对比中，觉悟到洁净是一种舒适的状态和文明的美德。

你想得到一个智慧的孩子吗？当他遇到难题请教你的时候，除了给他一本书，什么都不要讲。坚决管住你的嘴巴，这是百发百中的诀窍！在几番艰苦的摸索之后，他自然在失败与挫折里聪明起来了。

你想得到一个独立自主的孩子吗？当他求助的时候，狠下心来，置若罔闻地看他哭泣和摸索。千万记得要装傻。不但要装得像，如果你有余力，最好再给他捣捣乱。孩子便会牢牢记住，世上最重要的事是依靠自己。

你想得到一个善于倾听、虚怀若谷、友好待人的孩子吗？当孩子兴致勃勃讲话的时候，毫不留情地把他打断，嘲笑他，然后走开，留他坐在那里孤独地发呆。如是者三，只要他不是一个过分麻木和愚钝的孩子，汲取了反面教训，就能学会宽容与共享快乐。

你想得到一个不推诿责任，不惊慌失措，在困境中依然沉着坚定的心理健康的现代人雏形吗？当他跌倒时，不要代他埋怨路的不平，不要伸出搀扶的手，甚至在他伤口流血的时候，也让他自我包扎。坚持冷静地作壁上观，孩子便在困境中顽强地爬起来，艰难昂扬地成长。

还可以举出很多看似生冷而盎然的手段。这也是一个悖论。谁又能说这里不溶解着父母更深的养育之爱和良苦的用心锻造呢？

爱的回音壁

现今中年以下的夫妻，几乎都是一个孩子，关爱之心，大概达到中国有史以来的最高值。家的感情像个苹果，姐妹兄弟多了，就会分成好几瓣。若是千亩一苗，孩子在父母的乾坤里，便独步天下了。

在前所未有的爱意中浸泡的孩子，是否物有所值，感到莫大幸福？我好奇地问过。孩子们撇嘴说，不，没觉着谁爱我们。

我大惊，循循善诱道，你看，妈妈工作那么忙，还要给你洗衣做饭，爸爸在外面挣钱养家，多不容易！他们多么爱你们啊……

孩子们很漠然地说，那算什么呀！谁让他们当了爸爸妈妈呢？也不能白当啊，他们应该的。我以后做了爸爸妈妈也会这样。这难道就是爱吗？爱也太平常了！

我震住了。一个不懂得爱的孩子，就像不会呼吸的鱼，出了家族的水箱，在干燥的社会上，他不爱人，也不自爱，必将焦渴而死。

可是，你怎么让由你一手哺育长大的孩子，懂得什么是爱呢？从他眼睛接受第一缕光线时，已被无微不至的呵护包绕，早已对关照体贴熟视无睹。生物学上有一条规律，当某种物质过于浓烈时，感觉迅速迟钝麻痹。

如果把爱定位于关怀，随着孩子年龄的增长，对他的看顾渐次减少，孩子就会抱怨爱的衰减。“爱就是照料”这个简陋的命题，把许多成人和孩子一同领入误区。

寒霜陡降也能使人感悟幸福，比如父母离异或是早逝。但它是灾变的副产品，带着天力人力难违的僵冷。孩子虽然在追忆中，明白了什么是被爱，那却是一间正常人家不愿走进的课堂。

孩子降生人间，原应一手承接爱的乳汁，一手播撒爱的甘霖，爱是一本收支平衡的账簿。可惜从一开始，成人就间不容发地倾注了所有爱的储备，劈头盖脑砸下，把孩子的一只手塞得太满。全是收入，没有支出，爱沉淀着，淤积着，从神奇化为腐朽，反让孩子成了无法感知爱意的精神残疾。

我又问一群孩子，那你们什么时候感到别人是爱你的呢?

没指望得到像样的回答。一个成人界都争执不休的问题，孩子能懂多少？比如你问一位热恋中的女人，何时感觉被男友所爱？回答一定光怪陆离。

没想到孩子的答案晴朗坚定。

我帮妈妈买醋来着。她看我没打了瓶子，也没洒了醋，就说，闺女能帮妈干活了……我特高兴，从那会儿，我知道她是爱我的。翘翘辫女孩说。

我爸下班回来，我给他倒了一杯水，因为我们刚在幼儿园里学了一首歌，词里说的是给妈妈倒水，可我妈还没回来呢，我就先给我爸倒了。我爸只说了一句，好儿子……就流泪了。从那次起，我知道他是爱我的。光头小男孩说。

我给我奶奶耳朵上夹了一朵花，要是别人，她才不让呢，马上就得揪下来。可我插的，她一直戴着，见人就说，看，这是我孙女打扮我呢……我知道她最爱我了……另一个女孩说。

我大大地惊异了。讶然这些事的碎小和孩子铁的逻辑。更感动他们谈论时的郑重神气和结论的斩钉截铁。爱与被爱高度简化了，统一了。孩子在被他人需要时，感觉到了一个幼小生命的意义。成人注视并强调了这种价值，他们就感悟到深深的爱意。在尝试给予的同时，他们懂得了什么是接受。爱是一面辽阔光滑的回音壁，微小的爱意反复回响着，折射着，变成巨大的轰鸣。当付出的爱被隆重地接受并珍藏时，孩子终于强烈地感觉到了被爱的尊贵与神圣。

被太多的爱压得麻木，腾不出左手的孩子，只得用右手，完成给予和领悟爱的双重任务。

天下的父母，如果你爱孩子，一定让他从力所能及的时候，开始爱你和周围的人。这绝非成人的自私，而是为孩子一世着想的远见。不要抱怨孩子天生无爱，爱与被爱是铁杵成针百年树人的本领，就像走路一样，需反复练习，才会举步如飞。

如果把孩子在无边无际的爱里泡得口眼翻白，早早剥夺了他感知爱的能力，育出一个爱的低能儿，即使不算弥天大错，也是成人权力的滥施，或许要遭天谴的。

在爱中领略被爱，会有加倍的丰收。孩子渐渐长大，一个爱自己爱世界爱人类也爱自然的青年，便喷薄欲出了。

青虫之爱

我有一位闺中好友，从小怕虫子。不论什么品种的虫子都怕。披着蓑衣般茸毛的洋辣子，不害羞地裸着体的吊死鬼，一视同仁地怕。甚至连雨后的蚯蚓，也怕。放学的时候，如果恰好刚停了小雨，她就会闭上眼睛，让我牵着她的手，慢慢地在黑镜似的柏油路上走。我说，迈大步！她就乖乖地跨出很远，几乎成了体操动作上的“劈叉”，以成功地躲避正蜿蜒于马路上的软体动物。在这种瞬间，我可以感受到她的手指如青蛙腿般弹着，不但冰凉，还有密集的颤抖。

大家不止一次地想法治她这毛病，那么大的人了，看到一个小小毛虫，哭天抢地的，多丢人啊！早春天，男生把飘落的杨花坠，偷偷地夹在她的书页里。待她走进教室，我们都屏气等着那心惊肉跳的一喊，不料什么声响也未曾听到。她翻开书，眼皮一翻，身子一软，就悄无声息地瘫到桌子底下了。

从此再不敢锻炼她。

许多年过去，各自都成了家，有了孩子。一天，她到我家中做客，我下厨，她在一旁帮忙。我摘青椒的时候，突然从蒂旁钻出一条青虫，胖如蚕豆，背上还长着簇簇黑刺，好一条险恶的虫子。因为事出意外，怕那虫蜇人，我下意识地将半个柿子椒像着了火的手榴弹扔出老远。

待柿子椒停止了滚动，我用杀虫剂将那虫子扑死，才想起酷怕虫的女友，心想刚才她一直目不转睛地和我聊着天，这虫子一定是入了她的眼，未曾听到她惊呼，该不是吓得晕厥过去了吧？

回头寻她，只见她神态自若地看着我，淡淡地说，一个小虫，何必如此慌张。

我比刚才看到虫子还愕然地说，啊，你居然不怕虫子了？吃了什么抗过敏药？还是狠斗私字一闪念，阶级觉悟有了大提高？

女友苦笑说，怕还是怕啊。只是我已经能练得面不改色，一般人绝看不出破绽。刚开始的时候，我就盯着一条蚯蚓看，因为我知道它是益虫，感情上接受起来比较顺畅。再说，蚯蚓是绝对不会咬人的，安全性能较好……这样慢慢举一反三，现在我无论看到有毛没毛的虫子，都可以把惊恐压制在喉咙里。

我说，为了一个小虫子，下这么大的功夫，真有你的。值得吗？

女友很认真地说，值得啊。你知道我为什么怕虫子吗？

我撇撇嘴说，我又不是你妈，我怎么会知道啊！

女友拍着我的手说，你可算说到点子上了，怕虫就是和我妈有关。我小的时候，是不怕虫子的。有一次妈妈听到我在外面哭，急忙跑出去一看，我的手背又红又肿，旁边一条大花毛虫正在缓缓爬走。我妈知道我叫虫蜇了，赶紧往我手上抹牙膏，那是老百姓止痒解毒的土法。以后，她只要看到我的身旁有虫子，就大喊大叫地吓唬我……一来二去的，我就成了条件反射，看到虫子，真魂出窍。

后来如何好的呢？我追问。依我的医学知识，知道这是将一个刺激反复强化，最后，女友就成了巴甫洛夫教授的案例，每一次看到虫子，就恢复到童年时代的大恐惧中。世上有形形色色的恐惧症，有的人怕高，有的人怕某种颜色，我曾见过一位女士，怕极了飞机起飞的瞬间，不到万不得已，她是绝不搭乘飞机。一次实在躲不过，上了飞机。系好安全带后，她骇得脸色刷白，飞机开始滑动，她竟号啕痛哭起来……中国古时的“一朝被蛇咬，三年怕井绳”说的也是这回事。只不过杯弓蛇影的起因，有的人记得，有的人已遗忘在潜意识的晦暗中。在普通人看来是微不足道的小事，对当事人来说，痛苦煎熬，治疗起来十分困难。

女友说，后来有人要给我治，说是用“逐步脱敏”的办法。比如先让我看虫子的画片，然后再隔着玻璃观察虫子，最后直接注视虫子……

原来你是这样被治好的啊！我恍然大悟道。

嗨！我根本就没用这个法子。我可受不了，别说是看虫子的画片了，有一次到饭店吃饭，上了一罐精致的补品。我一揭开盖，看到那漂浮的虫草，当时就把盛汤的小罐摔到地上了……朋友抚着胸口，心有余悸地讲着。

我狐疑地看了看自家的垃圾桶，虫尸横陈，难道刚才女友是别人的胆子附体，才如此泰然自若？我说，别卖关子了，快告诉我你是怎样重塑了金身？

女友说，别着急啊，听我慢慢说。有一天，我抱着女儿上公园，那时她刚刚会讲话。我们在林荫路上走着，突然她说，妈妈……头上……有……她说着，把一缕东西从我的发上摘下，托在手里，邀功般地给我看。

我定睛一看，魂飞天外，一条五彩斑斓的虫子，在女儿的小手内，显得狰狞万分。

我第一个反应是像以往一样地昏倒，但是我倒不下去，因为我抱着我的孩子。如果我倒了，就会摔坏她。我不但不曾昏过去，神智还是从没有的清醒。

第二个反应是想撕肝裂胆地大叫一声。因为你胆子大，对于惊叫在恐惧时的益处可能体会不深。其实能叫出来极好，可以释放高度的紧张。但我立即想到，万万叫不得。我一喊，就会吓坏了我的孩子。于是我硬是把喷到舌尖的惊叫咽了下去，我猜那时我的脖子一定像吃了鸡蛋的蛇一样，鼓起了一个大包。

现在，一条虫子近在咫尺。我的女儿用手指抚摸着它，好像那是一块冷冷的斑斓宝石。我的脑海迅速地搅动着。如果我害怕，把虫子丢在地上，女儿一定从此种下了虫子可怕的印象。在她的眼中，妈妈是无所不能无所畏惧的，如果有什么东西把妈妈吓成了这个样子，那这东西一定是极其可怕的。

我读过一些有关的书籍，知道当年我的妈妈，正是用这个办法，让我一生对虫子这种幼小的物体，骇之入骨。即便当我长大之后，从理论上知道小小的虫子只要没有毒素，实在不值得大惊小怪，但我的身体不服从我的意志。我的妈妈一方面保护了我，一方面用一种不恰当的方式，把一种新的恐惧，注入我的心里。如果我大叫大喊，那么这根恐惧的链条，还会遗传下去。不行，我要用我的爱，将这铁环砸断。

我颤颤巍巍伸出手，长大之后第一次把一只活的虫子，捏在手心，翻过来掉过去地观赏着那虫子，还假装很开心地咧着嘴，因为——女儿正在目不转睛地看着我呢！

虫子的体温，比我的手指要高得多，它的皮肤有鳞片，鳞片中有湿润的滑液一丝丝渗出，头顶的绒毛在向不同的方向摆动着，比针尖还小的眼珠机警怯懦……

女友说着，我在一旁听得毛骨悚然。只有一个对虫子高度敏感的人，才能有如此令人震惊的描述。

女友继续说，那一刻，真比百年还难熬。女儿清澈无瑕的目光笼罩着我，在她面前，我是一个神。我不能有丝毫的退缩，我不能把我病态的恐惧传给她……

不知过了多久，我把虫子轻轻地放在了地上。我对女儿说，这是虫子。虫子没什么可怕的。有的虫子有毒，你别用手去摸。不过，大多数虫子是可以摸的……

那只虫子，就在地上慢慢地爬远了。女儿还对它扬扬小手，说："拜……"

我抱起女儿，半天一步都没有走动。衣服早已被黏黏的汗浸湿。

女友说完，好久好久，厨房里寂静无声。我说，原来你的药，就是你的女儿给你的啊。

女友纠正道，我的药，是我给我自己的，那就是对女儿的爱。

成千上万的丈夫

有成千上万的男人，可能成为某个女人的好丈夫。

这句话，从一位做律师的女友嘴中，一字一顿地吐出时，坐在对面的我，几乎从椅子滑到地上。

别那么大惊小怪的。这话也可以反过来对男人说，有成千上万的女人，可以成为你们的好妻子。你知道我不是指人尽可夫的意思。教养和职业，都使我不会说出这类傻话。我是针对文学家常常在作品中鼓吹的那种“唯一”，才这样标新立异。女友侃侃而谈。

没有唯一。唯一是骗人的。你往周围看看，什么是唯一？太阳吗？宇宙有无数只太阳，比它大的，比它亮的，恒河沙数。钻石吗？也许有一天我们会飞到一颗钻石组成的星球，连旱冰场都是钻石铺的。那种清澈透明的石块，原子结构很简单，更容易复制了。指纹吗？指纹也有相同的，虽说从理论上讲，几十亿上百亿人当中，才有这种可能性。好在我们找丈夫不是找罪犯，不必如此精确。世上的很多事情，过度精确，必然有害。伴侣基本是一个模糊数学问题，该马虎的时候一定要马虎。

有一句名言很害人，叫作：每一片绿叶都不相同。我相信在科学家的电子显微镜下，叶子间会有大区别，楚河汉界。但在一般人眼中，它们的确很相似。非要把基本相同的事物，看得大不相同，是神经过敏故弄玄虚。在森林里，如果戴上显微镜片，去看高大的乔木，除了满眼惨绿，头晕目眩，无法掌握树林的全貌。只得无功而返，也许还会迷失方向，连回家的路都找不到了。

婚姻是一般人的普通问题，不要人为地把它搞复杂。合适做你丈夫的人，绝非前无古人后无来者的异数。就像我们是早已存在的普通女人，那些普通的男人，也已安稳地在地球上生活很多年了。我们不单单是一个人，更是一种类型，就像喜欢吃饺子的人，多半也热爱包子和馅饼。科学早就证明，洋葱和胡萝卜脾气相投，一定会成为好朋友。大豆和蓖麻天生和平共处。玫瑰花和百合种在一处，彼此都花朵繁茂，枝叶青翠。但甘蓝和芹菜相克，彼此势不两立。丁香和水仙花，更是水火不相容。郁金香干脆会致毋忘草于死地……如果你是玫瑰，只要清醒地坚定地寻找到百合种属中的一朵，你就基本获得了幸福。

当然了，某一类人的绝对数目虽然不少，但地球很大，人又都在走来走去，我们能否在特定的时辰，遭遇到特定的适宜伴侣，也并不是太乐观的事。

相信唯一，你就注定在茫茫人海东跌西撞寻寻觅觅，如同一叶扁舟想捕获一匹不知潜在何处的鳟鱼，等待你的是无数焦渴的黎明和失眠的月夜。

抱着拥有唯一的愿望不放，常常使女人生出组装男友和丈夫的念头。相貌是非常重要的筹码，自然列在前茅。再加上这一个学历高，那一个家庭好，另一个脾气柔雅，还一个事业有成……女人恨不能将男人分解，剁下各自最优异的部分，由女人纤纤素手用以上零件，黏合成一个无与伦比的新男人，该是多么美妙！

只可惜宇宙浩渺，到哪里寻找这样的胶水！

这种表面美好的幻想核心，是一团虚妄的灰雾在作祟。婚姻中自然天成的唯一佳侣，几乎是不存在的。许多婚礼上，我们以为天造地设的婚姻，夭折得如同闪电。真正的金婚银婚，多是历久弥新的磨合与默契。

女人不要把一生的幸福，寄托在婚前对男性千锤百炼的挑拣中，以为选择就是一切。对了就万事大吉，错了就一败涂地。选择只是一次决定的机会，当然对了比错了好。但正确的选择只是良好的开端，即使航向对头，我们依然还会遭遇风暴。淡水没了，船橹漂走，风帆折了……种种危难如同暗礁，潜伏航道，随时可能颠覆小船。选择错了，不过是输了第一局。开局不利，当然令人懊恼，然而赛季还长，你可整装待发，蓄芳来年。只要赢得最终胜利，终是好棋手。

在我们的人生旅途中，不得不常常进入出售败绩的商场。那里不由分说地把用华丽外衣包装的痛苦，强售给我们。这沉重惨痛的包袱，使人沮丧。于是出了店门，很多人动用遗忘之手，以最快速度把痛苦丢弃了。这是情绪的自我保护，无可厚非。但很可惜，买椟还珠，得不偿失。付出的是生命的金币，收获的只是垃圾。如果我们能够忍受住心灵的煎熬，细致地打开一层层包装，就会在痛苦的核心里，找到失败随机赠送的珍贵礼品——千金难买的经验和感悟。

如果执着地相信唯一，在苦苦寻找之后一无所获，或是得而复失，懊恼不已，你就拿到了一本储蓄痛苦的零存整取存单，随时都有些进账可以添到收入一栏里记载了。当它积攒到一笔相当大的数目，在某个枯寂的晚上，一股脑儿挤提出来，或许可以置你于死地。

即使选择非常幸运地与“唯一”靠得很近，也不可放任自流。“唯一”不是终生的平安保险单，而是需要养护需要滋润需要施肥需要精心呵护的鲜活生物。没有比婚姻这种小动物，更需要营养和清洁的维生素了。就像没有永远的敌人一样，也没有永远的爱人。爱人每一天都随新的太阳一同升起。越是情调丰富的爱情，越是易馊，好比鲜美的肉汤如果不天天烧开，便很快滋生杂菌以至腐败。

不要相信唯一。世上没有唯一的行当，只要勤劳敬业，有千千万万的职业适宜我们经营。世上没有唯一的恩人，只要善待他人，就有温暖的手在危难时接应。世上没有唯一的机遇，只要做好准备，希望就会顽强地闪光。世上没有唯一只能成为你的妻子或丈夫的人，只要有自知之明，找到相宜你的类型，天长日久真诚相爱，就会体验相伴的幸福。

女友讲完了，沉思袅袅地笼罩着我们。我说，你的很多话让我茅塞顿开。但是……

但是……什么呢？直说好了。女友是个爽快人。

我说，是否因工作和爱人都不是你的唯一，所以才这般决绝？不管你怎样说，我依然相信世界上存在着“唯一”这种概率。如同玉石，并不能因为我们自己不曾拥有，就否认它的宝贵。

女友笑了，说，一种概率若是稀少到近乎零的地步，我们何必抓住苦苦不放？世上有多少婚姻的苦难，是因追求缥缈的“唯一”而发生啊！对我们普通的男人和女人来说，抵制唯一，也许是通往快乐的小径。

家庭幸福预报

今日世上多预报。比如天气预报，地震预报，商情预报，服装流行趋势预报，甚至连几十上百年后的日月食，都有了分秒不差的天象预报。不知为什么一桩婚姻诞生时，却没人对它的走向，发布家庭幸福趋势预报？

料想此事太难。

人无慧眼，可穿透岁月层叠的雾岚，窥见新人的沧海桑田。天会变，道亦会变。地位，相貌，健康，性格……都像拥挤的卵石，在时间的渠里磕磕绊绊，几十年冲刷下来，筚路蓝缕，旧貌新颜，有的化作晶莹玛瑙，有的碎成粉渣儿石屑。意志不是金刚水钻，没有那么坚不可摧的硬度，柔软多孔的人心是善变的精灵。

更无一把衡尺，可丈量幸福的杯子是否饱满。你以为汹涌澎湃，他却道涓涓细滴。你陷入悲痛欲绝，她沉浸风花雪月。思维无并连，神经永绝缘，是动物的造化之幸，也是人的悲哀之源。幸福也许是高速车上捆绑的安全带，因人制宜，松窄可调，不到车毁人危的关头，看不出它所捆定的价值。

幸福无框架，幸福无定义，幸福不会立此存照，幸福无法预支和储蓄。幸福可以压缩，幸福可以扩展。幸福无保修，幸福无退换……谁愿面对一件标准模糊的朦胧产品，说短论长？

家庭的幸福，难道真是百面妖魔，没有丝毫蛛丝马迹可寻？幸福的趋势，竟如盲人摸象，永无程序可考？设想婚礼的筵席上，若有预告幸福指点迷津的权威术士，该是最受敬畏的上宾。

不知未卜先知的哲人，有何手段击穿未来，烛照今夕？依我之心，窃以为该先测测双方的智商。假如智慧相等或差池在 ±10% 的范围内，幸福便有了十分中二点五分的保障。想想看，若在几十年的耳鬓厮磨中，每一句话都呢喃两遍以上，彼此才能缓缓沟通，是否慢性受刑？爱是生死与共的事，其难度不次于哥德巴赫猜想。分秒必争斗转星移的今日，脑是每个人首要的固定资产，评估它的功能状态，是严肃认真必备必需的手续。男女相悦不仅是激素的迸发，更是理智沟回清醒的把握。

教育的差异可在漫长的日子里填平补齐，更何况家中回荡的多是人生冷暖，并非先贤凝固的文字。假如智慧不对等，鸿沟非人力可充垫，循环往复的对牛弹琴，最易生出惨淡的麻痹和难以疗救的倦怠。世上有许多背景悬殊的夫妻，在外人以为必是寡淡无味的相守中，其乐融融。不仅是情操的契合，实有神智棋逢对手的持久快意。

单有智商是不够的，还需品质的优良与性格的互补，分数前者占三后者占二吧。

婚姻是一场马拉松呢，从鬓角青青搏到白发苍苍。路边有风景，更有荆棘，你可以张望，但不能回头。风和日丽要跑，狂风暴雨也要冲，只有清醒如水的意志和持之以恒的耐力，才能撞到终点的红绳。

婚姻在某种程度上，是阴阳的大拼盘。我总怀疑性格的近似，是滋生不幸的助剂。粉了还要紫，绿了还要青，雪上加霜是搭配学上犯忌的事。然而相反相成，刚柔相济，图纸上令人神往，实施起来难度很大。度的掌握重要而微妙。逆反太凶，则是冤家对头，虽有强的磁场引力，但长久相克，磨损太甚，只怕两败俱伤。然而适当的尺寸，又像丝丝入扣的魔鞋，缥缈大地，谁知遗走何方？有的人寻找一生，找到了，是大幸运。找不到，无望无奈，也可保有死水微澜的宁静。最怕的是委委屈屈的将就，合久必分，却又当断不断。好像快餐店的塑料低背椅，可待片刻，难以枯守一生。道貌岸然地坚持，必是颈项腰腿痛。半辈子熬过去，脊柱都弯矮了。

善良在幸福这锅汤里，就像优质味精，断断少不得。我看至少把一点五分给它。现今有人觉得善良简直就是无用的别号，我却以为无论在生意场社交场上，善良多么忍辱蒙羞落荒而走，友谊与家居的优美疆域，永是它世袭罔替的领地。丧失善良的友谊，是溶了蒙汗药的酒池肉林。缺乏善良的婚姻，是危机四伏无法兑现的期票。婚姻易碎，婚姻易老，善良如绵绵长长包裹婚姻瓷器完整的丝缕，似青青翠翠保养婚姻花叶常青的圣水。

剩下的一分，不知判给谁好。机遇、门第、如影随形的契机、冥冥之中的缘分……都在争抢终局的发言权。它们都很重要，假如有道判定婚姻幸福的公式，都该罗列其内，在结尾处结结实实占一席之地。但我思索再三，决定将这场婚姻预言的最后因子，留给通常在爱情中故意漠视的金钱。

很世俗，但很实际。贫贱夫妻百事哀，当一生的基本生活需要都没有保障的时候，我不知家庭幸福的青鸟，可以栖息在哪枝无果的树上做巢。婚姻里沉淀着那么多的柴米酱醋盐，每一件都与金钱息息相关。我们有许多清高的场合可以不谈钱，但家是一个必须坦荡地经常地反复地赤裸裸地议论金钱的地方。对金钱的共同掌握和使用方向的通力合作，是家庭木桶防止渗漏的坚实铁箍。

钱绝不可以太少，男人女人，一定要用自己的双手，用血汗化作干净的金钱，注满列车正常行驶的油箱。钱多比钱少好，但不要超过双方卓越的智力与优良的品质可以控制的范畴。单纯的金钱，就像单纯的水一样，不加消毒照料，就会慢慢蒸发腐坏。只有金钱与善良结合，才是世上很多美好事物的摇篮。

如果我们看到一对男女结成连理的时候，智商均衡，天性互助，多温柔宽厚之心，也不乏冷静果决之勇，坚韧友爱，钱不多也不少，顾了温饱，尚有些微节余，可以奠定共同事业的起点……那么无论他们的身材多么矮弱，相貌多么平凡，出身多么低微，文化多么有待提高，情感多么不善表达，誓言如何稀少轻淡……甚至在外人眼里他们贫寒寂静，简单甚至简陋，我都有足够的理由期待，他们会在艰窘中生长出至亲至爱的快乐与幸福。

我希望祝福成真。

假如一对新人智差殊异，性格无补，少温良仁爱的善美，多冷厉森严的辣手，钱不是太多就是太少……无论他们身高如何匹配，相貌如何俊美，家世如何渊源，文凭如何耀眼，情感如何缠绵，山盟如何海誓……有多少外在的光环闪烁；也无论青梅竹马，患难之交，萍水相逢，千里姻缘，弄巧成拙，指腹为婚……有多少内里的故事流传，我却总带着凄凉的心境，仿佛看到幸福终结的海市蜃楼，在不远处波光粼粼。哀痛使我无法扮出由衷的微笑。

这一回，但愿我看走眼了吧。

幸福的镜片

现今家庭，有些简直成了情绪火葬场。一位女友说，先生在外面笑眯眯，人都赞脾气好，可回到家里，满脸晦气，令人沮丧。女友恼火地抗议，你不要金玉其外，轮到自家人时，却像八大山人笔下的鱼鹰，白眼球多，黑眼球少。先生立即反驳道，人又不是仪器，不可能总调整在最佳状态。发愁的时候，懊恼的时候，垂头丧气的时候，你让我到哪里撒火？和领导吵吗？不敢抗上。和同事争吗？来日方长，得罪不起。在公共车上和不相干的人口角吗？人家招你惹你了？那不是伤及无辜，太不五讲四美。女友说，我是你的亲人，却经常看你黑脸，你这不是残害忠良吗？先生说，家是最隐蔽最放松的场所，一个人若是在家里都不能扒下面具，赤裸裸做人，那才是大悲哀。我阴沉着脸，并非对你有恶意，只是情绪病了。你装聋作哑好了，不必同我一般见识。有什么不中听的话，并非针对你，只是宣泄独自的郁闷。如果你爱我，就请原谅我的种种真实……

女友困惑地说，人怎么能把家庭当作消化情绪的垃圾场？这样下去，谈何幸福？！

我倒以为幸福的家庭，不妨成为回收情绪垃圾的炼炉。将成员的种种不快以至愤慨忧愁苦恼悲凉……都虚怀若谷地包容下来，然后紧闭炉门，不再泄漏。让那炉中真火慢慢熬炼，直到怨气焚化成白色无害的灰烬，随风飘逝，不见踪影。

这事说起来简便，实施的时候，却很易失控。人在家居，心不设防，就像没打过麻疹疫苗的小儿，对情绪缺少抵抗力。一旦心境恶劣，极易传染他人。又因至爱亲朋，血脉相通，结果一人发火，污染全体，大家受难。很多原本是外界的小风波，最后演成家庭的全武行。

好的家庭要有丝网般的过滤功能。快乐的幸福的消息，如高屋建瓴，肥水快流，多拉快跑，让佳音火速进入所有成员的耳鼓。忧郁的不幸的消息，只要不关急务，便遮掩它，蹒跚它，让时间冲刷它的苦涩，让风霜漂白它触目惊心的严酷。

好的家庭是会变形的镜片，能发生奇妙的折射。凸透使事物变大，凹透让东西变小。如果是愉快的源泉，哪怕只是夫妻间的一个手势，孩子捧出的一杯清水，远方朋友的一个问候，陌生人的一个祝福……都应透过放大镜，使它纤毫毕现，华光四射。让一朵杜鹃，蔓延出一片火红的山谷。让一个口哨，轰响成一部辉煌的乐章。从一片面包，憧憬出今后日子的和美丰足。携一缕春风，扩展成融融暖意，铺满整个家庭空间。

如果是苦难和灾异，比如亲朋远逝，祸起萧墙，泰山压顶，骤雨狂风……降临的种种天灾人祸，经过家庭镜片的折射，都应竭力缩小它的规模——淡化压力的强度，软化尖锐的硬度，衰减振荡的烈度，压缩波及的范围，控制哀痛的伤害，截短作用的时间……让家人在家的庇护下，惊魂甫定，休养生息，疗治创口，积聚新力，重新敛起生活的勇气。

这是否如澳洲鸵鸟的战术，一厢情愿？我想明晰的镜片和浑黄的沙砾有原则区别。无论喜讯还是噩耗，通过家庭镜片的折射，它们未曾消失，依然健在，改变的只是外界事物作用于我们的感觉。

放大欢乐，缩小痛苦，这就是幸福家庭的奇妙镜片功能。

家中的气节

我想说，家中无气节。这话，肯定不堪一击。中国人饿死事小，失节事大，哪里敢辱没气节的丰姿呢？但我指的只是家中的琐碎，不过借用一下此词的英名。

世上举案齐眉的家庭一定是有的，不能以我等瓢勺相碰的日子，揣测人家的和睦是虚伪。但也一定不多，因为矛盾的普遍性制约着我们。

大多数家庭都时常爆发争执，像界碑不清的小国，边境冲突不断。要是演变成正式宣战，干脆离婚罢了，也不在范畴之内。那些先是苦恋苦爱，既争执不断，又处于冷战状态的家庭，似有讨论气节的余地。

有多少原则问题呢？真正的国计民生，大概并不构成分歧的核心。甚至对家庭的大政方针，比如孩子要上大学，父母要延年益寿，工作要努力，住房要增加……双方也是高度和谐统一的。问题往往出在一些很小的分工或是态度的优劣上，比如你是做饭还是洗衣？你为什么不和颜悦色而是颐指气使……有时，简直就不知是为了什么，双方把外界的怒气直接打包带回家，单刀直入地进入了对峙阶段，除了不扔原子弹，家庭阴冷的气氛同大战无异。

为了对付这种莫名其妙的僵持，时新杂志上登出了许多驭夫或是驭妻的“诀窍”，教你如何化干戈为玉帛，这些供人莞尔一笑的小诀窍，不知灵不灵。我看这其中的死结——就是如何对待家中的气节。

家是什么呢？是一对男女的永不毕业的大学，是适宜孩子居住的圣殿。是灵魂的广阔海滩，精神的太阳浴场。我们在尘世奔波，会见他人时的种种面膜，需在家中清洗复原。意志的疲软顿挫，需在亲情中柔软着陆。人们以为家中的人多温柔和蔼，真是错了。在涡轮般旋转的今天，家居的人也许比街市的人更脆弱，更敏感，更易冲动激惹。

常常听到因小事争吵的女人说，我从此不理丈夫，等他来同我说第一句话。男人就更是不肯低下高昂的头，好像家是宁死不屈的刑场。

冷漠后恢复交谈的第一句话真是那么重要吗？重于我们曾经有过的一生一世的寻找？第二句话真就那么卑下吗？低贱到后发制人，丧失了品格和尊严？第三句话真就那么平淡了吗？淡忘它如同抛弃我们以前拥有过的万语千言？

什么是家中的气节？既然我们相爱，爱就是我们共同的气节。你的失态，在我看来，是你的思绪溃败了。在这一个瞬间，我是你的强者。原谅，宽恕，包容和鼓励，就是家庭永远长青的气节。

有些人以沉默对待冷漠，消极地把缰绳交给时间。时间通常是一个中性的调解员，会使人们渐渐恢复冷静。但孤寂中只顾自家意气的男女不要忘了，时间也会跟我们开居心叵测的玩笑呢。当你缄默着不肯谅解时，家的瓶颈便出现第一道裂纹。继续对抗下去，锤子无聊地敲击着婚姻之瓶，随着时间的叠加，瓶子也许訇然破碎。

太看重一己气节的人，其实是一种枯燥的自卑。你以为在亲人面前挣得了面子，失去的却是尊重与宽容。片刻的满足带来长久的隐患，聪明的男人和女人，千万别因小失大。

分歧时，不必拍案而起。争执起，义正辞可不严。有失误，莫要声色俱厉。灾临头，携手共赴家难。如果一定要有家中气节，我想这几条该在其中。

垃 圾 婚

有一位女博士，电话里表示要采访我。因为日程排满了，我和她约了多日之后的一个晚上。那天，我早早到了咖啡厅。她来迟了，神情疲惫。我说，你是不是生病了？如果不舒服，别勉强。她很急迫地说，不不不……我现在就是希望和人谈话，越紧张越好。

于是，我们开始。她打开笔记簿，逐条提问。看得出，她曾做过很充分的准备，但此刻精神却是萎靡恍惚的。交流正到关键时刻，她突然站起，说，不好意思，我上一下洗手间。

我当然耐心等待。她回来，落座，我们接着谈。不到十分钟，她又起身，说，不好意思——然后匆匆向洗手间方向小跑而去。

一而再，再而三。因为我们所坐的位置离洗手间有一段距离，拐来拐去一趟，颇费时间，谈话便出现了很多空白和跳跃。她不断地添加咖啡，直到我以一个医生的眼光，认为她在短时间内摄入的咖啡因含量，已到了引起严重失眠和心律紊乱的边缘。

我委婉地说，你要在意自己的身体。如果不适，咱们改日再谈吧。咖啡也要适当减少些，不然——像你这样美丽的女孩，会变得皮肤粗糙、面容暗淡了……

她猛地扔开采访本，说，我这个样子，你仍旧认为我是美丽和光彩的吗？

我说，是啊。当然是。如果安安稳稳地睡上一个好觉，我相信你更会容光焕发。

她说，您说的睡觉，是什么意思呢？

我说，就是很普通很家常很必需的睡觉啊。温暖安全的房间，宽大的床铺，松软的枕头，蓬松的被子……当然了，空气一定要清新，略带微微的冷最好。喔，还有一件顶重要的事，要有一架小小的老式闹钟，放在床头柜上。到了预定时间，它会发出喑哑而锈的声音，刚好把你唤醒又不会吓你一跳……起床了，你就可以生龙活虎地快乐地干事了……

她用两只手握着我的手说，你怎么和我以前想的一模一样？！可惜，我现在不这样认为了。读博士的时候，我认识了乔，当他在草地上说，咱们睡一觉吧！我以为是仰望着蓝天白云，享受浪漫的依偎，没想到他就让我们的关系，从恋人火速到了夫妻。乔说，睡觉就是性的代名词。

女博士握着我的手，她的一只手很热，捂着咖啡杯的缘故。一只手很冷，那是此刻她的体温。

我说，乔是什么人呢？

她说，乔是个企业家，他没有很高的学历。乔说他喜欢读过很多书的人，特别是读过很多书的女人，尤其是读过很多书又很美丽的女人。我喜欢乔这样评价我的长处——读书和美丽。如果单看到我的书读得好，比如我的导师和我的师兄弟们，我觉得他们太不懂得欣赏女人的奥妙了。但如果只是看到我的美丽，比如有些比乔拥有更多财富和权势的人物喜欢我，但我觉得他们买椟还珠。

后来，我和乔结婚了。乔不算很富有，他原来说要给我买有游泳池的房屋，最后呢，只买了一套浴缸了事。但我不怨乔，我知道男人们都爱在他们喜爱的女人面前夸口。我相信只要乔好好发展，游泳池算什么呢？将来我们也许会拥有一个海岛呢！以我的学识和美丽，加上乔的生猛活力，我们是一对黄金伴侣。

说到黄金，结婚多少年之后，有一个称呼，叫作“金婚”。我看，婚姻必得双方原先就是两块黄金，结合在一起，才能是“金婚”吧？两块木头，用铁丝缠在一起多少年，也变不成黄金，只能变成灰烬。对不对？乔说，咱们一结婚，就是金婚了。

有一天，我有急事呼乔，乔那天为了躲一笔麻烦的交易，把手机关了。他说，呼机我开着呢，你呼我，我会回话。可我连呼多次，他就是没反应。晚上，我问乔说，你让我呼你，可你为什么不理我？他说，是吗？我不知道啊。他把呼机摘下说，喔，没电了。说完，他就出外办点儿小事。我正好抽屉里有电池，就给他的呼机换上。电池刚换好，呼机就响了。来电显示了一个电话号码，并有呼叫者的全名——一位女士。留言也是埋怨乔为什么渺无回音？口气肉麻暧昧，绝非我这个当妻子的说得出来的。让呼台小姐转达如此放肆的情话，也不怕闪了舌头。

我立马把呼机扔到床上，好像它是活蟑螂。本能让我猜出了它后面的一切，阴谋在我的身边已经潜伏很久了。

我要感谢我所受过的系统教育，让我在混乱中很快整出条理——我首先要搞清情况，我不能再被人蒙在鼓里。背叛和欺骗，是我的两大困境，我要各个击破。威严的导师可能没想到，他所教授我的枯燥的逻辑训练和推理能力，成为我在情场保持起码镇定的来源。我立即把呼机里的新电池退下，把乔的旧电池重新填进。然后，整个晚上，用最大的毅力，憋住了不询问乔有关的任何事宜，乔也没有注意到我的沉默。那个电话号码和姓名，像我学过的最经典的定律，刻在了我的脑海里。

我先是查了乔的手机对外联络号码。我知道了乔和那女人通话之多，令人吃惊。我又查到了那个女人的住址和身份。

我找到她。我不知自己为什么要先找到她，而不是先和乔谈。也许，我不想再听乔的欺骗之词，那不仅是对感情的蹂躏，也是对我的智商的藐视。在我的潜意识里，也有几分好奇。我想知道这个把我打得一败涂地的女人，是个什么样子？

我找她的那一天，精心地化了妆，比我去见任何一位我所尊重的男士，出席任何一个隆重的场合，都要认真。我挑选了自己最满意的服饰，临敲她门的时候，心怦怦直跳。很可笑，是不是？但我就是那样子，完全丧失了从容。

门开了。她说她就是我要找的人。我倚着门框，简直要晕倒。我以为自己将看到一位国色天香的玉人，那样我输得其所，输得心甘情愿。我会恨乔，但我还会保存一点儿尊严。但眼前的这个女人，矮、黑、胖，趿拉着鞋，粗俗得要命，牙缝里还沾着羽绒似的茴香叶子……

我问她那个传呼是什么意思？她说，你就是乔的那个博士老婆吧？你能想到什么意思，就是什么意思。你是博士吗，这点儿常识还没有！我什么也说不出来了，木然地往回走，那女人还补了一句，乔说了，跟博士睡觉，也就那么回事，没劲！

我跟乔摊牌了。他连一点儿悔恨的表示都没有，说，离吧。我本来以为博士有特殊的味道，试了试，也就那么回事，你要是睁一眼闭一眼地过，也行。你还这么心眼多且不饶人，得了，拜拜吧。

办离婚那天，正好距我们结婚的日子，整整十个月。我不知道十个月的婚姻，有什么叫法，我把它称为“垃圾婚”。我们原本就不是金子，他不是，我也不是。把一种易生锈的东西和另一种易腐蚀的物件搁在一处，就成了垃圾。

我外表上还算平静，还可以做研究采访什么的。但我的内心受了重创。乔摧毁了我的自信心，我想，那个女人吸引他的地方是什么呢？容貌学历她一点儿没有。有的就是睡觉吧？那有什么了不起的？睡觉谁不会呢？我既然能做得了那么繁复深入的研究，睡觉能难得倒谁呢？我开始和多个男友交往，很快就睡觉。我得了严重的泌尿系统感染症，这两天又犯了，但咱们约好的时间我不想更改，这就是我不断地上洗手间的原因……

听着听着，我用手指围住滚热的咖啡杯。在她描述的过程中，我的手端渐渐冷却。

我该怎么办？女博士问我。

先把病治好。我说。

这我知道，也不是没治过。只是治好了，频繁地睡觉，就又犯了。她有些不好意思地说。

我说，睡觉，我说的是纯正的睡眠，对治病只有好处，没有坏处。女人们首先享有自己安宁的睡眠，才有力量清醒地考虑爱情啊。

女博士说，可是，我的垃圾婚姻呢？

我说，不是已经结束了吗？

她说，可是我还在垃圾堆里啊。

我说，你愿意当垃圾吗？

她说，这还用说吗？当然是不愿意的啦！可是，谁能救我？

我说，救你的只有一个人，就是你自己啊。既然你不愿意当垃圾，很好办，离开垃圾就是了。

她说，就这么简单啊？

我说，就这么简单。当然，具体做起来，你可能要有斗争和苦恼。但关键是决心啊。只要你下了决心，谁能阻止一个人从垃圾中奋起呢!

女博士点点头，招来侍者，说，我不要咖啡了，请来一杯白开水。我不再用浓浓的咖啡麻醉或是刺激神经了。有时候，最简单的办法，就是最有力量的啊。

我说，祝你睡个好觉。

界限的定律

记得当年学医时，一天，药理教授讲起某种新抗菌药的机理，说它的作用是使细菌壁的代谢发生障碍，细菌因此凋亡。菌壁消失了，想想，多吓人的事情。好似兽皮没了，骨和肉溶成一锅粥，破破烂烂黏黏糊糊，自身已不保，当然谈不到妨害他人。可见，外壳，也就是界限，是非常重要的。如果丧失了界限，那么，这种生物的生存和发展也就处于极大的危机中了。

教授讲的是低等生物，高等生物又何尝不是如此。界限这种东西，是古老而神奇的。动物会用气味笼罩自己的势力范围。没有现成的界桩，就会用自己的尿标出领地。界限也是富有权威和统治力的。国与国之间如果界限不清，就孕育着战争。人与人之间如果界限不清，就潜藏着冲突。账目不清，是会计的犯罪；扯皮推诿，是官员的渎职。清晰的界限，象征着健康和尊严。什么叫一个新生命的诞生？就是从融合中分离，在混沌中撕裂出了一个完全独立的个体，建起崭新的界限体系。人与人的界限如果消失了，那么人的特立独行和思索也同时丧失，随之而来的是精神的麻木和思维的蒙昧。

外壳之外，是彼此间的距离。在欧美的礼仪书里，特别注明人与人之间的最低社交安全距离是17英寸[1]。这个标准，也要入境随俗。比如咱的公交汽车，正值上下班高峰，小伙的前心贴着姑娘的后背，别说17英寸，就连1.7英寸也保证不了。只有见怪不惊，理解万岁。可见界限这个东西，是有弹性的。

身体需要界限，心理何尝不是如此，特别是夫妻。无论何时，都不可消融了自我的界限。无论怎样情投意合，终是不同的个体，不可能完全一致。如果真是完全一致了，天天和一个镜子里的自我如影随形，岂不烦死？

界限有一个奇怪的定律——拉近的时候很容易，分开的时候很艰难。倘若你能灵活地把握一个度，在这个区域里，旗帜飞扬如鱼得水，那么，你和对方都是惬意和自由的。假如你轻率地采取了不断缩小距离的趋势，那么用不了多久，双方不可扼制地融为一体。之后，在短暂的极度的快意之后，无所不在的矛盾一定披着黑袍子，敲响门窗紧闭的爱情小屋。界限复活了，如同蔓草在各个角落疯长，分裂的纹路穿插迂回，顽强地伸直自己的触角。球队结束了休息，下半场比赛的口哨重新吹响。物极必反说的就是这个道理，不管你记不记得它，它可忘不了你。界限一旦残破了，恰似古代的丝裙，修补起来格外的困难，需极细的丝线、极好的耐心和极长的时间。

人是感伤和怀旧的动物。人们较能接受迅速拉近的距离，却无法忍耐在一度天衣无缝的密结之后，渐行渐远。通常会痛楚狭隘地把这种分离，理解为爱恋的稀薄和情感的危机。所以，当你忘情地飞速消弭彼此界限的时候，已把易燃易爆的危险品，裹挟进了情感列车。

为你的心理定一个安全的界限吧，也许是1.7寸也许是2.7尺，人和人不一样，不必攀比。在这个界限里，睡着你的秘密，醒着你

---

① 英寸：英美制长度单位，1英寸等于2.54厘米。——编者

的自由。它的篱笆结实而疏朗，有清风徐徐穿过。在修筑你的界限的同时，也深刻地尊重你的伴侣的界限。两座花坛在太阳下开放着不同的花朵，花香在空气中汇为宽带。不要把土壤连在一起，不要一时兴起拔出你的界桩。甚至不要尝试，每一次尝试都会付出代价。不要以为零距离才是极致，它更像一个开放罂粟的井口。如果你一时把持不住自己，想想药理教授的话吧。我猜你一定不愿你的婚姻成为一摊溶化的细菌。

人间的温情足以跨越无数岁月和命运的阴霾

爱一个和你有血缘关系的人，

是一种本能，一种幸福，一种责任，一种对天地造化的缠绵呼应。

爱一个和你没有血缘关系的人，

是一种需要，一种渴望，一种智慧，一种对美与永恒的无倦追索。

我们一生，屡屡在血与非血的爱中沐浴，

因此而成长。

非血之爱

爱，有无数种分类法。我以为最简明的是——以血为界。

一种是血缘之爱，比如母亲之爱亲子，儿子之爱父亲，扩展至子孙爱姥姥、姥爷、爷爷、奶奶，亲属爱表兄、表弟、堂姐、堂妹……甚至爱先人、爱祖宗，都属于这个范畴。

还有一种爱在血外，姑且称为——非血之爱。比如爱朋友，爱长官，爱下属，爱动物……最典型的是爱自己的配偶。

血缘之爱是无法选择的，你可以不爱，却不可能把某个成员从这条红链中剜除。一脉血缘在你诞生之前许久，已经苍老地盘绕在那里，贯穿悠悠岁月。血缘之爱既至高无上又无与伦比地沉重，也充满天然的机缘和命定的随意。它的基础十分简单，一种名叫“基因”的小密码，按照数学的规律递减着，稀释着，组合着，叠加着，遂成为世界上最神圣最博大的爱的基石。

非血之爱则要奇诡神秘得多。你我原本河海隔绝，天各一方，在某一个瞬间，突然结成一体，从此生死相依，难道不是人世间最司空见惯又最不可思议的偶然吗？无数神鬼莫测的巧合混杂其中，爱与恨泥沙俱下无以澄清。激情在其中孕育，伟大与卑微交织错落。

精神与人格，在血之外的湖泊中遨游，搅起滔天波浪，演出无数悲欢离合的故事……爱恋的光谱，比最复杂的银河外星系轨道，还难以预计。

血缘之爱使我们感知人间最初的温暖与光明，督我们成长，教我们成人。它是孤独人生与大千世界的脐带，攀缘着它，我们一步步长大，最终挣脱它的羁绊，投入血外之爱。然后我们又回归，开始血缘之爱新的轮回。

血缘之爱是水天一色的淳厚绵长，非血之爱更多一见钟情的碰撞和千折百回的激荡。

血缘之爱有红色缆绳指引，有惊无险，经历误会顿挫，多能化险为夷，曲径通幽。非血之爱全凭暗中摸索，更需心灵与胆魄烛照，在苍莽荒原中，辟出人生携手共进的小径。非血的爱，使每个人思考与成长，比之循规蹈矩的血缘，更考验一个人心智。

爱一个和你有血缘关系的人，是一种本能，一种幸福，一种责任，一种对天地造化的缠绵呼应。

爱一个和你没有血缘关系的人，是一种需要，一种渴望，一种智慧，一种对美与永恒的无倦追索。

我们一生，屡屡在血与非血的爱中沐浴，因此而成长。

青色T恤

记得接到湖南卫视邀我做嘉宾，飞赴上海采访陆幼青的电话时，踌躇犹豫。因为一个星期后，我就要到美国去，临走之前，百废待兴。更主要的是心中忐忑。在大众传媒上展示死亡和面对死亡的接纳，我知道这在中国，是一个新的课题。以画面表现一个濒临死亡的人的生存状态和精神思索，是沉重和令人惊惧的。我佩服湖南卫视的勇气，如果我是一个观众，我期待着看到这样发人深省的节目。但我自己可不想参与其中。死亡话题，轻了重了都会出问题，分寸感非常重要。实话说，我对采访没把握，我对自己没信心。

我把这份顾虑对着话筒说了。在感谢湖南卫视《有话好说》对我的高度信任之后，坚决婉拒出任这一角色。电话那一头的王骏很有韧性，毫不气馁，对我说，毕老师，我读过您的《预约死亡》。我在互联网上以“死亡”为题查找资料，所得甚少。我们再三考虑，觉得您还是一个合适的人选。我们等着您。

那一瞬，我沉默。我能体会到他查找资料的那一份艰辛。

也许是因为自己做过医生的经历，我对死亡的研究十分关注。几年前，当我决定以临终关怀医院的题材创作一部小说的时候，为了补充自己的学养，临时抱佛脚，到处搜寻有关死亡学的资料，也是遭遇到了显著的困难。我惊异地发现，对于这样一个每个人都必定完结的归宿，我们的文化忌讳深深。王骏的话，使我更加感到了陆幼青的勇敢和可贵。他是一个孤独的斗士，在死亡的不归之路上疾行，留下串串脚印。无论是从哪个角度讲，他都是值得钦佩的。我们活着的人，难道不能和他一道走过一程吗？在这种关头，迟疑地斟酌自己的形象得失，不仅仅是怯懦，更是一种不仁慈。

这样将了自己一军之后，我答应了王骏，即日飞赴上海。

心立刻坠沉了起来。去美国的衣物还来不及购买和准备，外汇也没有换，还有诸多的事物也未梳理，统统放下了。先从网上下载到陆幼青的日记，一篇篇细细阅读。然后把家中能找到的关于死亡学的资料，快速复习浏览。最后开始打点行装。

带什么样的衣服呢？让我费了心思。正是夏末秋初的日子，北京的早晚已有些微的冷。上海比这里南，该是热的。但是，若是赶上风雨，是不是也有凉意呢？旅途辛苦，回来后马上又要渡重洋，可不能感冒。再者，衣服的颜色非常重要。因为这次采访非同寻常，面对的是这样一个聪明而特别的人，一栏视角独特氛围凝重的节目。我作为采访嘉宾，着装的色彩就不能凭着自己的喜好，而应以符合整个情境为妥。

我为自己选了两件白色的长短衬衣带上，心想白色总是不会出大错的。又在衣橱里挑了一件淡荷粉色的短袖衫，压在旅行箱的最底层。我对这件衣服到底用得着用不着，没多少把握。衣衫的粉色虽然极淡，毕竟偏向暖和红，不知陆幼青的心境和这一份色彩系统是否吻合。有备无患吧。又找出一件米黄色夹杂黑纹路的旧短袖衫，留着自己路上穿。它柔软舒适，摸爬滚打都相宜，随身方便。

马东和王骏与我在电话里探讨如何将这期节目筹划得更有分量，

大家都感到压力很大。国内同样的节目几乎未曾有过，对观众的接受程度，也有几分不摸底。网上已经有人在嘀咕陆幼青作秀，节目的分寸感就更显凸出。既要充分显示出陆幼青思考的力度，肯定这一直面死亡的勇气，又不能光是空洞的赞扬，要更深地挖掘人性中的多个侧面。

电话打得很长，思绪还是未曾理清。关键是对陆幼青本人的状态不是很明晰。古话说知己知彼百战不殆，我们现在只是半知。从电话里听，马东是视野开阔思维敏捷的主持人，有一种从善如流的气度。王骏更是好学有为的青年。这使得我们之间的谈话，从一开始就是坦率和富有建设性的。我说，在正式的节目录制之前，我们是否可以和陆幼青本人有一个接触。我虽然当过多年的医生，也接触过很多濒临死亡的人，但每一个人都是不同的。陆幼青更是一个非凡的人。这是一期引人深思的节目，为了对广大的观众负责，咱们尽量把准备工作做得细致些。

马东说，他很理解我的想法。只是为了保持现场的新鲜感，这档节目的惯例，是在录制之前，嘉宾和主持人都只是研究书面的资料，并不同接受访谈者直接见面。

我坚持了一下自己的主张，主要是从医生的角度考虑。我说，我从陆幼青在网上发布的日记来看，他的身体已出现缺氧和短时间窒息的情况。拍摄过程是很辛苦的，光照很强，时间也很难控制。对一个晚期癌症的病人，人道与尊重是非常重要的。我们不能只是从自己工作圆满的角度考虑，而忽视了陆幼青的权利。正因为他已视死如归，正因为他会强忍自己的痛苦，全力配合节目的录制，我们更要替他想得周到。况且，依我的经验，这种关于死亡的讨论，有时会深刻地搅动思维最底层的记忆，也需通盘设计。再者，我不知陆幼青对某些话题是否有特殊的爱好或是禁忌，准备工作多多益善。

马东思忖片刻说，这样吧，毕老师，咱们分头从长沙和北京动身。到达上海的当天，我们同陆幼青先生的夫人时牧言女士见个面。如此，我们就可比较详尽地了解到有关陆幼青方方面面的情况，又能保持正式拍摄时的新鲜感。

就这样约定了。

买机票的时候，我特地选了浦东机场。虽说下了飞机后的路途比较远，但因为知道了陆幼青所工作的单位，和浦东的开发有关，心想这样走一走，顺便也可对陆幼青工作时每日看到的景象，多一点儿感性的体验。

通常我上飞机，会穿着随体附形的旧衣服蒙眬入睡。这一次不行了，目光炯炯，心中有焦虑和不安。

见了马东和王骏，果然和预想的一样，是勤勉聪慧机警博识的年轻人。且有很好的教养，不愠不躁。我们找了住处周围的一间很小的酒吧，坐下开始讨论。已是下午时分，马东还没有吃午饭，要了一点儿简单的食品，边吃边说。我在飞机上吃了少许东西，便点了一杯矿泉水，边喝边说。

我们谈得很投机，设想得很全面。提出了种种的假设，特别是把陆幼青的日记逐日逐段地阅读，探讨在这些文字后面的那颗灵魂，在怎样思索和表达。我敢说，在那时的中国，将陆幼青的文字读到如此细致深入的程度的人，不敢说绝无仅有，肯定是不多的。

我们的身体，被上海八月末的下午潮热的暑气蒸腾着。我们的大脑，被生命行将终结的严峻的冷气凝滞着。当一个我们所尊敬的人，正在每分钟地远去，我们又需挖掘出他内心的隐秘甚至隐痛的时候，挑战的力度和选择的艰难是那样矛盾。

最后，我们统一在“真诚和真实”。我们要向世人展示一个真实的陆幼青，展示他的现状和他的内心世界。马东希望我能就死亡学的研究和进展，谈一点儿学理上的东西，我在本子上做了记录和整理。

讨论之后，稍事休息，我们赶往一处饭店，和陆幼青的夫人时牧言女士会面。

晶莹热闹的大堂，喧哗中弥漫着鼎沸的人气。我们到得比较早，枯坐在一张餐桌旁，静静地等待着。在这一瞬，时牧言会是一个怎样的人，强烈地引发我们的想象。如果说，陆幼青的心脉还可以在他的文字中摸到搏动，那他的妻子，在这样的生离死别面前，将是怎样的心态和举止，更令人猜测。因为餐桌位于餐厅中段，来客几乎可以从任一方向走过来，我不时地四处张望，期待着能在众多的客人中认出她来。

我甚至在想，她会穿着怎样的衣服呢？在这样的时刻，她的服装表达着她的愿望和信心，她会为自己和丈夫的心情而穿衣吧？

时牧言来了，沉稳而憔悴。她穿着橙色的衣服，鲜艳夺目。我悄悄环顾，因为这色彩太暖了，类乎海难时的救生衣，整个餐厅没有一个人着这个颜色的服装，她就显出特别的光彩，悲怆而明亮。

那天和时牧言的谈话，令我非常钦佩和感动。同为女人，我可以感受到她的痛楚和坚韧，她的大度和勇气。我知道在这艰难的时刻，她竭尽全力，要协助自己的爱人，完成生命中最后的飞跃。

我们就第二天下午所要进行的采访，反复讨论，确定哪些话题深入讨论，哪些点到为止。我们还讨论了很多细节，比如提前在何时应用止痛剂，以便在药物疗效的峰值时进行采访，这样陆幼青感受到的痛苦较小。

将近尾声的时候，马东问道，陆先生可有什么禁忌吗？

没有。你们什么都可以问。时牧言坦然答道。

我说，在我们的衣服穿着颜色方面，你家有什么讲究吗？

时牧言迟疑了一下，还是很直率地说道，绿色。我们家喜欢绿色。那是生命的颜色。你们明天到我家去，就可以看到，到处是我种的花草，紫红的喇叭花，非常鲜艳美丽。黄色也好。黑色和白色，最好不用。

我们用力地点点头。

回饭店的路上，马东说，我平常最喜欢穿黑色的衣服，此次到上海来，带的也是黑衣服。明天一大早，我到商店去买新衣服。

我这时又在心里埋怨自己那件粉色的衣服太淡了，在强光照耀之下，恐近乎白色。忙说，我也去吧。

第二天，我和马东直奔商店。进了店门，在标志牌下站住，马东说，男装在三楼，女装在四楼，咱们分头去买衣服，半小时以后，咱们还在这里会合。

匆匆上楼。买过无数次衣服，都不似此次单刀直入。不在意款式质地，只求颜色。看到绿色的，特别是那种生机勃勃的绿，简直就是扑上去，忙不迭地说，小姐，请拿一件我能穿的……

也许因为上海人多娇小玲珑，连连看中的衣服，都没有我能穿的型号。只得退其次，去买 T 恤衫。想这种衣服，弹性较大，也许能找到色彩和尺码都相宜的。改变战术之后，很快就见了效。我在一家专卖店里，找到了基本符合要求的衣服。只是那绿色不很纯粹，近乎青柏色，翠中有一份苍老，实为美中不足。我相中了一款黄色 T 恤衫，黄得振作而昂扬，仿佛葵花瓣揉出汁液染成的，欣欣向荣。想来想去，我买下这件黄色衣服，又对小姐说，也许我会来换，先和你打个招呼。小姐态度很好，说，没关系的，只要不弄脏，你随时可来换的。

果不其然，在会合处，马东亮宝似的拿出的衣服，正是明亮的嫩黄色，他说，我从来没穿过这种颜色的衣服，好像是一把太阳伞。他说，你买的是什么颜色呢？我对他说，对不起，你还得等我一会儿。

我赶忙跑回刚才的柜台，对小姐说，不好意思啊，还要麻烦你。我要换成刚才的那件绿色。小姐说，为什么不喜欢这件了呢？我看还是黄色的比较配合你的脸色的。我说，因为我有一个同伴，他已经买了黄色，我要和他配合，所以要调换。

换了绿T恤衫，我和马东回到住处。当我把自己买的衣服拿给大家看的时候，没想到他们说，唔，这个不好。我们看毕老师就穿你下飞机时那件黄色条纹的衣服好了，很亲切。

我就听从了年轻人的建议。

那一天，我穿着旧的柔软朴素的衣衫，同陆幼青直率地交谈着。我感到生命正抽丝剥茧般地离他而去，他的痛苦和挣扎，他的失落和创造，他的生命之泉的枯竭和最后一搏的绚烂……

豆 角 鼓

有一个在幼儿园就熟识的朋友——男生。那时，我们同在一张小饭桌上吃饭。上劳动课的时候，阿姨发给每人一面跳新疆舞用的小铃鼓，里头装满了豆角。当我择不完豆角丝的时候，他会来帮我。我们就把新疆铃鼓称为“豆角鼓”。

以后几十年，我们只有很少的来往，彼此都知道对方在城市的某一个角落里，愉快地生活着。一天，他妻子来电话，说他得了喉癌，手术后在家静养，如果我有时间的话，请给他去个电话。我连连答应，说明天就做。他妻子略略停了一下说，通话时，请您尽量多说，他会非常入神地听。但是，他不会回答你，因为他无法说话。

第二天，我给他打了电话。当我说出他的名字以后，对方是长久地沉默。我习惯地等待着回答，猛然意识到，我是不可能得到回音的。我便自顾自地说下去，确知他就在电线的那一端，静静地聆听着。自言自语久了，没有反响也没有回馈，甚至连喘息的声音也没有，感觉很是怪异，好像你面对着无边无际的棉花垛……

那天晚上，他的妻子来电话说，他很高兴，很感谢，希望我以后常常给他打电话。

我答应了，但拖延了很长的时间。也许是因为那天独自说话没有回声的感受太特别了。后来，我终于再次拨通了他家的电话。当我说完，你是 × × 吗？我是你幼儿园的同桌啊……

我停顿了一下，并不是等待他的回答，只是喘了一口气，预备兀自说下去。就在这个短暂的间歇里，我听到了细碎的哗啦啦声……这是什么响动？啊，是豆角鼓被人用力摇动的声音！

那一瞬，我热泪盈眶。人间的温情跨越无数岁月和命运的阴霾，将记忆烘烤得蓬松而馨香。

那一天，每当我说完一段话的时候，就有哗啦啦的声音响起，一如当年我们共同把择好的豆角倒进菜筐。当我说再见的时候，回答我的是响亮而长久的豆角鼓声。

暴　雨　筛

南方的女友讲过这样一个故事。

她说，我三十五岁的时候，考上了一所夜大学。每天下班后，要穿越五条街道去读书。一天傍晚，台风突然来了，暴雨像牛仔的皮带一样宽，翻卷着抽打天地。老师还会不会上课呢？我拿不准。那时，电话还不普及，打探不到确实的消息。考虑了片刻，我穿上雨衣，又撑开一把伞，双重保险，冲出屋门。风雨中，伞立刻被劈开，成了几块碎布。雨衣阴险地背叛了我，涨鼓如帆，拼命要裹挟我去云中。我只有扔了雨衣，连滚带爬。渺无人迹的城市中，我惊惶地想到，是不是只有我一个人这样傻？也许今天根本就不上课。

我迟疑了片刻，但咬紧牙，继续向前。好不容易到了学校，贴身的衣服已像海带一般冷硬，牙齿像上了发条似的打战。没想到看门的老人说，从老师到学生，除了你，没有一个人来！

那一瞬，我非常绝望。不单是极端的辛苦化为泡沫，更有无穷的委屈和沮丧。

老人看我失魂落魄的样子，让我进他的小屋歇口气。喝着他沏的热茶，我心灰意懒。伴着窗外瀑布般的水龙，老人缓缓地说，你以后会有大出息。我说，我是一个大傻瓜啊。

他说，所有学生里，只有你一个人来上学了。看，暴雨是一个筛子。胆小的，思前想后的，都被它筛了下去，留下了最有胆量和最不怕吃苦的人。

那一瞬，好似空中打了一个闪电，我的心被照得雪亮。也许我不是三千学生当中最聪明的，但今晚的暴雨，让我知道了，我是三千学生中最有胆量和毅力的人。

从那以后，我就多了自信。你晓得，天地万物都会齐来帮助一个自信的人。所以，我就一步步地有了今天的成功。

我说，那位老人，是你人生最重要的导师之一啊。

购买一个希望

那年在国外，看到一个穷苦老人在购买彩票。他走到彩票售卖点，还未来得及说话，工作人员就手脚麻利地在电脑上为他选出了一组数字，然后把凭证交给他。他好像无家可归，没有什么固定的目标要赶赴，买完彩票，就在一旁呆呆站着。我正好空闲，便和他聊起来。

我问，你为什么不亲自选一组数字呢？

他说，是我自己选的。我总在这里买彩票。工作人员知道我要哪一组数字。只要看到我走近，就会为我敲出来。

我说，那你每次选的数字都是一样的喽？

他说，是的，是一样的。我已经以同样的数字买了整整四十年彩票。每周一次，购买一个希望。

我心中快速计算着，一年就算五十二周，四五二十，二五一十……然后再乘以每注彩票的花费……天！我问道，你中过吗？

他突然变得忸怩起来，喃喃说，没中过。有一次，大奖和我选的数字只差一个。

我说，那以后，你还选这组数字吗？

他很坚定地说，选。

我说，我是个外行，说错了你别见怪。依我猜，以后重新出现这组数字的概率是极低的，更别说还得有一个数字改成符合你的要求。

他说，你说得对，是这样的。

我就愣了。他衣衫褴褛面容憔悴。买彩票的钱虽然不多，但周复一周地买着，粒米成箩，也积成了不算太小的数目。用这些钱，为什么不给自己买一身蔽寒的衣服，吃一顿饱饭呢？再说，固执地重复同一组数字，绝不更改，实在也非明智之举。

我不忍伤他心，又不知说什么好，只有久久地沉默了。过了一会儿，他主动开口说，你一定很想知道那是一组什么样的数字吧？

我点头说，是啊。

他有些害羞地说，那是我初恋女友的生辰数字。每周我下注的时候，都会想起她，心中就暖和起来。

我说，那到了开奖的时候，你知道自己没中，会不会心中寒冷？

他笑了，牙齿在霓虹灯下像糖衣药片一样变幻着色彩。他说，不会。我马上又买新的一轮彩票，希望就又长出来了。我很穷，属于穷人的希望是很有限的。用这么少的钱，就能买到一个礼拜的快乐，这种机会，在这个世界上，实在是不多。更不用说，那个数字还寄托着我的回忆。如果我选的这组数字中大奖，她一定会注意到的，因为那是她的生辰啊。紧接着她会好奇是谁得了这份奖金？于是就能看到我的名字。她立刻就明白我这一辈子没有忘记她，而且我有了这么多的钱，她也许会来找我……

老人说完，就转过身，缓缓地走了。

后来，我把这个真实的故事讲给很多人听。每个人听完后都会长久地沉默。然后说，真盼望他中奖啊！

蓝宝石刀

一次朋友聚会，来了几位新面孔。席间，有男士谈起自己新交的女友，说是一位美女。于是不但在座的男子几乎全体露出艳羡之色，就是各个年龄段的女人，也普遍显出充分的向往与好奇。

大家纷说，原以为美女都已随着古典情怀的消逝，被现代文明毒死，不想这厢还似尼斯湖怪般藏着一个。众人正感叹着美女的重新出山，突然从客厅的角落里发出了一个声音：美女是有公众标准的。不是你说她是，她就是的。恋爱的人，眼里出西施。

大家诧然复茫然，想想也有理。先别忙着赞叹，到底是不是个真美女，还有待考察商榷呢！

说这煞风景话的男子，看去细而柔的身材，平淡的五官。但并不虚弱，四肢甚至可以说是有力的。

于是有人对那位与美女交往的男子说，带着照片吗？拿出来让大伙看看嘛！一来让我们养养眼，二来也让蓝刀鉴定一下，到底算不算真美女！

我悄声问身旁的朋友，蓝刀是谁？

他指指细而不弱的小伙子说，他就是。

我说，蓝刀——好古怪的名字！江湖上的？武林高手？

朋友说，他是整形外科医学博士。因为他常用蓝宝石手术刀，所以圈内人称他蓝刀。

美女之友架不住众人的鼓动，从西服内袋掏出一张照片。姿势娴熟，想来是常常观摩的。

彩照，长跑火炬似的在众人手间传递。几位上了年纪的，还掏出了老花镜。

好不容易轮到我。姑娘确实美丽，身材相貌都属上乘，起码不逊于时下影视界的靓丽偶像。

照片最后传到蓝刀手里。不知道是巧合还是大伙等着他一锤定音，喧哗的客厅，悄无声息了。

蓝刀只看了一眼。真的，只一眼。我觉得即使从敬业的角度来说，他也该多看几眼的。后来蓝刀解释，一是将别人女友盯住不放，有失礼仪。再是对于老农来说，庄稼长势如何，一瞄足够。

蓝刀说，总体上，还不错。这是一位十七世纪的美人形象。

大家驳道，美人也不是瓷器，还有时代限制？

蓝刀正言，时间感很重要。比如盛唐以肥为美，杨贵妃就是个双下巴。连那时的菩萨塑像，也个个超重。而十七世纪的标准美人是：眼要重睑，也就是咱们平常说的双眼皮。鼻子要从侧面看是微微上翘的，万万不能是鹰钩。嘴唇不可太大，更不可太小。上嘴唇较下嘴唇稍薄，反过来就是败笔。左面的颊上有一颗酒窝，要是不幸长在右面就要减分。颈部可以有皱褶，但形状一定要好，如同一圈天然的项链……

大家听到这里就大笑说，真够苛刻，难为女人了。有起哄道，蓝刀，不要光说好的。来点儿具有专业水准的。

那潜台词是期待蓝刀指出这女子的容貌缺陷。

蓝刀以目光征询美女男友意见。小伙子好像也很想长点知识，做出愿意洗耳恭听的模样。

蓝刀说，既然说到专业，我就再发表点儿意见，学术研究，没有别的意思。若是冒犯了，请多原谅。从照片来看，这位女性的相貌还有可圈可点之处。一是从发际到下颏之间的距离，应为本人的三个耳朵的长度。以这个比例要求，似稍嫌长了一点儿。鼻尖、嘴唇中点和下颏点，应为一直线，此为美人非常重要的一个指标。但这位女生鼻尖稍向右偏了一点儿，于是面部就有了少许不平衡之感。女性好细腰，但并不是越细越好，从美学的角度来看，腰围以头围的 1.618 倍最好……

大家哄笑起来，说，蓝刀，闭嘴吧。照你这样算下去，人间真的没有美女了。

蓝刀也就不再就该女士发表意见。但由此引出的话题新鲜有趣，整个晚上，蓝刀成了主角。

一位桥梁工程师说，对不起，不是针对你个人。我倒是很有点儿看不起整容医生的。

蓝刀很沉着地问，为什么呢？

工程师说，虽然你们是医生，却没有急诊。我不是医生，可我知道，几乎所有的科，都有急诊。比如外科，那就不必说了。妇产科，小儿科……就连牙科吧，也有。比如你的腮帮子被人打漏了，你就得上口腔医院马上缝。可有谁急诊整形呢？它是富贵事，可有可无的。

蓝刀说，你说得对，整形外科没有急诊。但是，一个烧伤的病人，你不为他整容，他就无法回到正常的人群当中。你倒是用急诊把他的生命挽救回来，但他却自惭形秽，自暴自弃，再也无法挺胸做人。还有，若是他不整容走到街上，月黑风高，谁要是在胡同拐角处突然看到一个满脸焦疤的人，以为遇到了妖怪，惊恐万状，虚脱休克，人道吗？

听蓝刀这么一讲，大家就觉得整容也是社会发展到高级阶段的产物，医学百花中的一朵。

有人问：什么人适宜做整容？

蓝刀清清嗓子说，我先不回答这个问题。我想说的是——什么人不适宜做整容？

大家说，原来不是掏钱就能做，你们规矩还挺大。

蓝刀说，有八种人我是不给他做整形手术的。

第一种人，天天身上带着一面小镜子，无论何时何地都随手把小镜子拿出来，顾影自怜或是自惭形秽的人，不做。

大伙忙问，为什么？

蓝刀说，他认为人世间最重要的事就是他的容貌，自信心和尊严都系此一事。这样的人，无论手术做得怎样成功，他都会认为未能达到目的。所以，我不能自找烦恼。

第二，进我诊所时，拿着一本或几本时尚导刊，指着封面或是封底的某明星或歌星的大幅照片说，我的要求不高，就是做成他的那个鼻子加上她的那个嘴巴……

大家笑道，这事不能做。无论如何你无法使他满意。

蓝刀叹气道，我心中常常又好笑又生气，便对来者说，你以为我是谁？上帝吗？可惜，我不是。纵使我能把你修理出那规格的鼻子和嘴巴，你可有那样的才气和奋斗？

第三种不做的人是：头不梳脸不洗、衣冠不整、浑身散发不洁气息……

不等蓝刀说完，大家打断道，这一条，好似不合情理吧？正是因为某些人的仪表不良，他们才要求整理容貌，你怎么反而拒之门外呢?

蓝刀说，一个人的容貌可以被毁或是天生缺憾。但爱整洁是教养和习惯问题，不仅是对他人的敬重，更是对自己的珍惜。如果一个人没有这份热爱生命的感觉和精心维持，那么，我就是辛辛苦苦地帮他建设了较好的硬件，软件跟不上，还是没良效的。我尊重自己的劳动，我愿把宝贵的精力放到更善待自己的人身上。

大家默然片刻后表示可以接受。接问，其他呢?

蓝刀说，第四种，凡来人说，我本人并不想来此做什么整容手术，都是我的家人——丈夫或是男友，要我来做的……这样的人，我也概不接待。

大家说，呵，那么绝对啊?

蓝刀说，是。容貌是自己的内政，无论它怎样丑陋，只要自己接受，别人就无权干涉。如果一个人因为惧怕或是讨好，听命于另外一个人，被迫接受了在自己身上动刀动剪动针动线，那是很不情愿和凄凉的事情。我不愿成为帮凶。

大伙频频点头，表示言之成理。

蓝刀说，第五条，多次在就诊时间迟到或是无故改变约定的人，不做。

大家说，这倒有些奇怪，你又不是兵营。遵纪守时的问题，和医疗何干呢?

蓝刀说，整形手术需反复多次，其中的艰苦和磨难，超乎想象。手术程序一旦开始，又不可中断。你不能把大腿上的皮瓣做好了准备移到脸上，但本人突然不干了……所以，纪律性和承诺感不好的人，我不为他做手术。医生精力有限，我不愿在医疗以外的事情上花费太多的时间。

第六条，对同一问题，反复询问。我这次答复了，下次又问的人。我不做。

大家笑道，蓝刀，脾气够大啊。是不是求你手术的人太多了，店大欺客啊？问来问去，可能是那人记性不好，干吗不依不饶？

蓝刀说，一个人对自己高度关注的事，况且我反复讲过多遍，还记不住，这是记忆问题吗？不是。是信任问题。他不信任我，所以不厌其烦地追问，好像审讯。我虽可理解这种心情，但我不能给一个不信任我的人动手术。无论是对我还是对他，都不愉快。

大家愣了一下，没人再作声，表示尊重一名资深医生对病人的挑剔。

第七条，态度特好或是态度特不好的病患，对医生满口奉承和送礼的病患，表现得特别合作或是特别不合作的病患，概不做。蓝刀一字一顿很慢地说。

大家道，这一条，能顶好几条。情况却大不一样。态度不好的不做，明白。但态度特好的也不做，费解。

蓝刀说，他为什么特别殷勤？后面肯定有这样一个假设——如果他不送礼，我就不会尽心尽意地为他手术。他能奉承我，就也能诋毁我，不过是正反面吧。手术是一件充满概率的事情，即使我惨淡经营殚精竭虑，也不可能百战百胜。为了那个无所不在的概率，我要保留弹性。我需要有医生的安全感和世人对“万一”的理解。得给自己留一条后路。

客厅的空气一下子变得有点儿沉重。

该第八条了。也就是最后一条了。沉默半晌，大家提醒蓝刀。

蓝刀说，这一条，简单。凡是手术前不接受照相的人，不做。

有人打趣道，整形大夫是不是和某影楼联营了，可以提成？要不，为什么有这样古怪的要求？

蓝刀道，一个人破了相，不愿摄下自己不美的容颜，可以理解。

但是，为了对比手术的效果，为了医学档案的需要，留有确切的原始记录，总结经验教训，都要保留病患术前的相貌。当然，会做好保密的。但是，有些人说什么也不接受这一合情合理的要求。没办法，既然他连面对真实情形的勇气都没有，怎能设想他和医生鼎力配合呢？所以，只有拒之门外了。

蓝刀说到这里，很有一些痛惜之意。

分手的时候，蓝刀热情地说，欢迎大家到我的诊所做客。大伙回答，蓝刀，我们会去的，不是去整形，是听你说这些有趣的话。

平 安 扣

女友送我一只翡翠平安扣，红丝绳系着。它碧绿地沉重地坠在我胸口，澄清中透出云雾状的“棉”，水色迷蒙。扣的正心有一个完整的孔，仿佛一支竹箫横断。清冽的空气在扣中穿行，染出一缕青黛。

我问，真的吗？

友人说，什么啊？

我说，翡翠呀。

友人说，美的你！这么大一块上乘翡翠，价值连城，把我的身家都卖了，也送你不起的。当然是假的了，经过化学处理的石头而已。

我把平安扣摘下来说，既是假的，那还有什么意思呢？我看这平安扣，倒是很像一枚铜钱的。

朋友抚摸着平安扣说，它和铜钱，实在是大不同。铜钱外圆内方，上书“××通宝”的字样，内芯尖锐刻板，实为锱铢必较之相。平安扣不着一字，外圈是圆的，象征着辽阔天地混沌无限。内圈也是圆的，祈愿着我们内心的平宁安远。在它微小的空间里，蕴含了整个壮丽的大自然。它昭示当你的心与天地一致，便有了伟大的包容和协调，锁定了你的平安。

我叹了一口气说，讲的虽好，但世事维艰，我们脆弱的心，在历经沧桑之后，怎样才能轻风朗月圆润如初？

友人陪着我叹气说，是啊。没人能承诺我们一生永远晴天，没人能预知草莽中潜藏毒蛇猛兽，没人能勾勒出命运的风刀霜剑，没人能掐算出何时将至大限……从这个意义上讲，纵用尽天下翡翠，打凿出如泰山那般大的一枚巨平安扣，悬挂在星辰间，也是没有丝毫用的。然而，外界虽不能把握，内心却可以调适。任你弱水三千，我自谈笑风生，谁又能奈何我们呢？你我也许不知道，命运将在哪一个急转弯处踉跄跌倒，但我们确知，即使匍匐在地，也依然强韧地准备着爬起……

我把石头雕成的平安扣，重又挂在颈上。友人说，送你的翡翠是假，平安的祝福是真。每个人，都是自己的平安扣啊。

我的颜料是平静

欧文女士高高的个子，高原湖泊一样蓝的眼珠，在新墨西哥州第一眼看到她的时候，就感到此人可亲近。这次到美国去，我有意识地在做一个小小的试验，因为语言蹩脚，外语几乎起不到作用，我就尝试着用自己的直觉去感知一个人，辅以观察对方的形体语言，以判断他的内在情感流向。这样做的好处成双。一是我觉得自己对人的把握更直截了当一些，好像在片刻之中，就对他的内核有一个碰撞。二是虽然我不懂他的语言，但我全神贯注地看着他，令对方感到自己受到尊重。

欧文女士是位美术家工艺家，她主攻绘画，也制作蜡染之类的工艺品。她手工画出的丝绸头巾，在州立博物馆设有专柜出售。她大约五十岁，二十年前到过中国，在沈阳的一所大学教过英文。她对中国很有感情，每当我说谢谢你拿出这么多宝贵的时间来陪同我，她就说，不客气。我这样做，很快乐，也可以练习一下我的中文。

如果我的中文说得慢些，她就可以听懂大部分，这使我们交流的速度变得快了很多。

欧文女士开一辆越野吉普车，这在山峦起伏的新墨西哥州，有广泛的用处。她每天早晨开着这车到饭店接了我们，然后带着我们在阳光下飞驰。记得有一天，她说，山上有一段路的树叶黄了，要不要去看看？

我到远方去旅行的时候，遵循着一个古老的原则，就是客随主便。不但是一种礼貌，不会拂了主人的好意，更让我从中受益多多。你想啊，一个外地人，哪里知道此地什么东西好什么东西不好呢？就算有观光手册，终是隔靴搔痒。最好的风景和食品，一定流传在当地人的口中。况且景色这东西，和时辰、气候、季节的关系太大了，要看到最好的风光，一定要听从当地人的调遣。

于是我们的车出发了，在美国西部的荒原上开始了蜿蜒的旅行。在红土地上爬行了一段之后就进山了。山不高，山路的两侧和纵深地带，都是笔直的杨树。我生在中国的白杨之城新疆伊犁，对杨树素有好感，也就特别地观察过杨树。但我真的从未曾看到如此透亮的杨树叶，仿佛金箔剪裁而成，绝无一般黄叶的残破衰败之相，它们是朝气蓬勃欣欣向荣意气风发神采奕奕的。看到这样的黄叶，你会为绿叶捏了一把汗。如果绿色没有制造氧气这样的功利作用为人类所喜欢的话，单从审美的角度来说，宁静而纯正的黄叶是无与伦比的美丽，充满了让人清心寡欲的生机。

一天，欧文女士抛给我一个难题。说明天上午的活动，让我在两项当中任意选择。一是到另类治疗中心看治疗师实施催眠术，一是到她家看她如何在丝绸上作画。如果我想学，她愿意教我。

真是鱼和熊掌不可兼得。而且，谁是鱼？谁是熊掌？说到这里，我倒想对这个成语发表点儿非议。我总觉得把鱼和熊掌列在同一类里，似乎不妥。就算古时候的熊比现在多得多，古时候的鱼比现在难抓得多，它们的味道也还是不能比。

我很想看看外国当代的催眠术是怎样的。特别是欧文女士强调了“另类”，更是激起了我强烈的好奇心。还有一个重要的因素，我估计安妮也是对催眠术的兴趣更大一些。虽然她是非常中立地为我翻译了欧文女士的意见，但依我的直觉，我猜安妮可能更想看看催眠术是如何现场操作的。

至于绘画，我真是一窍不通。我在博物馆的专业柜台上，看到了欧文女士的手绘丝巾。我很喜欢，我觉得那里面有一种飘然的平缓，一种让人心境滑动的细腻。我很想亲眼看到一位西方的艺术家是怎样在中国的丝绸上作画。

我对安妮说，让我想五分钟。

我想，催眠术，无论中国的外国的，都差不多吧？此地可能更神秘更现代或是更诡谲些？虽想象不出具体的情形，恐万变不离其宗。

丝绸绘画，一定是静谧和柔软的，它充满了欧文女士个人化的特色，离开了新墨西哥州的圣塔非，就再也领略不到这份异国的精彩。

我突然明白了自己的选择，实际上是在很有限的时间里，我选择让自己的神经峰回路转的惊诧，还是温柔淡定的平安？

思绪一整理清楚，选择就浮出来了。我对安妮说，很对不起你了，我想谢绝那位另类的催眠术，而到欧文女士家观赏手绘丝巾。

安妮很诚恳地说，毕老师，你不要考虑我的喜好。我完全尊重您的选择。

谢谢你了！善解人意的安妮。

第二天早上，欧文女士驾驶着她的越野吉普车准时来到饭店。我们出了城，沿着山路走到一个孤立的山包上，在山顶处，有一栋敦实而现代的住宅。欧文女士说，到了，这就是我的家。

欧文女士单身一人过了很长的时间，她一直在寻找自己的意中人，她走过很多地方，很多国家。她是一个很看重爱情婚姻和家庭的人，她一直在寻找。后来找到了自己的丈夫，婚后他们非常幸福。欧文女士说，我很庆幸自己终于找到了他。而且非常奇怪，我在全世界找这个人，却没想到这个人就在我们的这座小城里。结婚的时候，我对他说，我有艺术，你有什么？他说，我有房子，可以把你的艺术放在里面……

听到这里，我说，我知道了，您的房子一定是充满了艺术的气息。

欧文女士说，别的艺术我不敢说，但我敢说我的房子里充满了中国的气息。

在长满了沙生植物的山坡上，欧文女士的家像一座现代城堡。走进房门，室内笼罩在蛋清样清亮的微光中，原来采用的是日光照明，房顶上有高科技的天窗，据说即使在阴天的日子里，室内也有柔光。再往里走，就有浓郁的东方味道飘荡过来。在客厅墙上，悬挂着中国的服装。在展示文物的橱柜中，可以看到芦笙、京胡、绣片、漆盘……欧文女士笑吟吟地介绍说，京胡是好的，可以拉得响。芦笙只能看，不能吹奏了。因为买的时候，就是坏的了。我想挑一个好的芦笙，但是老板告诉我，这是最后一个芦笙了……

墙上还挂着一幅巨大的丙烯画，红艳喷薄欲出。第一眼看过去，以为把夕阳切下了一个角。仔细看，才能分辨出那是鲜红欲滴的玫瑰花。我说，我要在这朵巨大的玫瑰前面照张相，它会给我带来好运气。

欧文女士有两间画室，她领着我们来到其中一间好似作坊的工作室里，说，我平时画头巾就在这里，一般是不许外人参观的啊。

欧文女士的手绘丝织头巾，在博物馆的专柜里，卖到八十美元一条，其中丝巾的成本只占很少的一部分，最主要的价值来自欧文女士的知识产权。她请我们来到她的工作间，真是莫大的信任了。

我们表示深深的感谢。

欧文女士拿出两条纯白的丝巾。一条是大而正方的，一条是小而长方的。欧文女士说，大的头巾让我做试验品，小的头巾是她的教具。

时间不多了，咱们就开始吧。欧文女士说。

我说，好吧，师傅。

大家就都笑起来。

欧文女士打开她的颜料柜，我的天！这么多的瓶瓶罐罐，可能有几百个吧？

欧文女士抚摸着这些瓶瓶罐罐，如同武士抚摸着他的战马和剑。她说，要在丝绸上作画，首先是颜料。我摸索了许久，才找到这种法国出产的牌子，它的色泽在丝绸上的表现力是最好的。稀释颜料的时候要加冰醋酸。依我的经验，用一定温度的热水效果是最佳的。但是配置多种染料的时候，热水也是一个问题。我开始是用开水晾凉，但这温度不好掌握，要不停地用温度计查看。后来呀，我想出了一个法子，就可以得到温度非常适宜的热水了。你们猜，什么法子？

我和安妮都摇头，想不出除了用水壶烧水和从暖水瓶或是饮水机扭开龙头向外放水以外，还有什么法子。

欧文女士得意地指着一台外壳染得像个花脸似的微波炉说，我就是用它得到适宜的热水。我有一些固定的容器，把冷水注入到一定的水位，然后在微波炉里加热一定的时间，就可以得到适宜温度的热水，方便得很。有时候，我的染料温度不够，我也把它们放到这里来加温。

我看着色彩斑斓的微波炉说，您这个技术革新，我一定要记下来。

欧文女士说，这个微波炉是我独身时置下的，跟随我很多年了，除了热颜料，当然也热饭，我觉得这很正常啊。结婚以后，我先生说，他不能接受在这个微波炉里热出的饭，吃到肚子里会痛的。于是，我们就又新买了一个微波炉。我的这个炉子，就成了专门为染料服务的了。

欧文女士用木梁制作了类似绣花绷子的架子，把丝绸头巾固定在上面，如同平整的鼓面。之后她拿出画笔，又一次让我惊叹不已。那些笔呀，全是正宗的上等中国货，古色古香，粗细兼备。

她接着传授与我：在头巾上作画，一定要用曲线。头巾是女性的珍爱，曲线最能表达女性的优美情趣。和中国画写意中的大片留白不同，丝巾上是不可留白的。要用艳丽的色泽，把整个丝巾涂得满满的，最美妙的是在各种色泽接壤的地方，由于丝绸的特性和染料的作用，会在颜色交叉处产生浸润和覆盖，那是很神奇的，会有意料不到的效果出现，有一点像烧瓷器时的窑变。当然，交叉之处浸染的规律也很多哦，要反复练习和摸索才能掌握。

丝绸围巾画好之后，就要放到锅里去蒸。欧文女士说。

我问，为什么要蒸？

欧文女士说，为的是不掉颜色。丝绸围巾容易掉色，是一个很难解决的问题。特别是手绘的头巾，有的质量不过关，新的时候看着挺漂亮的，脏了一洗，不得了，颜色溯了，一塌糊涂。不知你们注意到了没有，几乎所有想买丝绸手绘头巾的人，都要问一句，会不会掉颜色啊？我也是研究摸索了好久，才找出了这套方法。欧文女士说着，拿出一个巨大的蒸锅。我好不容易才忍住自己的惊奇，因为想起早年间坐长途汽车，路边的小饭馆从这种蒸锅里拿出来的包子，足够全车人吃的。

这可是我的专利啊。欧文女士说着，把丝巾和一种特殊的纸包裹在一起，然后紧紧地卷起来，一层压着一层，折叠之后，约有手掌大小，再用干净的白布裹好，摆在笼屉里。蒸的时间要足够的长，但是火可不能大。而且，你们看，我的蒸锅和街上买来的蒸锅，有什么不同呢？

我看了半天，看不出什么不同。只好摇头。

欧文女士说，我的锅盖是后配的啊。它是没有孔的。因为蒸丝巾有一个非常关键的步骤是，不可漏气。所以，从街上买来的现成的蒸锅，是不能用的。蒸锅本来的用途，是蒸包子的，为了让包子膨胀起来，要有蒸汽喷出的孔道。但是，蒸丝巾就完全不同了。不能让水汽跑了，要让它们在锅内旋转，带着颜色渗透到蚕丝里面去。锅屉一定要用竹屉，是什么原因我不知道，但是只有竹屉蒸出来的丝巾最好。锅内不可用任何金属的器物，翻动丝巾也不可用金属，可以用木制或是竹制品。锅内的水万不可太深，如果水深了，在蒸煮的过程中，水逸上了丝巾，那就对不起，前功尽弃了。为了让锅盖完全不漏气，最好用锡箔把盖子包起来，那就万无一失了。水也不可太少，如果蒸干了，整整一锅丝巾就全都报废了。蒸好的丝巾，要用上好的洗发香波洗一遍，注意啊，一定要用冷水，要是用了热水，对丝巾的颜色也会有影响。

洗好之后，就是晾晒了。千万不要到太阳下面晒，但也不可在潮湿的地方慢慢阴干。要在有太阳的天气里，在太阳的阴影中将丝巾快速吹干。然后喷上熨衣浆，要喷在丝巾图案的背面，不可喷在正面。喷好熨衣浆之后，把丝巾折叠起来，稍等片刻，然后把它们熨好……

我看欧文女士讲解得这般细致，不要说实地操作一遍，单是这样听下来，都觉得辛苦，待她讲到这里，插嘴道，熨好之后，可就大功告成了。

欧文女士笑眯眯地看着我说，没告成，还有点睛之笔呢！

她说着，拿出一瓶金色的染料说，我喜欢用金色，签上我的名字。因为我所绘出的每一条头巾，都是我的一次创造。我从来没有重复过自己。有的时候，绘出一条特别美丽的头巾，我会舍不得把它拿到博物馆的专柜出卖。我就把它留在自己的身边，但这样保留下去，自己身边的丝巾越来越多，也不是个办法啊。时间长了，我就会把一些原来准备保留的丝巾送到博物馆去。送去之后，我心里又非常惦念它们，经常到专柜柜台去看望我的那些围巾。甚至，我很希望我的这些围巾不要卖出去，那样我就可以再把它们名正言顺地收回来，保存在自己的身边。但是，很遗憾，我最喜欢的那些丝巾，都以最快的速度被人挑选走了。我在伤感的同时，也有满足和快乐，因为我知道了，自己所喜欢的东西，也是大多数人所喜欢的。能给我带来快乐和美感的东西，也给别的人带来了快乐和美感。

我听得入神，心中真羡慕欧文女士对丝巾的这种感情，好像它们是她孵出的一群鸡雏。

欧文女士讲了半天，一看表，说时间不早了，我们马上进入正题，你今天在这里亲手画一幅丝巾吧。

她领我到画室，配好颜料。然后帮我把丝巾绷在架子上，微笑着说，你可以开始了。

我不知道怎样开始。突然惊慌起来，比我当年做卫生员，第一次给病人打针时还紧张。怎么把针头戳进皮肤，好歹还在白萝卜上练过，可这么大的一块雪亮丝绸，一笔下去就不可更改了，心中忐忑。

欧文女士用毛笔饱蘸了天蓝色的染料，在为我做示范的小丝巾上，涂上了深浅不一的条块。一边画，一边对我说，蓝色是最丰富的色彩之一，特别是在丝绸上表现的时候，同样的一条蓝色，上沿多用些水，下沿多用些染料，就会出现立体的变幻效果。

我颤颤巍巍地抓了笔，也蘸上了蓝色。还是想不出画些什么，可能是蓝色刺激了我的想象，或者是我的想象实在贫乏，只剩最单纯的联系，我用蘸着蓝色的毛笔，在白丝绸上，写下了一个大字——天……

欧文女士惊奇地看着我，可能是汉字的象形性，她一开始并没有意识到我是在写一个字，以为我是在画几缕高天流云，待看明白我是写下了一个“天”字的时候，她很欣赏地笑起来，说，很有特点，你接着画吧。

我却更为难了。蓝色已被写了“天”字，之后，再画——或者说，再写什么字呢？

欧文女士问我，你还需要什么颜色？

这时，一个想法蹦出脑海。我很坚决地说，我要赭红色。

欧文女士拿出一个颜料瓶。我端到齐眉处，对着阳光看看，说，不是这个颜色。这个太偏向咖啡色了。我要更红一些的。

我看安妮向欧文翻译这些话的时候，一副不知我的葫芦里卖的什么药的神情。我也不解释，看了欧文向我推荐的第二种颜色，依然说，不是。我要的不是这种颜色。

后来，干脆是我自己动手，在欧文众多的颜料瓶里，挑出一种色彩。

欧文看了，提示我说，一般人通常是不喜欢棕色和咖啡色的。

我说，师傅，谢谢你告诉我。但是，这幅画上，我想，还是要用这种颜色。

颜色调出来了，我用笔尖蘸了色，在雪白的丝绸上，用赭红色写下了“印第安”三个大字，这些字写得像搭建起来的小房子。

原来，就在前一天，我们到了印第安人的保留地参观。古老的部落，残败的建筑（那不能叫建筑，只能说是用红土夯建的小屋）衬托在蔚蓝色的天幕上，给我留下了非常深刻的哀伤之感。

印第安人没有文字，于是他们的历史，就湮灭在荒原之上，遗留下来的就只有这近似废墟的崖壁。我想用东方一种古老的文字，寄托自己苍凉的瞻仰和无尽的追念。

欧文女士看着我的画，说你画得不错。你把这幅画留给我。我来把最后的工序完成。

这个上午，过得非常充实。临走的时候，我问欧文女士，你已经完成了多少幅手绘的丝巾？

欧文女士说，我没有特别精确的数字。手工创作，不会件件都是成品。有一些不满意的，我就把它们销毁了。大致算下来，我绘出了七万条围巾。

我啊了一声，说，那么多啊！

欧文女士说，是啊，我说的是卖出去的数字。我一想到在世界的各个角落，有七万名妇女系着我手绘的丝巾，装点着她们的生活和美丽，我就非常兴奋。

我说，欧文女士，你可以用一句话概括你手绘丝巾的风格吗？

欧文女士稍微思索了一下，说，我用的颜料是平静。我把我的平静融化到我的颜料中，然后把它们浸透到从遥远的中国制造的丝绸中，我把平静和丝绸结合起来。

临走的时候，欧文女士附在我的耳边说，围巾的四个角，你一定要用鲜艳的颜料填满，因为它们会飘扬在女士的脖子上，非常重要。再有一个小秘密，你一定要记住。在你的手绘丝巾的最后一道工序没有完成之前，你千万不要给任何一个外人看。就是你最好的朋友你也不要给她看。没有完成的丝巾是不美丽的。如果你对自己的丝巾不满意，觉得它没有惊人的美丽，你就把它销毁，不要拿出来。记住，一定要把丝巾熨得平平整整，在它光彩四溢的时候，再把它拿出来。

你究竟说了些什么?

某天，一位朋友给我打电话，说，你到哪里去了？我找得你好苦啊！因为是很好的朋友，我也和她开玩笑说，你是不是要请我吃饭啊？我欣然前往。她着急地说，吃饭有什么难啊，事成之后，我一定大宴于你。只是我们现在要把事情做完，每拖延一天损失就太大了。

我听出她语气中的急迫，也就收敛起调侃，问道，到底出了什么事?

她不容置疑地说，我要请你做心理咨询。我松了一口气，说，你要做心理咨询，这很好啊。看来大家是越来越重视自己的心理健康了。只是我们是朋友关系，我不能给你做心理咨询。我会为你介绍一位很好的心理咨询师，由她给你做。

朋友说，这个病人不是我，是我的一位同事的亲戚的朋友的孩子。说实话，我并不认识这个病人，和我也没有多密切的关系，人家信任我，我才来穿针引线。

我说，你真是古道热肠，拐了这么多的弯，还把你急成这样。给你个小小的纠正，来做心理咨询的人不是病人，我们通常称他们叫来访者。

朋友说，这有什么很大的不同吗？叫病人比较顺嘴。

我说，很多人来做心理咨询，并不是因为有了心理疾病，而是寻求更好的发展潜能和更亲密的人际关系。

朋友说，但我说的这个孩子确确实实是病了。当然不是身体上的病，他的身体棒得能参加奥运会，但却不肯去上学。再有两个月就要高考了，这是多么关键的时刻，可他说不上就不上了，谁劝也没用。一家人急得爸爸要跳楼妈妈要上吊，他却无动于衷，整天把自己关在屋里玩电脑，任谁都不见。家里人急着要找心理医生，但这个孩子主意太大了，根本就不答应去。后来，他家里人找到我，让我跟你联系。那孩子说如果是毕淑敏亲自接待他，他就前来咨询。现在总算联系上了，你万不能推托。你什么时候有时间呢？让他父母带着他来见你……

我一边听着朋友的述说，一边查看工作日程表。最近的每一个时段都安排得满满的，只有七天后的傍晚有一小时的空闲。

我把这个时间段告知了朋友，请她问问那位中学生届时有没有空？

朋友大包大揽道：只要你能抽出时间，那边还有什么好说的？他们一定会来的。

我很严肃地对她说，请你一定把我的原话传过去。首先要再次确认那位中学生是自己愿意来谈谈他的想法，而不是被父母强迫而来的。第二征询那个时间对他合不合适？如果他有重要的事情，我们还可以再约另外的时间。第三句话就不必传了，只和你有关。

朋友说，前两件我都会原汁原味地传达到。只是这第三句话是什么，我很想知道。怎么把我这个穿针引线的人也包括进去了？

我说，第三句话就是，你的任务就到此为止了。因为这种特殊的就诊方式，你已经卷入了开头部分。关于进展和结尾，恕我保密。你如果为好奇或是其他原因追问我下文，我会拒绝回答。到时候，请你不要生气。不是我拿糖不理睬你，友情归友情，工作是工作，保密是原则问题，祈请见谅。

朋友说，好，我把你的话传到就算使命截止。我会尊重你们的工作规定。

一周后的傍晚，一对衣着光鲜的夫妻押着儿子来了。我之所以用了“押”这个词，是因为夫妇俩一左一右贴身守候那个高大的年轻人，好像怕犯人逃跑的衙役。年轻人走进咨询室的时候，他俩也想一并挤入。

接待人员递给我咨询表格，轻声对他们说，你们并不是整个家庭接受咨询。

年轻人说，对，这是我一个人的事。说完懒懒散散走进了咨询室，一屁股坐在沙发上，目光直率地打量着我。我也打量着他。

他叫阿伦，身高大约一米八三，双脚不是像旁人那样安稳地依着沙发腿放置，而是笔直地躺出去，运动鞋像两只肮脏的小船翘在地板当央。他身上和头发里发出浓烈的龌龊汗气，让人疑心置身于一家小饭馆的烂鸡毛和果皮堆的混合物旁。我抑制住反胃的感觉，不动声色地等着他。

你为什么不先说话？他很有几分挑衅地开始了。

我说，为什么我要先说话呢？这里是心理咨询室，是你来找的我，当然需要你先说出理由了。

他突然就笑了，露出很整齐但却一点儿也不白的牙齿说，你说得也有几分道理啊。不过，是他们要我来见你的。

我问，他们是谁？

阿伦歪了歪鼻子，用鼻尖点向候诊室的方向，在墙的那一边，走动着他焦灼不安的父母。

我表示明白他的所指，把话题荡开，问道，你好像比他们的个子都要高？

他好像受到了莫大的夸奖，说，是啊。我比他们都高。

我说，力气好像也要比他们大啊？

阿伦很肯定地点头说，那是当然啦！我在三年前，掰腕子就可以胜过我父亲了。

我把话题一转：如果你不愿意来，你的父母是无法强迫你到心理咨询师这里来的。

阿伦愣了一下，说，对。我是自愿的。

我说，既然你是自愿来的，那你有什么问题要讨论呢？

阿伦说，我其实没有问题。是他们觉得我有问题。我不过是上上网，玩玩电子游戏，有什么了不起的？

我不想跟阿伦在到底是谁有问题的问题上争执不休。因为第一次咨询的任务，最主要是咨询师要和来访者建立起良好的关系，培养起信任感并了解情况。我说，你一天上网的时间是多少呢？

他说，大约十八个小时吧。

我无法掩饰自己的惊讶，问道，那你何时吃饭何时睡觉呢？

阿伦说，饿了就吃，一顿饭大约用三分钟。实在熬不住了，就睡，每次睡十五分钟再起来战斗。我发现人一天睡五个小时就足够了，说睡八个小时那是农耕时代的懒惰。

我说，首先恭喜你……

我的话还没有说完，就被阿伦打断了。您不是在说反话吧？

我很惊奇地反问他，你从哪里觉得我是在说反话呢？

阿伦说，所有的人知道我这样的作息时间之后，都说我鬼迷心窍，哪能一天只睡五小时呢？

我说，我要恭喜你的也正是这一点。因为通常的人是需要每天睡眠八小时，如果你进行了正常的工作学习而只需要五小时睡眠就能恢复精力，这当然是值得庆贺的事情。每天能节约出三小时，一辈子就能节约出若干岁月，你要比别人富裕出很多时间呢，当然可喜可贺。

阿伦点点头，看来相信我说的是真心话。我紧接着问道，那你何时上学做功课呢？

阿伦皱起眉头说，您是真不知道还是假装不知道呢？我已经整整二十八天不去上学了。

我发现当他说到二十八天这个日子的时候，眼睫毛低垂了下去。我说，看来，你还是非常在意上学这件事的。

他立刻抗议道，谁说的？我再也不想回到学校了，那是我的伤心之地。

我说，你连每一天都计算得这样清楚，当然是重视了。只是我不知道，在二十八天以前，发生了什么重大的事情，让你做出了不再上学的决定，直到今天还这样愤怒伤感？

阿伦很警觉地说，你到学校调查过我了？

这回轮到我笑起来说，你真是高估了我。你以为我是克格勃？我哪有那个本事！

阿伦还是放不下他的戒心，说，那你怎么知道二十八天以前发生过什么重大的事情？

我收起笑容说，能让你这么一个身高体壮智力发达反应灵敏的年轻人做出不上学的决定，当然是一件重大的事情啦！

阿伦说，你猜得不错。二十八天之前，正好是我们模拟报高考志愿的时候。我看到发下来的报名表，想也没想就填上了“清华大学”。当然了，我的成绩距离上清华还有很大的差距，但我想，距离考试还有几个月的时间，谁说我就不能创造出点儿奇迹呢？再有，士可鼓而不可泄呢，这也是兵法中常常教导我们的策略嘛！

没想到代课老师走到我面前，斜了一眼我的志愿说，就你这德行也想报清华，你以为清华是自由市场啊？

那天正好我们的班主任因病没来，要是班主任在，也许就不会出事了。这位代课老师因为我有一次打篮球没看见她，忘了问好，就记了仇。

我说，怎么啦，清华就不能报了？

老师说，也不看看自己的成色，别给学校丢人了，这样的报考单送到区里做摸底统计，人家不说你不知天高地厚，反倒说是老师没教会你量力而行……

如果老师单单说到这里就停止，我也就忍气吞声了。学校里，老师挖苦学生是天经地义的事，我们都麻木了，我低下了头。老师不依不饶，她撇着嘴说，就凭这样的人还想为校争光，那我就大头朝下横着走！

听到这里，我忍不住插话道，这位老师如此伤害你的自尊心，我听了很生气。

阿伦没理我，自顾自说下去。

不知为什么，老师这句话强烈地刺激了我，我一想起面目可憎的老师能像个螃蟹似的，头抵着土在地上爬行，就不由自主地哈哈大笑。老师摸不到头脑，但是能感觉到我的笑声和她有关，就厉声命令我不要笑。但我依旧大笑不止，她束手无策。那天我笑得天昏地暗，从学校一直笑回了家，闹得父母很吃惊，以为我考了一百分。

我走火入魔似的陷入了这种想象之中，但是要让老师真的趴在地上，是有条件的，我必得为校争光。真的考上清华吗？我没有这个把握，若是考不上，岂不验证了老师对我的评判？我就滋生了放弃高考的念头。一场考试，如果我根本就没有参加，就像武林高手不曾刀光剑影华山论剑，你就无法说谁就是武林第一。但是放弃了高考，我用什么来证明自己呢？我想到了网络游戏……

说到这里，阿伦抬起头，问道，您玩网络游戏吗？

我老老实实地回答，不玩。我老眼昏花的，根本就反应不过来。

阿伦同情加惋惜叹口气说，那您也一定不知道魔兽、部落、联盟这些术语了？

我说，真的很遗憾，我不知道。但我很想向你学习。

我说的是真心话。既然我的来访者是这方面的高手，既然他沉迷于网络不能自拔，我当然要向他请教，我要走入他的世界，我要感同身受地体验到他的快乐和迷惘，我必须要了解到第一手的资料和感受。

阿伦说，那我就要向您进行一番普及教育了。他说着，有点儿似信非信地看着我。

我马上双手抱拳，很恭敬地说，阿老师，请你收下我这个学生。只是我年纪大了，脑瓜也不大好使，还请老师耐心细致地讲解，不要嫌弃我笨。如果有不明白的地方，我会提出来，也请老师深入浅出地回答。

他快活地笑起来，说，我一定会耐心传授的。说完，就一本正经地向我解释起经典游戏的玩法。我非常认真地听他讲授，重要的地方还做个笔记。说实话，专心致志的劲头，只有当年在医学院做学生听教授讲课的时候，才有这般毕恭毕敬。

交流平稳地推进着，离结束只有十分钟时间了。按照咨询的惯例，我要进入到“包扎”阶段。也许在不同的流派里，对于这段时间的掌握和命名各有不同，但我还是很喜欢用“包扎”这个术语。咨询的过程，在某种程度上就是打开了来访者的创伤，当来访者离去之前，一个负责任的心理咨询师要把这伤口消毒与缝合，让来访者在走出咨询室的时候，不再流血和呻吟。心理创伤和生理创伤一样，陈年旧疾和深在的刀口，都不是一朝一夕可以愈合如初。心理咨询师要有足够的耐性和准备，第一次咨询主要是建立起真诚的信任关系和了解情况，其余的工作来日方长。

我说，谢谢你如此精彩的讲解，现在，我对网络游戏多了了解。

阿伦轻快地笑起来，说，能和您这样谈话，真是很愉快啊。我还要再告诉您一个重要的秘密，我就要代表中国和韩国的选手比赛，如果我们赢了，那就真是为国争光了！

我伸出手来祝贺他说，你在游戏中充满了爱国精神。

他紧紧地握住了我的手，说，您说的是真心话吗？

我说，当然，你可以使劲握住我的手，你可以感觉到我的手的力量。如果我是假的，我会退缩。

阿伦真的握住了我的手，我感觉到他的手在轻轻地发抖。

分手的时间到了，我对阿伦说，谢谢你对我的信任，告知我那么多的知心话，我会为你保守秘密的。也谢谢你耐心地为我这样一个游戏盲讲解游戏，让我对此有了一定的了解。我希望在下个星期的这个时间能够看到你来，咱们还要讨论为国争光的问题呢！

阿伦脸上的神色突然变得让人琢磨不透。他对我说，原谅我下周的这个时间不能来到您这里了。

我尊重阿伦的意见，因为如果来访者自己不愿意咨询了，无论咨询师多么有信心也无法继续施行帮助计划了。

我表示理解地点点头。

阿伦突然扬起了眉毛，说，下个星期的这个时候，我想我是在学校上晚自习吧？您知道，毕业班的功课是非常吃紧的。

我大吃一惊。说实话，在整个咨询过程里，不曾探讨上课的事，我认为时机未到。

阿伦是个无比聪明的孩子，他看出了我的困惑，说，我知道爸爸妈妈领我来的意思，谢谢您没有说过一句让我回去上课的话。在来的路上我就想好了，如果您也千篇一律地劝我的话，我会扭头就走。谢谢您，什么也没说。您向我讨教游戏的玩法，我很感动。从小到大，还没有一个成年人如此虚心地向我求教过，这样耐心地听我说话。还有，您最后祝愿我为国争光，我非常高兴，您终于理解我的不上学，其实只是想证明自己是有能力做一些事情，并且能做好的。对了，你还表示了对那个老师的愤慨，让我觉得很开心，觉得自己不再孤独和愚蠢……现在，我不需要再用网络游戏来证明什么给那个老师看了，我要回到书本中去了。我知道这也是您希望我做的，只是您没有说出来。

我们紧紧握手，这一次，他的手掌都是汗水，但不再抖动。

过了暑假，那位朋友跟我说，你用了什么法子，让那个网络成瘾的孩子改邪归正的？他的父母非常感谢你，因为他考上了重点大学，真是考出了最好的成绩呢！他们想请你吃饭，邀我作陪。

我说，咱们可是有言在先的，我不能向你透露任何相关的信息，也不能赴宴。如果你馋虫作怪，我来请你吃饭好了。

朋友说，我看他们感谢你还不是最主要的目的，主要是想探听出你究竟跟他们的儿子说了点儿什么，能有这么大的功效？

我说，那一天，我说得很少，伦说得很多。其余的，无可奉告。

没有一棵小草自惭形秽

被人邀请去看一棵树，一棵古老的树。大约有五千年的历史，已被唐朝的地震弯折了腰，半匍匐着，依然不倒，享受着人们尊敬的注视。

我混在人群中直着脖子虔诚地仰望着古树顶端稀疏的绿叶，一边想，人和树相比是多么渺小啊。人生出来，肯定是比一粒树种要大很多倍，但人没法长得如树般伟岸。在树小的时候，人是很容易就把树枝包括树干折断，甚至把树连根拔起，树就结束了生命。就算是小树长成了大树，归宿也是被人伐了去，修成各种各样实用的物件。长得好的树，花纹美丽木质出众，也像美女一样，红颜薄命，被人劫掠的可能性更大，于是很多珍贵的树种濒临灭绝。在这一点上，树是不如人的。美女可以人造，树却是不可以人造的。

树比人活得长久，只要假以天年，人是绝对活不过一棵树的。树并不以此傲人，爷爷种下的树，照样以硕硕果实报答那人的孙子或是其他人的后代。

通常情况下，树是绝对不伤人的。即便如前几天报上所载一些村民在树下避雨，遭了雷击致死，那元凶也不是树，而是闪电，树也是受害者。人却是绝对伤树的，地球上森林数量的锐减就是明证，人成了树的天敌。

树比人坚忍。在人不能居住的地方，树却裸身生长着，不需要炉火或是空调的保护。树会帮助人的，在饥馑的时候，人扒过树的皮以充饥，我们却从未听到过树会扒下人的什么零件的传闻。

很多书籍记载过这棵古树，若是在树群里评选名人的话，这棵古树是一定名列前茅了。很多诗人词人咏颂过这棵古树，如果树把那些词句都当作叶子一般披挂起来，一定不堪重负。唐朝的地震不曾把它压倒，这些赞美会让它扑在地上。

树的寿命是如此的长久，居然看到过妲己那个朝代的事情。在我们死后很多年，这棵古树还会枝叶繁茂地生长着。一想到这一点，无边的嫉妒就转成深深的自卑。作为一个人活不了那么久远，伤感让我低下头来，于是我就看到了一棵小草，一棵长在古树之旁的小草。只有细长的两三片叶子，纤细得如同婴儿的睫毛。树叶缝隙的阳光打在草叶的几丝脉络上，再落到地上，阳光变得如绿纱一样飘浮了。

这样一株柔弱的小草，在这样一棵神圣的树底下，一定该俯首称臣毕恭毕敬了吧？我竭力想从小草身上找出低眉顺眼的谦卑，最后以失望告终。这棵不知名的小草，毫无疑问是非常渺小的。就寿命计算，假设一岁一枯荣，老树很可能见过小草五千辈以前的祖先。就体量计算，老树抵得过千百万小草集合而成的大军。就价值来说，人们千里万里路地赶了来，只为瞻仰老树，我敢肯定没有一个人是为了探望小草。

既然我作为一个人，都在古树面前自惭形秽了，小草你怎能不顶礼膜拜？我这样想着，就蹲下来看着小草。在这样一棵历史久远声名卓著的古树身边为邻，你岂不要羞愧死了？

小草昂然立着，我向它吐了一口气，它就被吹得蜷曲了身子，但我气息一尽，它就像弹簧般伸展了叶脉，快乐地抖动着。我再吹一口气，它还是在弯曲之后怡然挺立。我悲哀地发现，不停地吹下去，有我气绝倒地的一刻，小草却安然。

草是卑微的，但卑微并非指向羞惭。在庄严的大树身旁，一棵微不足道的小草都可以毫不自惭形秽地生活着，何况我们万物灵长的人类！

大雁落脚的地方

小时候，妈妈偶尔说，你生在新疆巴岩岱。只听音，不知是哪几个字，在幼稚的心里，就以为是“八烟袋”，恍惚中觉得那地方是一块旷野，有很气派的大烟袋码成一排，八柱袅袅的白气上升。

我半岁时随父母到北京，在城墙里长大，再哪儿也没去过。人只道乡下的孩子孤陋寡闻，其实京城的少年于外面的世界，也一样模糊。对荒远的边疆，地理知识几乎是零。几十年前，西北是远在天边的概念，那八个烟袋，谁知在那个犄角旮旯冒烟呢？

于是巴岩岱又湿又重地扎入我童年的记忆，像墨水瓶底的一支蓝羽毛。

自从参军学了医，懂得了生理解剖生命起源，我对出生地空前地重视起来。我们从哪里来？这是一个永恒的命题。无数学者望洋兴叹，终生寻觅，不得其解。这个深奥的哲学问号，若从医学角度来说，倒是易如反掌。你的母亲孕育你的过程，她行走的地方，吃下的食物，饮入的清水，看过的流云，听到的小调……这些物质精神的元素，累积着架构着混淆着镶嵌着，一秒秒一天天地结晶了你。

你就是你，不是其他的叶子和花，不是猪马羊和狼，不是沙粒和谷子，这其中一定有大逻辑。生命之所以奇异，在于一个个零件的精致组装。把那些新鲜的血和肉搭配起来的主宰者，是一个多么能干而霸道的调酒师啊！想想看，即使是称为你父亲的这一个男人，和被称为你母亲的这一个女人，在这一个特定的时刻孕育了你，如果不是在这一个特定的地域，用当地的特产充填了你生命的轮廓，你也必定不是此番模样。

我们挺拔的骨骼，来自那里飞禽走兽体中的钙和磷。我们明澈的目光，来自那里田野中绿缨垂地的硕壮胡萝卜。我们飘扬的发丝，来自那里山峦上乌云笼罩电光石火的黑夜。我们猩红的嘴唇，来自那个铁匠铺里熊熊燃烧的烈焰……

出生地是一枚隐形金箍，出生的那一瞬，它就不动声色地套上了每个人的后脑勺，叫你终生无法褪下。我们嗅到的第一缕空气，是那里的草木释放。我们喝到的第一滴甘泉，是那里的岩石泌出。我们看到的第一眼世界，是那里的风云变幻。我们听到的第一声响动，是那里的万物呼吸……

我开始缠着母亲，讲我出生的故事。母亲的记忆如雨中砖地上的红叶，零落但是鲜艳洁净，脉络清晰。她说，你出生在新疆伊宁，那是一座白杨之城。那里的白杨不像内地的白杨，有许多幽怨的眼睛。那里的白杨没有眼睛，每一支都像银箭，无声地射向草原无边无际的天空。

母亲说，我出生在秋天，父亲在远方执行任务。母亲说，部队里成了家的男人和女人，平日都是分开住的。唯有到了节日，才是团聚的时刻。母亲说，大礼堂里，拉上许多白布帘子，分割成一个个独立小屋。那就是军人们的卧室了。母亲说节日的黄昏，女人们早早就躺下了，在四周雪白的布笼中，悄悄地等待自己的丈夫。母亲说夜深了，查哨归来的男人们，像潜入敌营一般，无声地在白布组成的巷道穿行，走到自己的属地，持枪的手，像雄鸟的喙一样衔开白帘，温暖地滑翔进去。

母亲说，部队里的孩子，就是孕育在白布帘子背后。如果从礼堂的房顶看下去，那些布做的田野和畦，和如今冰箱里储藏冰水的塑料格子差不多。我忙问，我是那样来到的吗？母亲说，不是。因为职务，父亲和母亲享有一栋古老的俄式木屋。它高大凉爽，有宽宽的木廊。唯一美中不足的是，不知建于何年何月的地板，每当你脚步穿过的时候，就会和着你的节奏簌簌抖动。

母亲说，怀你的时候，父亲率领骑兵，要到远方。他把照顾母亲的担子，交给一个年长的警卫员，名叫小胖子。母亲说，那个兵，大约有四十岁吧？现在没有这样老的兵了，那时有。幸亏他的年纪比较大，要不这个世界上，可能就没有你了。

母亲说，整个怀孕期间，她完全吃不下寻常的食品，闻什么都吐。体重锐减，医生说再不补充营养，大人孩子都危险。小胖子很着急，他是四川人，会做饭，殚精竭虑地把能够想出的吃食，因陋就简地做出来。盛在大粗碗里，端上来让母亲闻闻，看哪一样能吃得下去。母亲对所有吃食，都大饥若饱，置若罔闻。终有一天，母亲嗅到一缕奇异的香味，不觉食欲大动，问小胖子，你吃什么呢？能不能让我也尝尝？小胖子说，我在喝野鸽子汤。

在俄式木屋不远处，有一座废弃的粮仓。粮仓高而窄的窗户，像古堡的透气孔。每天早晨，小胖子打开窗户，然后就忙自己的事去了。粮仓的地上，散落着陈年的苞谷粒，粮仓的每一寸墙壁，都蒸发着粮食干燥熏香的气息。铺天盖地的银灰色野鸽群飞来了，从窗口鱼贯而入。到了夕阳倾斜的辰光，小胖子突然从墙外关闭窗户，使粮仓没入黑暗。然后，他挥着一把大扫帚冲入门内，旋风般扑打，鸽羽纷飞……

怀你十月，我只吃了不到十斤的大米和一点儿野菜。剩下的营养，全靠野鸽子汤支撑。母亲很严肃地说。

我追问道，您一共吃了多少只野鸽子啊？

母亲想了想说，一天少说也有十只，几百天算下来，总有几千只了。

我大惊，愤愤说，你也太能吃了。要是绿色组织知道了，会抗议你没完。

母亲纠正我说，不是我能吃，是你能吃。一旦生下你，我就再也不吃野鸽子了。

我说，不管怎么说，这数字也大得可怕，承受不起。我最多只能承认自己是一千只野鸽子变的。再多，就是大罪孽了。

一想到自己平凡的生命之弦上，挂着千只野鸽，坠得心绪弯出弧形。一千对鸽翅，将是怎样一片掠过苍穹的翠蓝的云？一千只鸽鸣，将是怎样一曲缭绕云端刺人肺腑的歌？一千双鸽眼，将是怎样一束眺望远方洞穿云雾的光？一千堆鸽羽，将是怎样一片洁白的雪能融化万古寒冰？假如我这一生虚掷光阴，对不起造化，对不起自然，对不起我的父母，也对不起架构我生命的那羽翼丰满飞翔不息的千朵生灵！

母亲临产的时候，父亲从营地骑马赶来。母亲已住进苏联人开的医院，躺在产床上，辗转反侧。病房不让父亲进去，父亲只好在医院病房的窗户上，久久地凝视着母亲。然后，一扬鞭，飞身上马，再赴疆场。

你第一次见到你父亲，已经是满月后。那时，你已是一个大孩子了。母亲说。

然后，父亲又走了。母亲抱着我，住在古老的俄式木屋。夜里我爱哭，母亲就彻夜抱着我。母亲胆小，不敢点灯，就在漆黑的夜里，守我到天明。门口有一棵小榆树，树影在夜风里，像鬼魅一般伸缩着指爪。

无数次地讲述历史之后，我对母亲说，咱们回一趟新疆吧？去看木房子，小榆树和野鸽子。

妈妈曼声应着，几乎不抱希望地说，好啊好啊。只是新疆太远，伊宁太远。

对话埋在土里，好像古墓中的莲子，酣睡着，不知何时才会绽成花？

1997 年夏秋，我和母亲同赴新疆。汽车翻越天山的时候，我十分紧张。那是一条年久失修的战备公路，已很少有人走。一边是壁立的悬崖，一边是深渊。山顶的冰川，在炎热的八月，融化成无数道淋漓的小溪，从峰顶汩汩坠下。冰川就变得稀薄了，出现了亚麻般的网络，好像贫女洗涤多次的纱裙，自山顶逶迤而下，渐薄渐远，直到下缘溶成一道暗赭色的湿边。

我悄声对母亲说，您害怕了？母亲说，有一点儿。我说，您当年从伊犁离开去北京的时候，难道没有翻越天山吗？怎么倒好像是第一次看到这种险峻呢？母亲说，那时，我怀抱你，没有一眼看过山，我一直在看你。

汽车驶近伊犁的时候，心怦怦跳，我对自己说，一定要大睁着眼睛，把记忆变得像一卷新录像带，事无巨细都拍下来，留着以后慢慢回味。

伊宁满目是青苍的绿，高耸入云的绿，剑拔弩张的绿，煞煞作响的绿——高大矗立的伊犁杨！不长忧郁眼睛的伊犁杨！耳边听到母亲喃喃说，都认不出来了啊，哪里是当年的老房子？

在伊犁的日子里，母亲第一个也是最后的愿望，就是找到她和父亲住过的地方。我本来以为这不是很难，就算地表建筑有了相当大的变化，但山川依旧，地名还在，只要踏破铁鞋，还怕找不到吗？

然而，我错了。伊宁发生了太大的变化，从母亲茫然的眼神里，我发现她记忆中的伊宁，仿佛是另外一个星球上的地方，同这方土地不搭界。赤日炎炎下，母亲说，那时漫天大雪啊，我坐着雪爬犁……我怀疑都是这季节闹的，大约应该在隆冬来。白雪的城市和青杨的城市，永远无法重叠。

我帮母亲梳理头绪。母亲说，老房子的周围有一家飞机场。我想这是一个显著的目标，得到《伊犁河》的编辑热诚相助，第二天一大早，带着我们照直奔机场而去。绕着机场转了三圈，不想母亲对那里的地形地物毫无反应，说，房前还有一条河，房后还有一座山，这里一马平川，不是啊不是。我说，机场吗，当然是平的了，也许是修机场的时候，把山平了，把河填了？

母亲不置可否，看得出，她不信服我的解释。找来机场的工作人员，向他打听这里原先的地形，以证明我的猜测。没想到他很肯定地说，这里没有山，也没有河。从来没有。我看，老人家说的那个机场，不是我们这个机场。你母亲五十年代初期就离开伊犁，那时这座机场的图纸还没画出来呢。

于是有了老机场的悬念。

我们又驱车去巴岩岱。这是一个赫赫有名的地方，几乎每个伊犁人都知道，但当我细究这地名是什么意思的时候，又谁都说不清楚。

巴岩岱是一个小镇，我们的车缓缓驶过，好像在检阅路旁古旧的土屋和新的建筑。我不断地问母亲，是了吗？想起一点儿了吗？母亲总是漠然地摇头。

新疆小镇特有的十字形短街，很快就被车轮丈量完了。往回开，再走一遍。我对司机说。正在修路，地表的积土和晒干的驴粪，化作旋风样的灰尘，快乐地裹挟在车的后方，像赭黄色的陈旧面纱，把巴岩岱半掩半藏。母亲索性走下车去，期望巴岩岱的土地，会直接告诉她点儿什么。

亚洲腹地的太阳，从公路上方，几乎垂直地击穿颅顶，把灼热和焦躁注入思维。随着车轮的反复碾压，母亲的迟疑已经延展成沮丧。我的记性真的这么糟了吗？不对啊，我怎么一点儿也想不起来了？就算房子被拆了，山也被削平了吗？还有那条河？河边的柳树呢？母亲低声自语，愤愤不平，要同历史讨一道说法。

四周悄悄，母亲已经离去四十四年了，没有人负责回答她陈旧的问好。

我决定放弃寻找，不论是巴岩岱还是八烟袋，这样对她老人家的压力可能轻些。我说，有很多归国的老华侨，都找不到自己的家。不是您记性不好，是这个世界变化太快。

我拉着母亲走到一处风景秀丽的小渠，对朋友说，麻烦您给我和母亲合张影。这里就是巴岩岱。

母亲不服，说，你那时什么都不记得，凭什么说这里就是巴岩岱？

我说，您倒是记得，可您的巴岩岱在哪里？这里就是巴岩岱。

于是我和母亲，在我所指定的我的出生地，照了几张相。平心而论，四周景色不错。草原在午后阳光下灼热地呼吸，波光粼粼，犹如晃动着自九天而下的玄紫色纱幕。脚旁的小草，像无数神奇的吸管，把苍黄大地的水分，变成了绿色油漆，不慌不忙地涂抹在自己向阳的叶面上。也许是颜料不够，叶子背面就比较马虎，敷得清淡些，露了霜白的底色。野花英勇地高举着花茎，把小小的花盘，骄傲地迸裂到近乎水平的角度，竭力把自己最美丽的一面展示出来。好似一个细胳膊的小伙子，一往情深地仰着脸，向蓝天求爱。虽结局不一定乐观，仍充满了令人感动的柔肠。

我很中意此地的风景。母亲不再吭声，那神情分明在说，这里虽然好，但不是你出生的地方。

回宿处的时候，母亲说，你出生的那家医院，总是应该能找到的。

那家医院还在。新的四通八达的主楼，熙熙攘攘的愁眉苦脸捏着药袋的杂色人流和飘逸的白衣。我和母亲在药气汗气中穿行，问一个护士，这个医院当年的妇产科在哪里？那个护士匆匆走着，一边走一边丢着话，你要问现在的妇产科，我告诉你。要是问原来的，谁知道？

连续问了好几个人，都被干脆地回绝。母亲一脸的茫然，也许昨天我的指鹿为马刺激了她，她不愿再无望地寻找，对我说，我们走吧，即使找到了医院，也找不到你爸爸看我的那扇窗户了。

我便依偎着母亲，慢慢向医院的大门走去。就在这一瞬，千真万确地，我听到血脉深处剧烈的叹息，心被攥紧又松开，痛得窒塞。

我果决地对母亲说，请随我来。不由分说地牵了她，向一个我也说不清的方向，义无反顾地走去。

人很多，不停地碰撞，我疾速穿梭，不住口地说着对不起，宛若行进旷野杂草间。碰到的人不再有鼻子眼睛，只是一些木桩。七折八拐，终于看到一栋老屋。

它蹲踞着，好似千年蘑菇。自屋顶冲刷而下的杏色雨迹，如岁月的鞭痕，在木疤处拐了一个小弯，依然执拗地向下。

我的血翻起泡沫，激烈地鼓荡着。看——就是那扇木窗！我握着母亲的手大叫。那一刻，我们都感到彼此的肌肤，在盛夏的炎热里冰冷如雪。

墙壁上有一扇木窗。木窗和它宽大的窗台，漆色斑驳地幽闭着，锁定四十五年前一位戍边的将士和最初的父亲久驻的目光。

是吗？是这里吗？母亲轻声反问着，伏在窗棂上，处处抚摸，好像那里还遗有军衣的擦痕。俯身比量着询望屋内的角度，好像父亲的视线，还如探照光柱一般，笔直地悬浮空中。许久，缓缓说，正是从这个方向，你爸爸他第一次看到你……

我僵僵地立着，感觉时光顺流与逆流的波纹。

还需确认。无人知晓数十年前此地的格局。终于找到一位维吾尔族老人，捋着飘拂的白胡须说，半个世纪以前嘛，这里是苏联人开的医院。后来嘛，都拆了，盖了新的楼了。现在嘛，只剩这最后的地方啦，原先是专门接娃娃的房……

我长久凝视窗户，穿越时间隧道，一身戎装的父亲，牵着他的战马，屹立远方。

母亲说，连我都认不出的地方，孩子，怎么就像有丝绳拽着，你一下走到这里？

我说，妈妈，不要忘了，我也来过这里啊。在我的记忆深处，我记得这条路。这里是我第一眼看到的世界。从这扇木窗中，我认识并记住了父亲的微笑。

到了临离开伊犁的前一天，母亲有些不好意思地对我说，我还想找找我和你爸爸住过的那座老房子。让车在伊宁街上随便转吧，也许突然就看到了。

我不知如何再向主人提出要求，为了老房子，我们已麻烦人家多次。主人说，老人家来伊犁不容易啊，今生今世也许是最后一次了。说什么也要找到这个地方。于是让老王来帮助我们。

老王瘦而干练，目光鹰隼一样锐利，开始详尽地了解情况。

您敢肯定门前那是一条河，不是一条渠？新疆的渠沟很多，有的也很宽，波涛滚滚的。老王抽着莫合烟说。

是河。因为它是弯弯曲曲的，人修的渠是取直的。岸边有很粗而疙疙瘩瘩的树，老树，树叶落在水上。母亲说。

您的记忆很肯定，附近有一座山？

小山，不高。肯定有。在河的北面。母亲说。

老王站起身来，说咱们走吧。我已经知道那大概的方向了。

我和母亲半信半疑地跟着老王上了车，他对司机低语了一声，车就飞快地沿着白杨大道驶去。

到了一处疏朗的房舍，周围有不浓不密的林子，地面有些残存的鹅卵石，像半睁半闭的疑惑之眼。

其后发生的事，恍若慢镜头。母亲一跃下了车，踢着那些鹅卵石，飞快地向远处的房舍走去。我想紧跟上，老王示意我拉开距离，以给母亲一个独立回忆的空间。于是放她苍凉地一人走向往事，我们默默地跟随。

母亲举步如飞，跑到一所孤独的木屋旁，目光如啄木鸟，从地基敲到檐顶，然后又一寸寸地凿下，好像要把那些木棂中的年轮剥出来。

我以为母亲会说什么，结果她什么也没说，就倒着身子，退开了。我忙凑过去，没想到她又疾步走上前去，我紧跟，听到了她对木屋说的话——你怎么比原来变矮了？哦，是了，我知道了。我们都老啦！

母亲拉着我的手，登上木屋的台阶。那台阶吱吱扭扭响着，这声音亲热地召唤母亲，从她的耳鼓潮水般地蔓延开去，扩展到整个身心。

这是一座说不上年代的俄式建筑，当年不知漆过何种颜色的油漆，现在已完全脱落，连绿豆大的一点儿遗迹都不曾留下。

每一寸木纹都裸露着，好像森林老人住的原木房子。高高的挑檐，抗拒着岁月的磨损，依旧尖锐地飞翔着，几乎把草原湛蓝的天空刮出伤痕。檐口的滴水槽已经残破，水线蜿蜒，好像一把用旧的木锨还牵着淋漓的泥浆。屋顶上小塔式的烟囱半边坍塌，露出被壁炉焰火熏黑又被风雨漂白的栗色。悬山的边缘已成锯齿，唯有山墙像倔强老人的脊背，昂然挺立着。阳台的栏杆，有美丽的螺旋状丝纹，不可思议地保持着精致的形态，透出当年的华丽。游廊很宽敞，木地板由于多年无数双鞋的摩擦，生出短而茸的木刺，在舒缓的木弧中被浮土半遮半掩。

一把大锁禁锢着历史。母亲紧张地扒着门缝向里张望，如同孩童。老王不知用了什么办法，找来一个全副武装的士兵，开了门。原来这里和半个世纪以前一样，是军队的产业。

木屋的中央是气势宏大的客厅，虽堆满杂物，仍看出往日的磅礴。四周是布局严谨的小房间，年代久远，已察不出主人修造时的匠心。我们在灰尘中走动，搅起呛人的烟尘。母亲的目光如蛛网一般，打捞着游动的往事。她一定是看到了我所无法窥见的影像，与那时年轻的自己对话。

你好啊！老房子，我来看你来了。你还记得我吗？这就是当年那个爱哭的孩子啊！我们一道从北京来看你，你还记得我们吗？母亲拍打着积满青灰的栏杆，对着空中自语。

我和母亲拉开一米远近，怕惊扰了她的思绪。没想到母亲执意拉着我，好像面对久久不见的亲戚，不停述说——那里，就是我睡的床，抱着你，坐在床上。那些夜晚，总也盼不到天亮……她指着一个堆满军械的角落。——那里，就是小胖子煮野鸽子汤的地方。她指着回廊的拐角处。你该叫他小胖子叔叔的，要是没有他的好心，这世界也许就没有了你。他如果还在世，该有八十岁了。——那里，就是整夜摇晃的小榆树啊，天！它长得这么高，成了老榆树了……她指着窗口外的树枝，我眨眨眼，看到那树应声弹下几斑苍凉的绿泪。

木地板在我们的脚下波动，我问母亲说，它们是不是晃得更厉害了？母亲说，没有啊，它们和以前一模一样。真奇怪。哦，对了，人是熬不过木头的。

那位开锁的士兵，从我们的对话中，明白了原委，恍然大悟道，啊，你们从北京赶来看它。来得正好，再有一个星期，它就被卸成一堆木板。

在城市建设的整体规划中，已几次动议拆除这老屋，不料每次临动手的时候，就出些意外的变故，阻止了工程。这一次，推土机已备好，再不会拖延了。

呵，老屋一直在等着我们，等着母亲布满褐斑的手最后的抚摸。等待当年的孩子，再看一眼它斑驳的木纹。

山不在了，河不在了，但老屋尚在，与我们母子相会于它生命的夕照。

老王后来告诉我，五十年代，贯穿伊宁市的河流只有两条，背后依山的就是这条河。后来，城市变迁，山被砍平，填了河床，地表上的旧貌已渺无音讯。此地原来确属巴岩岱管辖，但行政区划几经变更，如今已归属市区，难怪母亲在巴岩岱百寻不到了。

我们依依不舍地告别老屋，我从摇曳的榆树上摘下几片树叶，从地上掬了一捧黄土。我会把它置于父亲的墓前，我猜他会在有月亮的晚上，轻轻地闻着树叶，用手指捻着黄土纷纷落下。父亲一生戎马生涯，他眷恋他骑马挎枪走过的地方。

母亲安宁了，好像同我交割清了生命的最后一笔账目。我却接过一副沉重的挽具。你已知道生命的源头，你不由得张望生命的尽头，心中惴惴。当你有朝一日，一切归于永恒，背负黄土，仰望星空，检点一生：你啊你，可对得起三千银翅、一篷绿荫、古旧的木纹和一个名叫小胖子的老兵？！

离开新疆前，我应邀做一场讲演。主题发言以后，我说，我有一个私人问题，求助大家。我出生在伊宁巴岩岱，我不知巴岩岱是什么意思？谁能帮我解答？

不一会儿，纸条递上来了，说：“巴岩岱是一句蒙古语，意思是——大雁落脚的地方。请问你何年再回新疆？”

我一时热泪盈眶。新疆是我生命的始发站，只要我还在天际运行，无论飘到何方，都会彗星回归。

又传上来一张纸条，上书：“我们几位伊宁人，想把自己的家腾出来，为你建一间文学馆。让天下更多的人知道，伊宁出了一个你。”

我感动，为着家乡人的热忱。半晌，我说，毕淑敏何德何能，能承受伊宁人的如此盛情？我的老乡们，听我一句话。自家的房子，还是好好装修，住得宽敞一些为好。如果实在空闲，就开一个小饭铺，卖手抓羊肉和伊犁草原上的马奶酒吧！那是天地的精灵。

第二辑

我们的事业，是我们的田野

我们的事业，
是我们的田野。
我们背负着它，
播种着，耕耘着，收获着，
欣喜地走向生命的远方。

面向前方，坚定地走下去

练练看，不回头。

你就发现，行进的速度快了许多，

心情好了不少。

回头是土，向前是金。

紧　张

一个有趣的游戏。两人一组，其中一人会拿到一些纸条，上面写着字——都是人们常有的一些情绪，比如高兴、漠不关心、嫉妒、疲倦已极……

拿到纸条的人，要按照纸条上的指示，做出相应的表情和行动，让另外的那个人猜。

例如，甲人看了看手中的纸条上的字迹，沉思片刻后开始表演。先是豹眼圆睁，辅以一个箭步上前，右手揪住假想中的某人脖领，同时挥出弧度漂亮的左勾拳，击中那人腮帮……

乙人在目睹了甲人的表情和行动以后，也沉思片刻。然后大声说出他解读出的对方情绪——“愤怒”。

甲人颔首道，基本正确。不过，我手中的纸条上写的是：狂怒。

乙人说，嗨！如果是“狂”，你的这个表达等级，味道尚欠浓烈。倘若换我，一般的愤怒，就已达到这个档次。真到了狂怒阶段，还要加上怒发冲冠、拳打脚踢、暴跳如雷、虎啸龙吟……

这个小游戏，说明人和人之间，并不是很容易沟通的。人们通常按照自己表达情绪的方式，来理解他人。

但人和人之间，仍是可以沟通的。需要语言的帮助和长久的磨合。程度差异很大。可以一叶知秋，也可落英缤纷。

我很喜欢玩这个游戏，可以更深刻地感知他人的内心，察觉人群的异同。正是这种无休无止的差异，造成了人的丰富多彩和无数悲欢离合。

某次，我遇到了一位有趣的合作者。

他是一位老板，拿了纸条开始表演。目光炯炯，眉头紧皱，身板僵直，双手攥拳……

我绕着他走了三圈，思索不出他这番表演的内涵，求助道，你能不能示意得再明确些？

他是个好商量的人。思忖片刻后，加上了一个动作：嘴角紧抿。

我还是百思不得其解，只得求饶道，猜不出猜不出，我投降，快告诉我底牌吧。

他把纸条伸给我，上面写着：焦虑。

想想也有道理。某些人焦虑的时候，就是这副沉闷苦恼的模样。

第二轮测验开始。他看了一眼手中新的纸条，开始表演：目光炯炯，眉头紧皱，身板僵直，双手攥拳……

我丧气地说，不行。再具体些。

他就又加了一个动作——嘴角紧抿……

天啊，我一筹莫展。甚至想，这一堆测验的纸条里，不会有两张“焦虑”吧？

我说，完了。我弱智了。请你告诉我吧。

他把手心摊开，我看到了谜底：沮丧。

沮丧是这个样子的吗？我不服气地说，你的表演有问题，沮丧的时候，目光通常是低垂的。

但是，我沮丧的时候，就是如此，聚精会神的。他很诚恳地说。

我只得服输。是啊，你不能否认有些人虽败犹荣，屡败屡战，永远目光如炬。

再一次轮到他表演的时候，我格外地当心。看到他拿了纸条，踌躇了一下，然后胸有成竹地开始演示。

目光炯炯，眉头紧皱，身板僵直，双手攥拳……

看到我茫然愁苦的模样，他善解人意地加上了一个补充动作——紧抿嘴角……

我极快地调侃道，干脆杀了我。我无法破译你的密码。

轮到他吃惊，说，我有那么神秘吗？其实，这一次，我表达的是一种很平和的情绪——“安静”！

我几乎昏了过去，说，您的大驾尊容，居然能称得是安静？！我想，当你自以为安静的时候，周边的人，绝不敢打扰你。

说者无心，听者有意。他静默了片刻，一拍大腿说，喔，你这样一讲，我就明白了，为什么我以为自己很慈祥的时候，大家依然说我严厉……

那是一次令人难忘的游戏，它的结尾有些苦涩的味道。因为我的这位朋友，无论他拿到写着怎样字迹的纸条，他的表情都像一个模子里刻出来的。目光炯炯……嘴角紧抿……甚至当“爱情”出现的时候，他也如此刻板和冷峻。

我问他，你成家了吗？

他说，成了。但是，又散了。

我说，还打算成吗？

他说，暂时没有打算。

我说，没有了好。

他说，您为什么这样说？

我说，我的意思是，你若不把表情修改一下，即使有了女朋友，也会莫名其妙地走开。

我后来同这位老板，详细地探讨了他的表情。他说，我一个当老板的，哪能事事都流露在面上，让人看个透明？我这是深沉。

我说，表情的僵化和不动声色，并不能画等号。对家人和对谈判对手，哪能一样？周恩来可算是大家，他的表情就丰富得很，并非整天板着阶级斗争脸。咱们常常羡慕外国的老板当得潇洒，其中重要一条——就是他们真实。当怒则怒，当喜则喜。况且，老板也是人，也有七情六欲。事业做得好，人也要活得自然自在。

后来，我和这位老板进行了比较深入的谈话，才明白在他那千篇一律的面具之后，准确地说，既不是焦虑，也不是沮丧，当然更不是安静，而是——紧张。

紧张，是现代人逃脱不掉的伴侣。

紧张的时候，我们的心跳加快，瞳孔睁大，呼吸急促，血流湍急……我们的思索急迫而锋利，我们的行动敏捷而有力。

紧张这个词，很多年以前，被写进一所著名大学的校训。我想，那时它一定是有的放矢，有着历史的必然和辉煌的功绩。

时代在发展，如今，当我们不再从战火和铁血的角度，看待紧张的时候，紧张就有了更多探讨的意义。

短时间的紧张，很好，会使我们焕发出非凡的爆发力。不过，世界上的事情，一蹴而就的，肯定有，但终是有限。大量的成功，孕育在日积月累的跋涉。紧张是一百米短跑，成长则是马拉松比赛。长久的紧张，如同长久的鞭策一样，是不能持久的。它会导致反应的迟钝。紧张可以应对一时，紧张却无法达至永恒。

紧张是一种无休止的激动，是一种没有间歇的高亢，是一种针插不进水泼不进的致密，是一种应急和应激的全力以赴。

你见过没有起落的江河吗？你听过没有顿挫的乐曲吗？你爬过

没有沟崖的山峦吗？你走过没有悲喜的人生吗？

紧张是面具。紧张的下面，潜伏着怎样的暗流？换句话说，什么导致我们长久僵硬的紧张？

紧张的人，思维是直线而不是发散的，因为他的注意力太集中了，心就无旁骛。当我们的视野中只有一个目标的时候，它是收束和狭窄的。（不是指远大的唯一的目标，是指运筹帷幄的策略。）我们的显意识之下，是辽阔的潜意识。当紧张的时候，理智和经验就占据了上风，而人类在长久的进化中所积累的本体感觉，被抑制和忽略。所以，紧张的人，很容易累。因为他是在用百分之五的能力，负载着百分之百甚至更高的压力，怎么能集思广益化险为夷呢？

紧张的人，其实是不安全的。他处于风声鹤唳之中，对自己的位置和处境，有深深的忧虑。他大张着自己所有的感官——眼睛瞪着，耳朵开放，手脚绷紧，呼吸也是浅而快的……他的全身就像一架打开的雷达，侦察着周围的一草一木。

他因袭着以往的重担，关注着周围的一举一动，他无法平和地看待他人和看待自己。紧张的人，睡眠通常不良。因为在睡梦中，他也不由自主地睁着半只眼睛。

打个比喻。什么动物最易于紧张呢？通常一下子就会想起老鼠兔子麻雀之类的，大都是弱小的谨慎的没有强大的防御能力的生灵。如果是老虎狮子大象甚至蟒蛇，我们想起它们的时候，可能觉得它们或懒洋洋或佯装安宁，但我们不会浮现出它们是紧张的这样一个印象。在突袭猎物的时候，它们快则快矣，狠则狠矣，你可以痛恨它，但它依然是从容和大智若愚的。它们不紧张。

再举南极洲的企鹅为例，这些穿西服的鸟们，似乎也没有伶牙俐齿可供攻伐猎物与保障自身，胖墩墩的战斗力不强，但是，它们毫无疑义地不紧张。这次，不是来自它们自身的强大，而是没有人类的迫害和袭扰，它们尚不知紧张为何物。

所以，紧张不是强大，只是懦弱的一件涂着迷彩的旧风衣。

紧张往往使我们看问题的角度趋向负面。因为不安全，所以防御感强，假如判断不清的时候，首先断定对方是有敌意和杀伤力的，考虑自己怎样防卫怎样规避怎样逃脱……紧张使我们误会了朋友的友谊，曲解了爱情的试探，加深了创伤的痛楚，减缓了复原的时机。在紧张的时刻，决定往往是短期和激烈的。

紧张的时候，我们无法清晰地聆听到他人真实的声音。我们自身澎湃的血流，主导了我们的听觉。我们看到的可能并非真实的世界，因为自身的目光已经有了某种先入的景象。我们无法虚怀若谷地接纳他人的意见，因为自己的念头依然盘踞在心。我们难以深刻地反省局限，因为注意力全然集中对外，内心演出了一场空城计……紧张就是如同凹凸镜一般，变形了真实的世界，让我们进入高度的备战状态。

紧张的人，很难和别人和睦相处。紧张的人，通常落落寡合慎言忧郁。紧张的人，孤独寂寞。他们可以置身于灯红酒绿车水马龙当中，好似应者云集，但他们的心，多疑多虑，挛缩成一块石头。

人们很推崇的一个词——大将风度。我以为其中极重要的组成部分，就是不紧张。每一行真正的高手，几乎都是举重若轻温柔淡定的。草船借箭诸葛空城，功夫在诗外。无论形势多么危急，他们成竹在胸。无论己方多么孤立，他们胜券在握。哪怕局面间不容发，他们眼观六路，耳听八方。

大将不紧张。

唇枪舌剑之我见

“99 国际大专辩论会”的电视转播图像上，用各种字体书写着“唇枪舌剑”这几个字，现场的气氛更是剑拔弩张。作为点评嘉宾，我也受了感染，心跳都加快了。想想挺有意思的，君子动口不动手，但只凭着柔软的口舌，就让人有如此身临大敌的感觉，这不能不说是辩论的魅力，语言的魅力。

我猜想，最早的辩论，大约发生在有文字之前，古老得如同旧石器。那时候的人是群居，在狩猎奔袭的途中，一个人说猎物是朝这个方向跑了，证据是地上有脚印。另一个人说不对，是朝另外的方向跑了，不信树上有擦痕……两个人争论不休，提出自己的论点和论据，攻击对方的破绽……跟随的人也分成了两派，各站在自己拥戴的一方，一时间各抒己见，好不热闹。

原始人一定在这种论战当中，感到了实用和快乐。因为它流传下来，并发扬光大了。在那种严酷的生存条件下，如果不能让人觉得对生存有益，恐怕就湮灭了。春秋战国时代的诸子百家学术争鸣，留下了多少不朽的篇章。倘若没有论辩的风气，我们今天就看不到那些字字珠玑的锦绣文章了。即便有一些兀自低语的结论，无论是质量还是数量，肯定要大打折扣。至于说客们合纵连横的游说，简直就是政治家的巡回演讲。在古希腊，辩论之风也极为盛行。因此，辩论是人类自身风采的源远流长的展现，是文化的重要组成部分，是一个优良的传统，是一个值得发扬的本领。

在生活和生产节奏都比较散漫的古代，人们尚如此注重辩论的重要性和实用性，随着现代交往的辐射半径的扩大和频率的增加，对辩论的技术和美学要求就更高了。中国有一些古话，比如日久见人心，骑驴看唱本走着瞧等等，都是强调交往的时间要足够地长，仿佛冷水泡茶，慢慢显出滋味，届时再下结论不迟。但现代社会不允许你这般慢吞吞地磨蹭，人一辈子所做的事，相当于过去几辈子的量。在有限时间内，要见的人越来越多，面临的情况越来越复杂，彼此会面的时间越来越短，需要交流的信息越来越多……怎么办呢？只有在单位时间内，更准确更快捷更清晰更精彩地表达自己，让对方明白自己的意思。还有更完整更全面更精准更敏锐地理解对方，让自己把握对方的观点。找到双方立场的原则分歧，聚焦于对方的逻辑混乱和事实不当之处，适时出手，迅速地调整自己的思维与战略，补充更有力的证据，捍卫己方的观点。这种能力，越来越成为现代人安身立命的基本技能之一。

其实，人面临不能沟通不会沟通的困境，已经很久了。我们自说自话，无法体察他人的内心。我们忙不迭地争执，常常是对着一个假想的敌人开战。焦灼地吵了半天，最后才发现根本就没听懂对方的话。

所以，辩论不单是说的艺术，而且是听的艺术。要学会倾听，要有虚怀若谷的素质。如果不会听，就失去了辩论的对象和挑战的能力。那才成了对牛弹琴。

辩论除了实用性，还有它的表演性。在这方面，我觉得辩论和体育比赛，有某些相像的地方。比如马拉松跑，最初是实用的，选上好脚力的勇士，以最短的时间，传达胜利的喜讯。但这一形式演变到了今天，要是谁想用跑步来传达信息，岂不是太弱智了吗？除了极落后的地方，人们均能借助电报、电话、互联网等，把任何消息在瞬间传达到世界上的任一角落。但是，哪怕以后科学发达到可以把信息片刻间传到银河以外，我相信马拉松还一定在跑。因为它代表着人类的一种对自我的醒察，对体能极限的一种挑战。人类在这种比赛当中，感受到生命的原始动力，体验到一种悲壮和顽强的奋斗精神。辩论也是这样的，它展示了一种技巧，一种把人的论辩能力发挥到极致的表演形式，因此，哪怕它不能最终得出统一的结论，就像有人说的，论了半天，也没争出个子丑寅卯，但它的过程就显示了人的思维和表达的优美敏捷。

一个人对一个问题，会有自己的观点。但你参加辩论时，要取的观点则是随机的，辩题并不是一种学术定论，反映的主要是你的表达技术，是逻辑的力量，是你捍卫本方观点并找出对方破绽的能力。它展示的是一种对整个人类都有帮助的技巧：与人交流的时候，完整明晰地表达自己；产生分歧的时候，弄清别人的观点；在听懂对方的基础上，用自己的力量说服对方，达成共识；不能无中生有，不能人身攻击。

所以说，辩论是一种思维上的较量和厮杀。它的这种一决胜负的特性，充斥其过程的是语言的驾驭力和无处不在的机锋，这正是辩论经久不衰的魅力所在。

我相信人的天性里，有一种争斗的求胜的集体无意识存在着。辩论是很文明的争斗形式，它没有身体的接触，是公开的比赛。你唯一可以利用的是你的大脑，你的嘴唇和舌头。当然还有对方的错误了。但这错误，也要靠你的大脑找出来，你的舌头说出来。语言用得恰当，就成了很坚硬很猛烈甚至能置人死地的武器。

这次比赛，有非华裔选手参赛，这对华语的普及推广提高，是一件非常有意义的事情。这个世界上，有越来越多的人，学习使用美丽丰富的华语，对东西方文化的交流和融汇，是非常重要的。看到那些非华裔的选手打擂台，觉得他们很可爱。无论胜负，他们对华语的热爱，都使我感动。心里也很佩服他们。一个外国人和另一个外国人，要熟练地运用华语，进行辩论，这挑战和难度是不言而喻的。

辩论是对辩手综合素质的全面考察，此次大赛，已将抽签确定辩题的时间较前缩短了。能否改成当场决定呢？那样，可能对抗性更强，更激烈和瞬息万变。可能不如现在这般井然有序，但它的魅力也许更强大神秘。

我有个建议，对辩手说话的速度，做一个上限的规定。也就是说，每分钟说出的单字，有一个最高限额。这就像竞走比赛，人不可以跑起来，必须有相应的姿势。有几个朋友对我说，现在辩手说话的语速太快了，咄咄逼人，像绕口令。辩论时和正常人的语速差异太大，会让人听得十分吃力。辩手是有备而来，滔滔不绝，但听众是初次接触，要有吸纳消化的时间。或许有人说，只有讲得快，才能在有限的时间内，阐述更多的内容，发挥更强的辩论力量。我以为，有理不在声高，当然也不在言多。真正的优势不在气势上的剑拔弩张，而在一种无坚不摧的逻辑。华语有很幽默很华美的成分，一个好的辩手，可以四两拨千斤，举重若轻，于谈笑风生当中，置敌毙命。真正的雄辩，应是弛张有度的。

辩论有它的规则，就像足球有它的规则一样。如果不懂这些规则，就只有外行看热闹了。辩论是充满文化意味和实用价值的表演对抗赛，作为观赏项目，要普及它的规则。我随机问了几位青年，知不知道如何为辩手打分？他们都很难为情地说，不知道。其实他们不必难为情，因为这种普及知识的工作，应该是专家和传媒该做的事。当然不是要求人人都十分懂得其中精妙之处，但我们既然可以很广泛地宣传插花餐饮娱乐等等，用多种方法，介绍辩论这一古老和富有生命力的现代舌战技巧，应是很有必要的。

辩手自说自话，是一种对他人的不尊重，因为你没有认真诚恳地听取别人的意见，这背后反映的是辩手的不自信，临场发挥不良。

辩论是一种关于语言、思维、反应的综合训练。经过这种训练以后，人的表达能力、逻辑力量都会有所增强。现代社会中，各行各业的专业人士很多，但会很好地表达自己的人，能准确地倾听他人的人，能在自己和他人分歧的时候，找到一个良好的平衡点的人，能用他人的意见补充自己充实自己的人，不很多。辩论可以在这方面，为现代人提供一个有趣有价值的锻炼方法，它是头脑和唇舌的体操。

请您从老板椅上站起来

我是一名注册心理咨询师。

某次会议期间，聚餐时，一位老板得知我的职业之后，沉默地看了我一眼。依着职业敏感，我感觉到这一眼后面颇有些深意。饭后，大家沿着曲径散步。在一处可以避开他人视线的拐弯处，他走近我，字斟句酌地说：不知您……是否可以……为我做心理咨询？……我最近压力很大，内心充满了焦灼，有好几次，我想从我工作的写字楼的办公室跳下去……我甚至察看了楼下的地面设施，不是怕地面不够坚硬，我死不了……二十二层啊，我是物理系毕业的，我知道地心引力的不可抗拒……我怕的是地面上行人过往太多，我坠落的时候，砸伤他人。也许，深夜时分比较合适？那时行人较少……

他的语速由慢到快，好像一列就要脱轨的火车。脸上布满浓重的迷茫和忧郁。他甚至没有注意到我的神色，包括是否准备答应他的请求。毕竟，这里不是我的诊所。他也不曾预约。

虽是萍水相逢，从这个短暂的开场白里，我也可深刻地感知他正被一场巨大的心理风暴所袭击。

我迟疑了片刻。此处没有合适的工作环境，且我也不是在生活的每时每刻，都以职业角色出现。但他的话，让我深深忧虑和不安。我可以从中确切地嗅到独属于死亡的黑色气息。

是的，我们常常听到人们说到“死”这个词——“累死了”“热死了”“烦死了”，甚至“高兴死了”“快活死了”“美死了”……死是一个日常生活中的高频词，它通常扮演一个夸张的形容角色，以致很多人在玩笑中轻淡了它本质的冷峻含义。

所以，作为一名心理咨询师，精确地判明当人们在提到死亡这一字眼的时候，心理相应的震动幅度，是一种基本能力。

如果他是一个年轻人，少年不识愁滋味，整天把死挂在嘴边，我会淡然处之。如果她是一名情场失意的女性，伴着号啕痛哭随口而出，我也可以在深表理解的同时，镇定自若。但他是一名中年男性，有着优雅的仪表和整洁的服饰，从他的谈吐中，可以看出他是一个自我指向强烈的人。他不会轻易地暴露自己的内心，一旦他开口了，向一个陌生人呼救，就从一个侧面明确地表明他濒临危机的边缘。

特别是他在谈话中，提到了他的办公室高度的具体数字——二十二层。提到了他的物理学背景，说明他是详尽地考虑了实施死亡的地点和成功的可能性。还有预定的时间——深夜行人稀少……可以说，他的死亡计划已经基本成形，所缺的只是最后的决断和那致命的凌空一跃。

我知道，很有几位叱咤风云外表踌躇满怀的企业家，在人们毫无思想准备的情形下，断然结束了自己的生命。关于他们的死因，众说纷纭。有些也许成了永远的秘密。但我可以肯定，他们死前一定遭遇到巨大深刻的心理矛盾，无以化解，这才陷入全面溃乱之中，了断事业，抛弃家人，自戕了无比珍爱的生命。

心理咨询师通常是举重若轻的，但也有看急诊的时候。我以为面前就是这样的关头。当事件危及一个人最宝贵的生命之时，我们没有权利见死不救。

我对他说，好。我特别为你进行一次心理咨询。

他的眼里闪出稀薄的亮光，但是瞬忽之间就熄灭了。

我知道他不一定相信我。心理咨询在中国是新兴的学科，许多人不知道心理咨询师是如何工作的。他们或是觉得神秘，或是本能地排斥。在我们的文化里，如果一个人承认他的心理需要帮助，就是混乱和精神分裂的代名词，是要招人耻笑和非议的。长久以来，人们淡漠自己的精神，不呵护它，不关爱它。假如一个人伤风感冒，发烧拉肚子，他本人和他的家人朋友，或许会很敏感地察觉，有人关切地劝他到医院早些看医生，会督促他按时吃药，会安排他的休息和静养。但是，人们在精心保养自己的外部设施的同时，却往往忽略了心灵——这个我们所有高级活动的首脑机构。从这个意义上说，这位老总是勇敢和明智的。

他说，什么时间开始呢？

我说，待我找一个合适的地点。

他说，心理咨询对谈话地点，有什么特殊的要求吗？

我说，有。但我们可以因陋就简。最基本的条件是，有一间隔音的不要很大的房间，温暖而洁净。有两把椅子，即可。

他说，我和这家饭店的老板有交往，房间的事，我来准备吧。等我安排好了，和您联系。

我答应了。后来我发现这是一个小小的疏漏。以后，凡有此类安排，我都不再假手他人，而是事必躬亲。

看来他很着急，不长时间之后，就找到我，说已然做好准备。我随同他走到一栋办公楼，在某间房门口停下脚步。他掏出钥匙，打开房间，走了进去。我跟在他身后进屋。

房子不大，静谧雅致，有一张如航空母舰般巨大的写字台，一把黑色的真皮老板椅，给人威风凛凛的感觉。幸而靠墙处，有一对矮矮的皮沙发，宽软蓬松，柔化了屋内的严谨气氛。

怎么样？还好吧？老总的语句虽说是问话，但结尾上扬的语调，说明他已认定自己的准备工作应属优良等级。不待我回答，他就走到老板椅跟前，一屁股坐了下去。在落座的同时，用手点了一下沙发，说，您也请坐。沙发舒服些。我坐这种椅子惯了。

我站在地中央，未按他的指示行动。

我重新环视了一下四周，对他说，房间的隔音效果看来还不错，可惜稍微大了一些。

他有些失望地说，这已是宾馆最小的房间了。再小就是清洁工放杂物的地方了。

我点点头说，看来只有在这里了。希望你不要在意。

他吃惊地说，我为什么会在意？只要你不在意就成了。

我说，关键是你啊。小的隔音的房间，给人的安全感要胜过大的房间。对于一个准备倾诉自己最痛苦最焦虑的思绪的人来说，环境的安全和对咨询师的信任，是重要的前提啊。

他若有所思地沉默着。半晌，猛然悟到我还站着，连连说：我信任您，我不信任您就不会主动找您了，是不是？您为什么还不坐下？

我笑笑说，不但我不能坐下，而且，先生，请您也从老板椅上站起来。

为什么？他的莫名其妙当中，几乎有些恼怒了。我相信，在他成功的老板生涯中，恐怕还没有人这样要求过他。

他稍微愣怔了片刻。看得出，他是一个智商很高反应机敏的人，似乎意识到了什么，说道，您的意思，是不是我坐在这把椅子上，您坐在沙发上，咱们之间的距离太远，不利于您的工作？若是这个原因，我可以坐到沙发上去。

我依旧笑着说，这是其中的一个原因，但不是最主要的原因。我要说的是——沙发也不可以坐。不但你不能坐，我也不能坐。

这一回，他陷入真正的困惑之中，喃喃地说，这儿也不让坐，那儿也不让坐，咱们坐在哪里呢？

是啊。这间房屋里，除了老板椅和沙发，再没有可坐的地方了。除非把窗台上的花盆倒扣过来。

我说，很抱歉。这不是您的过错。我作为治疗师，应该早到这间房子来，做点儿准备。现在，由我来操办吧。

我把老总留在房间，找到楼下的服务人员，对他们说，我需要两把普通的木椅子。

他们很愿意配合我，但是为难地说，我们这里给客人预备的都是沙发软椅，只有工作人员自己用的才是旧木椅。

我看看他身后油漆剥落的椅子说，是这种吗？

他们说，是。

我说，这就很适用。先帮我找两把这种椅子，搬到那间房子。然后，还要麻烦你们，把那间房子里的老板台和老板椅搬出去。

工作人员很快按照我的要求行动起来。在大家出出进进忙碌的过程中，老总一直双手交叉抱在胸前。我明白这一体态语言的含义是——“我弄不懂你的意思。我不喜欢这样折腾。有这个必要吗？”

我暂不理他。待一切收拾妥当，我伸手邀请他说，您请坐吧。

现在，屋内只有两张木椅，呈45度角摆放着，简洁而单纯。

我坐在哪里？他挑战似的询问。

哪张椅子都可以。因为，这两张椅子是一模一样的。我回答。

他坐下，我也坐下。

……

当心理咨询过程结束的时候，他脸上浮现出了微笑。他说，谢谢你。我感觉比以前多了一点儿力量。

我说，好啊。祝贺你。力量也似泉水，会慢慢积聚起来，直至成为永不干涸的深潭。

分手的时候，他说，如果不是你们的职业秘密的话，我想知道你为什么让我从老板椅上站起来？难道那两张普通的木椅子，有什么特殊的魔力吗？

我说，这不是职业秘密，当然可以奉告。如果我估计得不错的话，在你的办公室里，一定有类似的老板椅。一坐在上面，你就进入了习惯的角色之中。我坐在沙发上，在视线上比你矮。我想，通常到你的办公室请示的下级或是商议事务的其他人员，也是坐在这个位置的。这种习惯性的坐姿，是一个模式，也透露着你是主人的强烈信息。心理咨询师和来访者的关系，不同于您以前所享有的任何关系。我们不是上下级，也不是买卖和利害的伙伴，甚至不是朋友，朋友是一个鱼龙混杂的体系。我们之间所建立的相互平等的关系，是崭新而真诚的。它本身就具有强大的疗效。我会为你所有的谈话严守秘密，上不告父母，下不告妻儿。当然，对于一位女咨询师来说，就是不告夫儿了。这是一个专业咨询师最基本的职业道德。其中的每一个细节都要服从这一大局。

他点点头，表示相信我的承诺。若有所思片刻后他又说，沙发也是很平等的啊！一般高，不偏不向嘛！我曾提议咱们都坐沙发，可您拒绝了。沙发要比椅子舒服得多。说实话，我很多年没有坐过这般粗糙的木椅了。说完，他捶了捶腰背。

我说，您说得很对。沙发的确太舒服了，而我们不能在太舒服的环境下谈话，那样无法维持我们神经系统的警醒和思维的深度。

沙发更适宜养神，从思考的角度说，木椅比沙发更有力度。

他再次点点头，说，这的确是一个新的领域，连规矩也很特别。当我下次再进入心理咨询室的时候，就会比较地有经验了。

我说，下星期，我们再见。

如果你忙到不能自拔

压力本来是一个物理上的词汇，比如气压、水压、风压等，推广开来，医学上有“血压”“脑压”“颅内压”等等，多属于专业领域，不料如今风云突变，压力成了高频词。

生活有压力，经济有压力，学业有压力，晋升有压力，人际关系有压力，情感世界有压力，婚姻也有压力……人们的交谈中，无不涉及林林总总的压力。压力已经像打翻了的汽油桶，弥散到现代人生活的各个领域，散发着浓烈的气味。我们躲不胜躲，防不胜防，不定在哪个瞬间，就燃起火焰。

其实适当的压力，是保持活性的重要条件。如果空气没有了压力，我们的呼吸就会衰竭。如果血液没有了压力，我们的四肢就会瘫痪。如果水管子没有了压力，那结果之伤感是任何一个住在高层楼房的人士都烂熟于心的，你将失去可饮可用的清洁的水。二十世纪的石油英雄王铁人也说过“井无压力不出油，人无压力不进步”的豪言壮语。

只是这压力需适度。比如冬日里柔柔的阳光照在身上，这是一种轻松的压力，让我们温暖和振奋。设想这压力增加十倍，那基本上就成了吐鲁番酷热的夏季，大伙只有躲到地窖里才能过活。假如这压力继续增加，到了一百倍一千倍的强度，结果就是焦炭一堆了。

现代人常常陷于压力构建的如焚困境之中。也许是某一方面的压力过强，也许是许多方面的压力综合在一起。如是后者，单独究其某一方面的压力，强度尚可容忍，但积少成多日积月累，细微的压力堆积起来，就成了如山的重负。金属都有疲劳的时候，遑论血肉之躯？如不减压，真怕有一天成了齑粉。

人们常常把读书称作“读闲书”，说的是人有了闲暇，才能静下心来读书。我建议忙人更要读书。你有必要在百忙之中再添一忙，那就是抽出时间读读有关压力的书。读完之后，百忙也许就缩减成了七十忙五十忙，你就有了喘息和伸展腰肢的时间。

寻找压力的种种成因，为扑朔迷离捉摸不定的压力画像，澄清了我们对压力的模糊和迷惘之处，让折磨我们的压力毒蛇从林莽之中现形，让我们对压力的全貌和运转的轨迹，有较为详尽的了解。中国的兵法上有句古话，叫作“知己知彼，百战不殆”，当你认识到了你所承受的压力的强度和种类，在某种程度上我们就已经钉住了压力的七寸。

如果你因压力忙到无力自拔，忙到昏天黑地，忘记了自己的生日和家人的团聚，忘掉了自己如此辛辛苦苦究竟是为了什么，如果你想改变，就试着了解压力吧。当你明白了压力的起承转合，找到了适合自己的减压方式之后，你的呼吸就会轻松一点儿，胸中的块垒也会松动出些微的空隙。坚持下去，持之以恒，那么也许在某一个清晨醒来的时候，你会冲出压力的重围，轻松地飞翔起来。

断肋之钱

那天，我一坐上这辆出租汽车，就觉出司机的不同凡响。他目光锐利，我刚报出要去的地名，他就说，您是去讲课吧？你预备的时间不充裕，不过，我给您紧赶着点儿，估计误不了事。我很惊奇，因为我只说了一个大概的方向，并无更具体的线索。难道我的身份和目的，已经这样彰显在脸上了吗？看来，我的城府实在太浅了。这样一想，我就紧紧地钳闭了嘴唇，决定让这个料事如神的司机，再也看不出什么来。

但是，过了一小会儿，我就不得不问他，我坐的这个副驾驶的位置上，可装有安全带？

他笑了，说，您知道，这种低档的出租车，哪里配有安全带？您觉得我开得太快是吧？想委婉地提醒我，好，谢谢了。

我打过无数次的出租车，但像这样聪慧到狡猾的司机，真是第一次遇到。

他的车开得极好，红色的车体，犹如一只沸虾，在车流中穿梭行驶，自在快捷。路旁，闪过一片绿荫，粉红色的豪华别墅，如片片樱花散落其中。为了打破尴尬，我随口说道，普通老百姓，看到这样的富贵之区，保不准会生出闹革命的心情。

司机说，有那么严重吗？通常我不说，但我愿意告诉您，我就住在这里。

我大吃一惊，看他的脸，是否说谎？好歹我读过心理学博士课程，自认为明显的胡说，还是可以分辨出来的。

我看到一张不动声色的侧影。

他说，您怀疑我，是吧？一个开出租车的苦力，按过去的说法，就是拉洋车的骆驼祥子，怎么住得起这样每平方米上万元的住宅？

被他点破，我有点儿不好意思。毕竟萍水相逢，纵是他吹牛，我也没有评价他道德水准的责任。我说，不是不相信啦，是吃惊。

他说，我没有怪您。别说是您，连新任这片住宅的保安，查看了我全套的证件之后，往往还是不让我进去。我索性挑明，说你们是不是认为一个开出租的，不配住在这里啊！不是说劳动致富光荣吗？我的每一分钱都是血汗挣来的，你们为什么不让我进自己的家？

我姑且相信他说的是真话，这勾起了我的好奇心。我说，你怎么会挣到这么多的钱呢？据我所知，一个出租司机，就是每天二十四小时不休息，也不可能赚下此等的豪宅。

他熟练地左打右打方向盘，目视前方说，单是开车，我自然挣不了这么多的钱。我还有一门手艺，和开车一起做。就像豆子和玉米套种，产量自然就高了。

我说，什么手艺呢？

他说，武术。说着，他把抓着方向盘的手腾了出来，在我面前晃了晃。指爪如鹰。

有一位大老板，看中了我的功夫，租下了我的车，让我担任车夫兼保镖。一做就是十几年，我的所得当然就丰厚了。

我环视四周说，既然有这般美差，为什么又不做了呢？

这是一辆很普通的甚至可以说是破旧的夏利车，看来司机当年开的必不是它。

司机说，陪着老板，看到了太多不该看到的事情。老板干什么都不避讳司机的，什么事，我都知道。他喝酒的时候，我喝饮料。我比他清醒。无数的尔虞我诈，坑蒙拐骗。有时，他明明寻花问柳，我还要替他编谎。我常常半夜醒来问自己，你冬练三九夏练三伏，好不容易得了这一身功夫，就是为了保护这样一个人渣吗？后来，我终于辞职了。我不能为了钱，把我整个人生的目标，都毁了。我改开普通的出租车，再没了那般豪华。冬天冷，夏天热，可我心里安宁。我在马路上拉老百姓。他们要么是为了公事，要么是有急事，或者是看病赶火车，或者是上班怕迟到扣奖金，才破费一次打车。我愿用自己的本事为这些人干活，到手的钱虽少，踏实。

我说，你一转身做了这么大的改变，家里的人，同意吗？

他说，不同意。过去我老婆下了夜班，如果老板不用车，我会开着奔驰去接她。现在呢，只有小夏利了。她觉着不威风。我说，别不知足。我和那样的老板在一起，也许有一天，我再也不会来接你，改接别的女人了。夏利虽小，却是咱们自己的。

我听得频频点头，突然，我发觉在我和他之间，没有出租车必备的隔离栅。我说，为什么你这车不装防护装置呢？是忘了，还是故意的？

他怪怪地笑笑说，故意的。出租公司统一收钱装隔离栅，我交了钱，但是，我不让他们装。

我说，你很想碰上打劫的，练练你的功夫？

司机说，正是。不然，我这一身的功夫，岂不明珠暗投。所以，我下午睡觉，专练半夜的活儿。尤其是在酒馆、歌厅这种五行八作之人出没的地方转悠。越到半夜时分，越是斗志昂扬。越是看到贼眉鼠眼之辈，别的出租司机避之唯恐不远，我偏过去搭讪……

我听得心惊胆战，问道，碰上了吗？

他扬扬得意地说，久在河边转，哪有不湿鞋的？功夫不负苦心人啊，前不久，还真让我赶上一回。那一天，半夜两点多了吧，我在马路边上扫活儿，有一个老实巴交的人和三个酒气熏天的小伙子脚前脚后地举手打车……要是平常日子，我一准会拉那个老实人，但是，这一回，我的心突突跳，直觉到我盼望已久的一个机会来了……我在心里对那位老实人说，对不起您了，先生！好在这里是要道，我不拉您，用不了多长时间，也定会有出租车经过。我要完成我的一个愿望去，请您原谅。这样想着，我就把车停到那几个醉鬼身边了……

听到这里，我打断了司机的话，那么远，怎么能知道他们喝醉了？你隔着窗玻璃，就闻到了酒味？

司机说，问得好，您是个细心人。平常我拉客人，除了特殊的病人，我绝不把车停在他跟前，而是一定要有一段距离。让他不能一步跨上车，而要走动几步。

我不解道，这有什么不同吗？

司机说，大不同。我要看看他的步态。喝没喝酒，有没有病，健康如何，甚至身上有没有功夫……这几步走，就什么都告诉我了。还有，喝了酒的人，喘气是向前吹的……

我说，喔，原来是这样。后来呢？

司机说，后来他们就上了车，说了一个很偏僻的地名。他们怕我不去，竭力装出斯文的样子。其实，我哪能不去呢？我盼了许久，才盼到这样一次巧遇。求之不得啊！车在郊区的路上跑得很快，我摇下车窗，任凭冷风像巴掌一样抽打全身，我要冷静一点儿，别误伤了无辜。路越来越黑，夜越来越深，那三个小伙子，酒好像也醒了，悄无声息地包围着我。突然，一个说——停车！我说，你们要去的地方还没到呢。三个一齐说，叫你停你就停！你要不停，我们立刻就戳死你！于是，我看到了寒光闪闪的刀锋，对着我的右腮下方。这正是我梦寐以求的情形啊！我对他们说，哥们，别这样！你要是在车上动了凶，一来我临死前乱扑腾，对安全不利；二来血溅得哪儿都是，你卖这车的时候，人家杀价；三来你再开着跑的时候，若是警察一眼看到了，必得引起怀疑。所以，给我点儿时间，我把车靠靠边，大家都方便。他们愣了，一声不吭，我就算得了默许，把车开到一条小岔路上，停了下来。他们围过来，把我一天辛苦挣下的钱，都抢在手里。我一点儿都不反抗，由着他们欺负。钱抢完了，领头的一个说，怎么这么少？是不是还藏在哪里了？我说，凭力气干活的人，就像靠天吃饭，有什么准头？不容易啊！一个大个子狞笑着走到我身边说，哥们成全你了，从今后，你就再也没烦心事了……说着，一道寒光就冲着我的咽喉过来了。旁边的一个小个子还搭腔道，先做了他的眼珠子，省得死了眼里还留着咱们的影像……一切都确凿无疑了。我全身的血顿时开了锅，抖擞精神，飞起一脚，先踢飞了大个子的刀子，然后顺势一跺脚，把他的腿骨弄裂了。再一个鹞子翻身，落地时掰断了领头那厮的手腕子。最后，轻轻一点，把小个子的肋骨按折了……

我倒吸凉气，说，天啊！好利索！只是，那还不血流成河了？

司机说，现场一滴血都没有。我伤他们，都不是要害。只是剧痛，让他们再不能伤人。然后，我把他们抢我的钱，都拿了回来。最后，我把他们的钱包打开了……

我说，除暴有理，但你这就不合适了吧？正当防卫没错，但是私取他人财物……

司机不理我，自顾说下去，我打开了他们的钱包，三人也真够惨的，加在一起，才一百五十元钱。我都拿走了，然后把二十七元钱放在那个断了肋骨的人身上……你肯定问这是为什么？告诉你吧，我看了一眼我的里程表，上面标的钱数是一百二十三元。半夜三更的，我不能白拉这趟活儿啊，你说是不是？

我连连点头说，是。这是你该得的钱。但是，我还有一点儿担心，你就不怕他们报复？

话正说到这里，很遗憾，我的目的地到了。司机为我开了收据，说，我对那三个躺在地上喊爹叫妈的家伙说，如果你们要报复，下次就不是断肋骨而是断脖子的事了。我的车牌子他们都看到了，我不怕。从那天到现在，我一直在等着他们。

我目送着这辆破旧的红色夏利车远行。

钻　影

惊讶编辑们的宽广胸怀，像大肚能容的弥勒佛，各种流派风格的作品，都一口吞得下。

投第一篇稿的时候，是我先生代送编辑部。他回家后，我忙不迭地问，快告诉我，人家说什么来着？先生回答，急什么？管你那片儿的编辑不在，由别的编辑代收。这会儿也许还没转到主管人手里呢。我听迷糊了，催他详细说明——什么叫“我那片儿”？先生也是现买现卖，说，人家编辑部有分工，西北一人，东北二人，等等。你原在西藏阿里，属西南，管那一片儿的编辑，恰好有事外出了……

我这才明白，敢情编辑也像大军区的司令员似的，每人分掌一片辖区。孤陋寡闻的我，原以为编辑部是分流派看稿子的，比如有人专看古典，有人专看现实主义。或像生产队长地头分配活计，来了稿子，领导吆三喝四，指腹为婚地派定某人某稿，凭的是概率和机遇……现在豁然开朗，地理高于一切。

从那时起，感觉编辑难当。

一般说来，我是一个随和的人，凡事好凑合。但读书的口味比较刁，看到不喜欢的东西，不客气地扔到一边，并不勉强自己，捶胸顿足看高深莫测的杰作。这作为一个普通读者，自然没大妨碍，了不起了，当人家众口一词夸奖某部作品时，讪讪地说一句：啊呀呀，那书我是看了的，可惜没看完，也不知好在哪里，实在是老眼昏花啦!

即使作为一个写作者，随心所欲地阅读，也并不是自惭形秽的事。就像辣椒好吃，未必所有的人都嗜辣如命，川菜馆烹调时，也常常问客人，辣椒多放还是少放？大可悉听尊便的。世界和文学的多元，一个很显著的标志就是——人们可更宽松更自在地按照各自的意愿，选择生活以至生存的方式，当然以不危及他人为前提。一个作家，寻找符合自己生命流程和性格特征的读书和写作方法，该是很正常的事。

由于自身狭隘，更加佩服编辑博采众长。

编辑不但要有大包容，还需好运气。活像一个没有固定菜系的厨师，烈火烹油，主要靠来料加工。最终产品忽而辣，忽而咸，忽而苦涩，忽而甜美……输入的原材料质量，很是关键。编辑既有自然天成，得一块狗头金或是千锤百炼破壁成玉的快乐，也有听天由命种了这季不知下季惨淡经营的无奈。编辑做得久了，除了发掘新人，也可有意识地培养老骨干，自己版图上的那块庄稼地，丰产的把握就高些。但写作这活儿的性质，具有很强的不可预测性。作为头道工序的作者，尚无法把握产品的质量和命运，作为后续部队的编辑，实在有“隔山买牛”的苦衷。

一则日本故事，说是某家著名的古董店，培养出来的店员，个个神算。鉴别古董时，大摇大摆走过来，从不凭种种烦琐教条。是字画，用鼻子闻闻；是瓷器，用手摸摸……当场就下断语。真品还是赝品，往往被他一言中的，极少走眼时候。

人们大奇，纷纷向老板打听诀窍。老板淡然一笑说，我用的方法是：学徒自小进店，从未让他们接触过赝品。无论看的摸的，都是真品。万一摔碎了，也并不责骂。这样他们所有的感官，都记载着真品的品格。时间久了，就有无法言传的标准铭记在心。到了鉴定时刻，一眼识得出真假，乃水到渠成之事，不必称道。这办法，说明白了，很简单。但骨子里非常奢华，一般店家轻易学不到的——因为它们提供不了那么多的真品。

编辑部，大约要算一个真品有限的店，据说自然投稿的中选率大约在千分之三。于是编辑的日常工作，恰与古董商人培育鉴赏家的方法相反，基本上是一个和“赝品（或者说是原材料工业？）”打交道的岗位。

鉴赏家是在成堆的真品中，慧眼剔识闯入者。编辑是在成百上千以至上万的草稿当中，挑选出尚堪打造的毛坯。这种沙里淘金、绵里藏针的性质，日复一日，编辑越来越具有同情与兼容的好脾气，磨钝了原本锋芒毕露的触角，风化了特立独行的个性。编辑把自己卓越的才华，像生日蛋糕一样分解破碎，分别赠予成功或不成功的半成品。这种特殊的牺牲，托举了无数作者的崛起，正是编辑的伟大和悲哀之处。

一次有幸参观加工钻石的工厂。门卫森严，好似弹药库。工作间洁净清爽，操作的技师穿着雪白的衣服，像手术医生。室内平台上，极细小的钻头均匀地转动着，发出蜂鸟一般稳定的音响。被雕琢打磨的钻石，寂寞地躺在特种仪器上，几乎不被察觉地按照某种预定款式旋转着……

我说，钻石那么硬，靠什么来切割它呢？

靠另一颗钻石。技师回答。

我说，这个答案我在书上看到过，但总也想不明白。两颗钻石互相打磨，不就两败俱伤了吗？

技师说，不是那样理解。两钻相磨，当成品钻石打磨到规定形态之后，就被从工作台上卸下来。它光彩夺目，美妙绝伦，失去的只是多余的部分。而充当钻头的那颗钻石，则继续打磨其他成品，帮助别的原料成形，直到粉身碎骨。有时，也许要磨光几块小钻石，才能完成一块大钻石的精彩造型。也就是说，每成就一块晶莹剔透的成品，都有可观数量的细钻，陪同消耗掉了。

我注视着操作平台上露出雏形，渐渐璀璨的钻石，四处张望道，那些呢？

技师反问，哪些？

我说，就是那些充当钻头的钻石。

技师回答，那些碎钻石，已经无声无息地湮灭了。它们的光芒和粉末，溶解在空气里。

从那以后，当我欣赏美丽的巨钻时，就会在它晶莹剔透的后面，看到一叠钻影。

钻是无影的，如水流泻。

泥沙俱下的生活

有年轻人问，对生活，你有没有产生过厌倦的情绪？

说心里话，我是一个从本质上对生命持悲观态度的人，但对生活，基本上没产生过厌倦情绪。这好像是矛盾的两极，骨子里其实相通。也许因为青年时代，在对世界的感知还混混沌沌的时候，我就毫无准备地抵达了海拔五千米的藏北高原。猝不及防中，灵魂经历了大的恐惧，大的悲哀。平定之后，也就有了对一般厌倦的定力。面对穷凶极恶的高寒缺氧，无穷无尽的冰川雪岭，你无法抗拒人是多么渺弱，生命是多么孤单这副铁枷。你有一千种可能性会死，比如雪崩，比如坠崖，比如高原肺水肿，比如急性心力衰竭，比如战死疆场，比如车祸枪伤……但你却在苦难的夹缝当中，仍然完整地活着。而且，只要你不打算立即结束自己，就得继续活下去。愁云惨淡畏畏缩缩的是活，昂扬快乐兴致勃勃的也是活。我盘算了一下，权衡利弊，觉得还是取后种活法比较适宜。不单是自我感觉稍愉快，而且让他人（起码是父母）也较为安宁。就像得过了剧烈的水痘，对类似的疾病就有了抗体，从那以后，一般的颓丧就无法击倒我了。我明白日常生活的核心，其实是如何善待每人仅此一次的生命。如果你珍惜生命，就不必因为小的苦恼而厌倦生活。因为泥沙俱下并不完美的生活，正是组成宝贵生命的原材料。

他又问，你对自己的才能有没有过怀疑或是绝望？

我是一个“泛才能论”者，即认为每个人都必有自己独特的才能，赞成李白所说的“天生我材必有用”。只是这才能到底是什么，没人事先向我们交底，大家都蒙在鼓里。本人不一定清楚，家人朋友也未必明晰，全靠仔细寻找加上运气。有的人可能一下子就找到了；有的人费时一世一生；还有的人，干脆终生在暗中摸索，不得所终。飞速发展的现代科技，为我们提供了越来越多施展才能的领域。例如爱好音乐，爱好写作……都是比较传统的项目，热爱电脑，热爱基因工程……则是最近若干年才开发出来的新领域。有时想，擅长操纵计算机的才能，以前必定也悄悄存在着，但世上没这物件时，具有此类本领潜质的人，只好委屈地干着别的行当。他若是去学画画，技巧不一定高，就痛苦万分，觉得自己不成才。比尔·盖茨先生若是生长在唐朝，整个就算瞎了一代英雄。所以，寻找才能是一项相当艰巨重大的工程，切莫等闲。

人们通常把爱好当作才能，一般说来两相符合的概率很高，但并不像克隆羊那样惟妙惟肖。爱好这个东西，有的时候很能迷惑人。一门心思凭它引路，也会害人不浅。有时你爱的恰好是你所不具备特长的东西，就像病人热爱健康，矮个儿渴望长高一样。因为不具备，所以就更爱得痴迷，九死不悔。我判断人对自己的才能，产生深度的怀疑以至绝望，多半产生于这种“爱好不当”的旋涡之中。因此在大的怀疑和绝望之前，不妨先静下心来，冷静客观地分析一下，考察一下自己的才能，真正投影于何方。评估关头，最好先安稳地睡一觉，半夜时分醒来，万籁俱寂时，摒弃世俗和金钱的阴影，纯粹从人的天性出发，充满快乐地想一想。

为什么一定要强调充满快乐地去想呢？我以为，真正令才能充分发育的土壤，应该同时是我们分泌快乐的源泉。

他的最后一个问题是，你是怎样度过人生的低潮期的？

安静地等待。好好睡觉，像一只冬眠的熊。锻炼身体，坚信无论是承受更深的低潮或是迎接高潮，好的体魄都用得着。和知心的朋友谈天，基本上不发牢骚，主要是回忆快乐的时光。多读书，看一些传记。一来增长知识，顺带还可瞧瞧别人倒霉的时候是怎么挺过去的。趁机做家务，把平时忙碌顾不上的活儿都抓紧在此时干完。

不要回头

早年读鲁迅关于写作技巧的传授，有一条叫作——一直写下去，不要回头。

那时年轻，很有些不解。为什么不能回头呢？看看自己的脚印，歪斜了就校正，如果笔直，便一直走下去，有什么不好呢？

存疑，很多年。有一天，忽然就懂了。原来，鲁迅在传授和不自信做斗争的经验。面向前方，坚定地走下去，任它成功或是失败，不再计较，只是一味地挺进。

这句话说起来容易，做起来难。头在你的颈子上，稍有犹疑，椎骨就会螺旋般地转回，眸子就看到了你熟悉的一切。它们拧成一道拽你后退的绳索，牵着你，退缩。

身后，是熟悉的一切，尽管它有令人不悦不满以致腐朽发臭的地方，但我们曾长久地浸泡其中，习惯成自然了。即使是令人痛苦的体验，我们也已经承受并忍耐，熬过了。向前，一切是陌生和昏暗暧昧的，在它若隐若现的浑浊中，藏身着莫名的危险和恐惧。这种未知带来的不安和焦虑，在强度和广度上，甚于我们已然经受的痛楚。

于是，回头就不是单纯的一个脖子的动作，而是心灵的扭曲和战栗。

写作也如此。新生的念头是如此脆弱和飘忽，它可以很锐利，但是不沉厚。它可以很空灵，但是不扎实。它可以很幽默，但是不持久。它可以很美妙，但是不坚固……总之，任何一个新生儿有的优点它都具备，但是它也义无反顾地具有一切婴儿所有的弊病。它是朝气蓬勃和易折易断的。否定的锄头，不必太强烈，轻轻一点，都会使它在焦土中窒息。

鲁迅好心肠。我猜他早年也是不断回头的，后来吃了苦头，才有这般肺腑之言。到了晚年，敢回头了。回多少次头，也无法击毁他决战的信念。但他已不屑回头，不回头成了习惯。他的矍铄和坚韧，很多概来源于此吧？鲁迅体恤后人，教个诀窍给我们。他不讲这是为什么，只是说，你们若信，就这样做吧。你当真的听了他的话，试上几次，定体会到奥妙和乐趣。

练练看，不回头。你就会发现，行进的速度快了许多，心情好了不少。回头是土，向前是金。

七万小时之外

小时，到同学家玩。部队院落，公家配给的住房，格局大同小异。家具也都是发的，一样的桌子一样的床……有一回，我看到同学家盛饺子的盘子和我家的一模一样，大吃一惊，心想该不是此人偷偷把我家的盘子搬回自己家了吧？急急忙忙跑回家，看到自家的盘子安然睡在碗柜中，这才长吁一口气。后来问妈妈，才知盘子是早年间统一发的，用得马虎的人家，都已损坏了。因为这两家用得仔细，才酿出了我的惊疑。妈还说，连花窗帘也曾统一发过，你不要以为别人把咱家的帘子摘走了。

但我在这强烈的雷同中，依然顽强地感到了职业带给家庭的烙印。比如父母都是医生的那家，到处是炫眼的白色，空气中总是弥漫着令人想打喷嚏的味道。我原以为她家爱把消毒水泼在拖把上擦地，不料该同学说，才不是呢。是我爸妈在医院里，头发都被这种味腌透了，他们走来走去，家就变成了一只药盒子。有一位同学老爸是飞行员，家里摆满飞机模型，还用黄铜的子弹、炮弹壳做成实用和装饰的物件，金光四射地悬挂四处，令人有一触即发之感。有一位的妈妈是海军，无数尊珊瑚雄踞各个角落，绕行其中，恍以为自己变成了一条鲸。记得有一次我忘了她家的门牌号码，向人打听，因并不知她父母的姓名，情急之下说，就是有很多红珊瑚的那家。被打探的人立刻伸出手指答，噢，拐弯就是……珊瑚已成路标。

人们通常是赞成把职场和家庭分开的，同意“工作是工作，居家是居家，两者有界限”。问过一百个人，都发誓说不愿把职场中的挣扎，带到平和的家中。但在实践中，谈何容易呢？上班时间忙不完，未完之公务就紧随你疲惫的脚步进了家门。如同一种极具生长性的蘑菇，撒在潮湿的草原上了，你将无法控制它的滋生。还有那无所不在的工作电话，仿佛章鱼的触角，把你与你所从事的职业捆绑在一起。倘不留心，可搅缠你到窒息。夜半了，你还苦泡在对事业的设计中。即使是和家人一道旅游，你会突然萌动一个工作创意，灵魂出走，游离于山水之外。事业腾达，家庭易生泡沫与幻觉。濒临破产下岗，家中恐也阴云密布狼烟滚滚……

某男人要离婚，理由只有一个，说是受不了妻子的讲话。大家都以为必遇到了悍妇，调停时才发现那女人极富耐心，于是众人反过来问男方的不是。男人说，你们只同她接触了片刻，自然以为她不错。知道她是干什么的吗？幼儿园阿姨。她总是把我当成园里大班的小朋友，每一句话都要重复三遍以上，且全是指导和教育性口吻。你愿意终生都在一种被人强加的幼稚氛围里度过吗？不愿，就要离开……

家庭的质量，和职业状态有着千丝万缕的关系。现代的行业分工越来越复杂和细腻了。据统计，一个人从大学毕业参加工作一直干到退休，在职场上要打拼七万个小时。想想看，这是怎样的七万个小时啊！你年富力强，你全神贯注，你头悬梁锥刺股，你惨淡经营。你生命的黄金时段，胶着凝结于这七万小时，炼出一枚放射性元素，对现代家庭辐射出极具穿透力的影响。

新的职业也带来新的问题。一位年轻的妻子说，自从丈夫成为电脑工程师，钱挣得越来越多，话说得越来越少，用词越来越缩略，充斥着黑话般的术语。有时简直觉得他被工作置换了，变成一台人形电脑……

世上有各种各样的职业，世上只有一种快乐的家庭。从事每种正当职业的人，都可以拥有快乐的家庭。职业可以有好坏，却是没有对错的。没有哪一种工作对家庭的快乐一定有益或是一定有害，全看你我如何建设。

你愿意找一个不负责任的医生看病吗?

如今是一个保修和保险的年代。小到一双鞋、一柄电动刮胡刀，大到楼房、汽车、桥梁和航天飞机，只要是明码标价的产品，质量不合格，都可以理直气壮地要求赔偿。物质精神可一揽子计算，精神通常比物质更贵。甚至连一台手术做差了，比如把没病的脏器当有病的给割下来了，都可以要求索赔。当然，脏腑是赔不出来的，赔的只能是钱。

保修的银河中，有一个黑洞，那就是书籍。只要不是缺页残页，没有退货这一说。你不能把某本书买回家，看完之后，说这个作者胡编乱造，对我造成了精神损害，我要求赔偿。书籍的赔偿，实际上仅限于印刷质量，和书的内在品质无关。看来作家这个行当，在必须为自己的产品岗位责任制的年代，享受到了规避甚至赦免风险的最惠待遇。

既然无可赔偿，那么对书籍这个行当，就该有更严格的规矩。要不，岂不是易滋生坑蒙拐骗和为所欲为?

书稿问世前，谁来鉴定它的内在质量?孩子都是自己的好，为公平起见，作者理应回避。再说究竟出不出此书，决定权通常不在作者。

作者可以写，但无人做后续工作，就是一沓稿纸或一张软盘，和更广大的人群不发生联系。是读者吗？读者的形象很模糊，半边脸像上帝，似有至高无上的权利，因为钱包在他们的兜里。半边脸像在日杂商店溜达的主妇，自己也说不清到底需要啥。好在一旦看到了自己想要的东西，就会目光炯炯茅塞顿开，说啊呀呀，正中吾心！读者其实是被动的接受者。

出或不出某书的决定权，在出版社。书稿首先被出版者的眼光所过滤圈定，出版就先要有规则。在一个盗版横行、市场无序、法制不健全的社会里，是不可能有好书真正的繁荣的。

写作的规矩，大象无形。没有规矩，不成方圆。我以为精神产品的生产者，应该比物质产品的生产者，有更严格的自律。因为精神世界更脆弱神秘，匪夷所思。也许是当了多年医生的职业习惯，我认为责任感是所有和人打交道的行业，最可宝贵的敬业核心。（也许有科学家会抗议，说和人无关的研究，责任感也是万万不可少的。）

假如你生了病，到医院去。挂号的时候，人家对你说，请看这位大夫。他相貌英俊，穿着时髦，身材魁伟，学历很高，本行业工龄很长，给许多人看过病……只有一个小小不言的毛病，就是诊治的时候，马马虎虎，不太负责任。怎么样？挂他的号吗？我猜没有一个珍爱生命的人，会乐意犯在这样一位医生手心里。

别说是性命攸关的事，就是你在路旁修一双鞋，若是修好穿上走了没几步，刚粘上的后跟就又掉了下来，相信你也会伶牙俐齿地要他返工。

写作者对他的产品，对属于精神范畴的那一部分，保证质量，是天经地义的事情。

作家的心就是他的文字的信誉卡。写作是心灵与心灵的交接，有一枚火炬跨越时空在传递。你把你的心粉碎了，掺进你的作品，真诚的读者就会领悟到你的那些话在表达什么。如果你掺进去的是赝品，是你自己都不相信的假话，那么被拒绝，实在是不算太惨的遭遇。

读者可以要求索赔。因为他购买你的书，花费了金钱。而他的金钱是他的劳动换来的。他愤怒，觉得他实实在在的劳动，被你所欺骗，他有要求双倍偿付的权利。他读你的书，要挤出时间。所有的现代人都念念不忘，时间是编织生命的经纬。假如他付出了生命的一段光阴，得到的是你输出的精神的假冒伪劣，他当然有资格不善罢甘休。

首先对自己的心负责任，然后对别人的心负责任。我以为这是写作这一行当的光荣所在。

面具后的脸

参观新墨西哥州乔治亚·欧姬芙博物馆附设的女子艺术辅导学校。乔治亚·欧姬芙是美国最杰出的女画家之一，她的那幅“马头盖骨和白玫瑰”，表达着经典的凄美和让人战栗的死亡体验。在她去世后，遵照她的遗嘱，开办了女子艺术辅导学校。

指导教师杰茜娅白发黑衣，举止卓尔不群，目光熠熠生辉。一句话，开门见山。她说，我们开设的艺术指导课程，不仅仅是指导艺术，更是指导人的全面发展。比如，根据哈佛大学的研究，经过艺术训练的女生，她们的领导才能就有所加强。

我很感兴趣，问，这是为什么？艺术和领导，通常好像是不搭界的。

杰茜娅说，艺术让人的大脑全面发展，增强人的自信心。特别是女孩子，她们的艺术才能往往是比较突出的。如果受到重视，得到相应的训练，她们就会发现自己是有价值的。如果她的艺术作品出色，就会不断地获奖。这样，她们就有了成功的经验。对一个孩子来说，什么最重要呢？就是有成功的经验，感觉到自己的价值。在正常的学校里，让孩子能有成功经验的机会并不是很多的。学习文法和数理化，是很枯燥的过程。很多孩子不适应。只有少数的孩子能在常规的学习中感受到乐趣和成就感，大多数的孩子会觉得自己不够聪明。可以这样说，常规的学习，给予孩子们失败的经验比较多。但是，学习艺术就不是这样了。首先我们相信一个大前提，那就是——每一个孩子，都必定有所长。它们冬眠着潜伏着，等待人们的挖掘。不存在“有没有”的问题，是“一定有”，只是需要发现。再者，艺术是没有统一的标准的，允许广阔的想象，关于成功的概念，也是更为开放和宽松的。而且，孩子和成人，谁离艺术的真谛更近一些呢？是孩子。她们对世界，有直觉的把握，在创作的同时，也更清晰地感觉到了真实的世界。她们在艺术中学习，这种成功的经验，会蔓延开来，延展到她生活的各个领域。

这一番话，颇有醍醐灌顶之感。当我们的某些父母只是把艺术作为一种训练一种特长，甚至当成一块高考就业的敲门砖的时候，杰茜娅她们，已经巧妙地把它变成了赋予孩子最初成功体验的阶梯。

是啊，有什么比一个人，特别是一个孩子的体验和记忆更重要更珍贵的东西呢？回想我们的一生，之所以会有种种的命运，虽不敢说全部，但其中偌大的一部分，是源自我们童年经验的烙印。精神分析派的师长甚至不无悲观地说，每个人一生将要上演的脚本，都已在我们六岁前的经历中秘密写定。如此说来，谁能改变一个孩子的童年体验，谁就能改变他眼中的世界和他人生的蓝图。

人的记忆是非常奇怪的东西。我们希望它记住的东西，它虚与委蛇，给你一个过眼烟云。我们希望它遗忘的东西，它执拗着，死心塌地铭记。记忆的钢钉，就这样不由分说地楔入到灵魂最软弱偏僻的地方，却从那里发布一道道指令，陪伴你到永远。背负无法选择的记忆，挺进在人生的曲径上。记忆是有魔法的，它轻而易举地决定着我们的好恶，指导着我们的行动，规定着我们的决策，甚至操纵着我们的生涯……

中国有句俗话，叫作“三岁看老”，看来和弗洛伊德老先生的学说，有异曲同工之妙。这话有前瞻之明，但也有掩饰不住的悲观和宿命。三岁之前，孩子在无知无识中酿出了怎样咸苦的卤水，让他的一生在此凝固？或者反过来说，面对着一个孩子，成人世界有什么力量，可以润物细无声地沁入思维的草地，从此染绿他一生的春秋？

杰茜娅女士的话，正是在这个微妙的层面，给我启迪和震撼。如果说教育是一种外在的渗透，那么，让孩子们深入到艺术的创造之中去，就生出了发自内在的事半功倍的奇效。让蛰伏内心的翅膀舒展开来，让成功的霞光照亮漆黑的眸子，让最初的成功烙在心扉的玄关……童年的珍藏，就会在漫长的岁月发酵，香飘一路。

面对着这样的理论和尝试，我肃然起敬。

我说，你这里走出多少艺术家？

杰茜娅说，我从来没有统计过。

我说，哦，她们还小。艺术的成功要很多年后才见分晓。我知道现在谈这些，一切都为时过早。

杰茜娅说，不仅因为统计操作上的困难。开办这个学校，并不是为了从小培养出几个艺术的天才，是为了更多的孩子生活中多一些阳光和快乐，发展健全的人格。我把孩子们的艺术品都保存了起来。其实，对于她们来说，这些并不是艺术，是另外一种心灵的表达。她们并不是为了成为艺术家才进行创造的，她们把艺术当成了心灵的一部分。但是，这不正是艺术最原始最根本的标志吗！

我说，能否让我看看孩子们的艺术创造？

杰茜娅说，好吧，请跟我来，在仓库里。

那一天，是休息日。宽敞的校舍里没有一个人。我走在寂静的走廊，忽然生出心灵探险的感觉。想象不出我将看到的是怎样的作品，但我确知那是一扇扇年轻的珠贝分泌出的珍珠，不论它们圆还是不圆。

杰茜娅捧出一摞石膏面具。我说，这是什么？

杰茜娅说，这是我们做过的一次练习。题目是“面具后面的脸”。

我说，这个题目很有意思啊。

杰茜娅说，是这样的。孩子们渐渐长大的过程，也就是她们对成人世界渐渐认识的过程。她们脱去了最初的纯真，学会戴上了面具。没有面具是不可能和不现实的。但是，人不能总在面具后面生活，特别是人对自己的面具要有清醒的认识，要知道哪些是面具，哪些是真实的自我。明白自己的面具是怎么来的，如果有可能，要将面具减少到最少。要使真我和面具尽可能地统一起来。总之，就是对面具有一个明白的认识和把握，不能让面具主宰一切。

很深刻，也很玄妙。我说，能让我看一个具体的孩子的创作吗？

杰茜娅说，好啊。说完，她就从一摞面具中挑选出了一个，递给我。

这是一个美丽的面具。石膏模型的正面，是如花的笑脸。挑起的眉梢，长而上翘的睫毛，桃色的腮和银粉的唇。各种色彩涂得很到位很和谐，甚至可以说是性感的。

我说，很美。

杰茜娅说，是啊。这个女生的名字我不告知你，就叫她安娜吧。安娜在人前就是这个样子。可是，你看看面具的后面。

我把面具翻了过来。在面具的洼陷中，填满了石子和羽毛。石子是尖锐和粗糙的，棱角分明。羽毛肮脏残破，绝非常见的蓬松温暖，支支像劣质的鹅毛笔，横七竖八地乱戳着。特别是在面具背后的眼眶下面，画着一串串黑色的水滴，每一滴都拖着细长的尾巴，仿佛蝌蚪正从一个黑色的湖泊源源不断地游出来……

这个没有一个字一句话的面具，如同医院做冷冻治疗的雾气，把一种彻骨的寒冷传递到我的指掌。

是的。这就是在安娜内心，她的另一张面孔，更真实的面孔。她的母亲患癌症去世了。安娜目睹了她从患病到死亡的极端痛苦的过程，这使她深受刺激。她的父亲酗酒，夜夜醉得不省人事。她只有寄居在亲戚那里。她每天都在微笑，是一个人见人爱的孩子，她生怕别人不喜欢她。如果没有这种艺术的创造和表达，没有人知道她的痛苦。她被压抑的内心在这种创造中得到了舒缓，也使她认识到自己的分裂和冲突。她开始调整自己，认识到母亲的去世并不是自己的过错，她并不负有让别人都喜欢她的使命。她可以在人前流泪，也可以直率地表达自己，她有这个权利。

听杰茜娅女士说到这里，我才深深地吁出了一口气。是的，你能说这是简单的艺术吗？不能。你能说这不是艺术吗？不能。孩子和艺术就这样天衣无缝地黏合在一起，艺术成了生活的一部分。这样的艺术直击心扉。

我说，还有吗？我非常喜欢你和孩子们的创意。

杰茜娅说，这里还有女孩子们画的画。是命题的画，题目就叫《八十岁的奶奶》。乔治亚·欧姬芙说过：颜色和语言的意义是不一样的。颜色和形状比文字更能下定义。

我说，是请一位老奶奶做模特，让孩子们画她吗？

杰茜娅说，没有老奶奶做模特。或者说，模特就是她们自己。

我说，此话怎讲？

杰茜娅说，我要求每个孩子对着镜子，想象自己八十岁时候的模样。要画得像，让别人一看就知道那是你。要画出沧桑和年纪的痕迹，还要画出你的职业和家庭对你的影响。因为这些随着年龄的增长，都会在人的相貌上体现出来。当然了，在画画之前，你要为自己写出一个小传。八十岁的人，不是凭空变成的，是经历了很多过程的人。你要心中有数，她到底走过了怎样的人生，你才能画好她。

我说，真是有趣得很。您要达到的目的是什么呢？

杰茜娅说，除了画画的基本技巧以外，我想让女孩子们知道年纪和衰老，是正常的，不是可怕的。只要她们活着，就一定会变老。她们将在自己光滑的额头上，画出密密的皱纹，那是岁月赠送的不可拒绝的礼物。特别是她们将要思考自己的一生将怎样度过。做什么职业，成为什么样的人。包括，希望成立怎样的家庭。

我说，我明白了。孩子们是在这幅画里，画出自己的理想和人生。我可以看看她们的画吗？

杰茜娅拿出了厚厚的画稿。

她飞快地翻动。于是，我看到一位位老媪，额头和嘴角，都有明确到显出夸张的皱纹。头发稀疏皮肤松弛，白发苍苍面带微笑……在这群苍老的女人画像下面，是她们各自的小传。有女滑冰运动员、女服装设计师、女汽车制造商、女医生、女律师……有一幅最有趣，一位老奶奶的膝下，绕着无数的孩子，我说，这位老奶奶是开幼儿园的吗？

杰茜娅说，不是。这位女生的理想就是要生这么多的孩子。

那一瞬，我好感动。试着想想这些画的创作过程吧。一些嫩绿的叶子，对着镜子，观察着自己的脸庞。然后迅速地画下脸部的轮廓，然后就是长久的沉默。她们一笔笔地在这张青春勃发的面庞上，刀刻般地画出嶙峋的皱纹，每一笔，都是挑战和承诺。在生命的这一头，眺望生命的那一头，万千感受，聚集一心。从郁郁葱葱到黄叶遍地。

“我看见被乌云藏起的月亮，我听见在水下游泳的风，我哭泣，因为我是古堡里的蚯蚓……”杰茜娅朗诵了一首女孩子创作的诗。

艺术不仅是技术，更是灵魂的栖息之地。配以一个有力优雅的手势，杰茜娅结束了她的谈话。

魔术师的铁钉

有一位非常有名的魔术师，当记者问起他成功的秘诀时，他带着记者，来到他平日演出的宏大剧场门口。记者以为他会走进富丽堂皇的大门，没想到他领着记者来到了马路对面的一个下水道口。

你躺在这里，假设自己是在冬天的夜晚饥寒交迫，试试你能看到些什么？魔术师很和气地说。

记者屈身躺在地上，他闻到了下水道发出的恶臭，他看到了香喷喷的饭店和华美的商场，还看到无数的人腿在向着剧场走动，另外，有一截突出的窗台就在头顶侧方悬着，如同丑陋的屋檐。他边看边报告着，魔术师说，很好，你看得很全面。只是，在窗台的水泥上，请你看得再仔细一点儿。你还可以有所发现。

在魔术师的一再提示下，记者看到了窗台的下方，有一行模糊的字迹。他拼命瞪大眼睛，才辨识出那是魔术师的名字。

魔术师说，很多年前，我是一个乡下来的孩子。冬天，我蜷着身子躺在这里。你知道下水道口尽管恶臭，但比较暖和，从来不会结冰的。我看到了满天的星斗，知道明天更冷。我看到了食品和衣物，但我身无分文。我还看到了无数的人到对面的剧场去看演出。

我萌生了一个梦想，有一天，我也要到这座辉煌的剧院里去，不是去看演出，是让别人看我的演出。这样想了之后，我就从地上捡起一根铁钉，用冻僵的手指，把自己的名字刻在水泥窗台上了……你问我为什么会成功，就这么简单。我用一根生锈的铁钉，把我的梦想刻在这里，每当我没有信心的时候，我就来到这里。当我离开的时候，勇气就重新灌满了胸膛。

分手的时候，记者对魔术师说，能否让我看看您那神奇的铁钉？魔术师说，可以。说完，他随手从地上捡起一根铁钉，说，喏，就是它了。铁钉并不重要，重要的是亲手刻下你的名字。

万荣的土

梨花开放的时候，我到了山西省万荣县。万荣是当年轩辕帝扫地为坛祭祀后土圣母的地方，这里的山和水就有了令人亲近的神圣。我喜欢扫地为坛的说法，那是最原始最诚恳的仪式。我们追随当年的轩辕，到这里来祭奠一位伟大的女神，她是我们共同的母亲。

在雪白的梨花之下，是万荣醇厚的黄土。当抚摸万荣黄土的时候，有一种肌肤相亲的感觉。那土是有热度的，你的手指感到温暖的黄土之下，有轻微而幽远的搏动。一如拉住我们慈爱母亲的臂膀，你能触摸到她血脉的涌流。

我从小就喜欢女娲造人的神话，最心动其中的一段——女娲造人用的是黄土，所以我们的皮肤是黄色。不单因为这传说里埋藏着文化密码，更因为我看到黄土的时候，心情荡漾，好像有一簇银针柔软地醒来，复苏为绵延悠长的须根。

我知道有丰富的古籍支撑着万荣古老的历史，我知道关于女娲造人，有无数学者在探讨和研究。不从学理只从情感方面着眼，我期待全世界的中华儿女都来看看我们亲爱的母亲，都能带走一抔万荣的黄土珍藏一生。

先向全球的华人雕塑艺术家征询方案，让大家把心目中最早的祖先的模样，用黄土再现出来。从中选出最质朴、最执着、最富生机的雕像，定为模型。

从距离当年的睢上最近的地方，用镢头（千万不要用机械）把一坨坨黄土砍下来，放在金灿灿的太阳下足足地晒，直到每一颗土粒都镶满了太阳的光芒。想象中女娲是在早晨开始造人的工作，那我们也在一个晴朗的黎明，用黄河的水把黄土和成泥。

我期望雕塑师都是年轻的女人，她们健壮有力，她们祥和勇敢，她们耐心细致，她们挥汗如雨……她们把细腻的黄泥遵照模型造出一排排的男人和女人，摆在地上，再一次接受太阳的烘烤，直到男人和女人们都有了暖洋洋的体温。每一个出门的赤子和每一个归来的远客，都带走一个这样的模型吧。他们是我们相认的独特符号，他们是连接先民和今人的文化基因。

把远祖的雕像复原之后，再带走一些万荣的黄土。把黄土先用最洁净的丝绸包裹，然后装在黑陶制成的罐子里，跟随我们上路。无论漂洋过海到哪里，夜深人静时低头凑过去，你都会闻到黄土纯正干燥的气息。在这种黄土里，埋藏着太多的苦难，储存着太多的希望。

早年我学医的时候，先生教我一剂妙方，名曰“黄土汤”，说的是游子临行时，要把家乡的灶心黄土抓上一把，出门千万里风霜雨雪袭来，无论你染上怎样的病恙，都记得要把乡土拿出，用滚烫的水沏一碗金色的黄土汤。它有百利而无一害，扶正祛邪保你顺畅。

听了老师的话，当时很感慨，心想一定要为自己备下这神奇的药剂。不想真正施行起来，却遇了大困难。生活在钢筋水泥森林中的现代人，举目四望，哪里是我故乡？就是随意指认某地为家，哪里又能有丰美的黄土可供我煲汤？

现在终于找到了。万荣的土，就是全世界华人的家乡所在。携一包万荣的黄土走四方，大地母亲会微笑着祝福她的儿女安康！

亚心的守望者

亚心——亚洲地理中心之意，位于东经87°20′，北纬43°41′。具体地址在新疆乌鲁木齐县永丰乡包家槽子村旁，一片悠远荒芜的戈壁之上。

亚心尚未旅游开放，从乌鲁木齐市出发，正赶上修路，车颠簸不止。卷起的尘埃从钢铁缝隙潜入，如同一件驼黄色狐皮大氅，把人从头到脚裹个严实，每一根发丝都因此茁壮。

向导说经卫星精确测量的真正亚心，位于包家槽子村的打麦场上，周围有些错落的农舍，相当一湾小小的绿洲。考虑此地将来必是旅游胜地，要有相应的建筑设施，占据田禾搬迁居民诸多不便，某领导决定将亚心向一旁迁徙了约二百米，使它坐落于荒原。

在尘埃中听完介绍，对亚心的权威性，生出大打折扣之意。好像你预备攀登的是珠穆朗玛，却被诱导向冈底斯山爬去。景色虽也值得一看，到底不是初衷。向导觉出我们的沮丧，解释说，卫星上的一秒，相当于地面上的一公里。对于辽阔的亚洲大陆来说，区区几百米偏移，实在算不得什么。

亚心到了。因正在施工，几乎看不到任何成形的建筑。高高的脚手架矗立着，好像旷野上一员骨骼魁伟的流浪者，孤独地仰天沉思。据说这里将高耸起一座永久性标志，证明其与众不同。

在亚心的原址和现地，我分头眺望许久，终于承认即使不从经济上考虑，迁移决策也十分英明。打麦场四周可望及田园风光，比如金黄的麦垛和砖瓦红房……太多的温馨人文气息，像醋一样，会泡酥人们对于亚洲地理中心博大苍凉的期冀。

大漠上的亚心，简约到近乎虚无。三面是迷茫寥远的地平线，骄阳蒸腾下的青紫色蜃气，在大地穹隆的边际，波光粼粼颤动，好像在遥远的乾坤结合部，悬挂着巨幅呈半包围状的蓝绸，将宇宙和漠地连缀在一起。地面的沙砾毫不留情地反射着中亚的阳光，抖着尖锐刺目的断剑般眩线，好像遍地都是金粒和石英的结晶，诱人弯腰捡拾。

在亚洲中心，你感觉到的并不是地理概念。恰恰相反，你完全忘记了亚洲的存在——它庞大的面积、爆炸的人口和漫长的历史，都随沙漠的无垠悄然遁去。胸中壅塞的只是天地苍茫物我两忘的阔大惆怅，涌动着我们前世为砂，后世为风的神秘幻觉。

看完风光，向导说，想不想会会亚心的雕塑家?

我们嘴上说，想啊想啊。心下思忖，在这寂寞僻远的地方，会有怎样的雕塑家呢?

他是一位苍老的农户，包家槽子的原住民，放过牛羊，做过木工和石匠。当他听说双脚踩踏过无数遍的土地，竟是亚洲之心时，便想用自己的手艺为它做点儿什么。

多少年游牧天山，终日与石头为伴。那些无数世纪默默不语的顽石，在他眼里，充满鲜活灵性。雕刻时，不忍刀剁斧劈，而是反复端详，看石头像个什么，便雕个什么，绝不愿违了石头的天性。他的风格是大写意，只求神似，不苛细部的真实。喜欢像原始人那样，用两块石头互相敲击，当这一块打磨成形的时候，那一块并不随之破损，也伴生为一件艺术品。牧归的时候，他总是听到山路旁两块体积庞大的暗红色砂石在央告，想去看看山外的世界。于是他把它们拉回家，开始雕刻石狮。他希望石狮驮着他的情意，从此守望在亚心。

雕塑尚未完成，我们来到老人的作坊，那只是临街的一棵树荫。粉尘飞扬，空气中有燧人氏钻木取火的味道。老人的眼眯缝着，整个面部像城里时髦女子的矿物面膜，敷满杂色石粉，被汗水凝成模具，皱纹裂得格外深重。相握时，他手板冷结，完全没有盛夏之日的温度和湿度，如磐石般硬铮。

老人雕的公狮已整装待发，母狮也在石料中呼之欲出了。狮子的造型很朴拙，既不像南狮那般甜腻宝气，也不像北狮那般冷漠威严。它们散淡天真而又大智若愚。

我们问，为什么您要雕狮子呢？不是龙或麒麟什么的？

老人不识字，回答缓慢精绝。他说，一，这两块石头天生狮子形状，你不能把它们雕成别个样子。二，亚心位于新疆，在西藏内蒙古之间。公狮子代表内蒙古，因为蒙古族性烈。母狮子表示西藏，藏族性柔。

老人的雕刻，都是义务劳动。除了新疆金新宾馆赞助的从山里拉石头的钱，他分文不取，全家上阵。

告别老人，告别亚心，归途中，我们这些城市的游子，陷入深深的沉默，彼此相对无言。每当人们沐浴自然，感悟挚情之后，都会有这种电火击穿般的震撼和久久的眷恋，长留心间。

常常爱惜

拾起一穗遗落在秋天原野上的麦芒时，我们心中会涌起一种情感……

当水龙头正酝酿着滴落一颗椭圆形的水珠，一只手紧紧拧住闸门时，我们心中会涌起一种情感……

当凝望宝蓝的天空因为浓雾而浑浑噩噩时，我们心中会涌起一种情感……

当注视到一个正义的人无力捍卫自己的尊严，孤苦无助的时候，我们心中会涌起一种情感……

人类将这种痛而波动的感觉命名为——爱惜。

我们读这两个字的时候，通常要放低了声音，徐徐地从肺腑最柔软的孔腔吐出，怕惊碎了这薄而透明的温情。

爱惜的大前提，是爱。

爱是人类一种最珍贵的体验，它发源于深刻的本能和绵绵的眷恋。爱先于任何其他情感，轻轻沁入婴儿小而玲珑的心灵。爱那给予生命的母亲，爱那清冷的空气和滑润的乳汁。爱温暖的太阳和柔和的抚爱，爱飞舞的光影和若隐若现的乐声……

爱惜的土壤是喜欢。当我们喜欢某种东西的时候，就期冀它的长久和广大，忧郁它的衰减和短暂。当我们对喜爱之物，怀有难以把握的忧虑时，吝啬是一个常会首选的对策。我们会俭省珍贵的资源，我们会珍爱不可重复的时光，我们会制造机会以期重享愉悦，我们会细水长流反复咀嚼快乐。

于是，爱惜就在不知不觉中发生了。

当我们爱惜的时候，保护的勇气和奋斗的果敢也同时滋生。真爱，需用生命护卫。真爱，就会义无反顾。没有保护的爱惜，是一朵无蕊鲜花，可以艳丽，却断无果实。没有爱惜的保护，是粗粝和逼人的威迫，是强权而不是心心相印。

爱惜常常发生。在我们不经意的时候，打湿眼帘。

爱惜好比一只竹篮。随着人类的进步，它越编越大了。盛着人自身，盛着绿色，盛着地球上所有的物种，盛着天空和海洋。

物　情

我有一台旧电脑，8086 型，比 286 还要古老，但它可不曾偷懒，打出过上百万字的文稿。搬家的时候，我用棉被把它包裹得好似一个怕风的婴儿，托在膝盖上，呵护备至。眼看平安抵达，没想到路面开了一道槽，司机没留意，车身猛地一个剧烈颠簸。打开家门，我忙不迭地察看电脑。从接通电源到等待字符闪现的那段时辰，急得人揪心裂肺。

电脑坏了，进入持久的冬眠。无论你怎样敲击键盘，漆黑的屏幕就是无动于衷。那一阵，我遍访号称电脑医生的高手，把他们请到家里，好生待承，希望他们能妙手回春，拯救我昏迷瘫痪的朋友。

没想到各路英雄所见略同，都说这种原始的电脑，防震功能很差，系统现已崩溃。就是把当初造这台机器的 IBM 的工程师请来，也回天无术。最好的办法是把它扔了，再买新的来。一位好心高手谆谆告诫说，要扔尽早吧。要不以后像这种大宗旧电器，人家要收垃圾费的。

起死回生无望，只得买了新电脑。新物的确好使，但旧物如何处置呢？我无法想象让它和果皮煤渣为伍，埋在废墟中腐朽。键盘上的每一枚字母，都重叠着无数我的指纹。多少个夜晚，家人熟睡，只有这台忠诚的电脑，陪伴我喜怒悲欢。它联结着打印机，将最初的文稿连续吐出的时候，我会涌出一个农民扬场时的感动。

于是我把旧电脑藏进包装箱，塑料布封好，尼龙绳扎紧，摆在家的角落。一年年过去了，它在狭小的房屋内牢固地占据着空间，尘封渐厚。有知底的朋友见了，吃惊地问，还没舍得丢了啊？你是否打算收藏文物，或者以后开个计算机博物馆？

我绝无那般宏伟的筹划，只是觉着人们对待一条曾经流过血的警犬、一匹淌过汗的军马，尚且颐养天年，对一起走过长路的助手，也该柔和些。

有一个词，叫作“物情”，说的是人与共同度过年华的物件，有一份难舍难分的感情。

古代人好像对“物”有一些成见。一句“不以物喜，不以己悲”的名人名言，就把“物”钉到千古的耻辱柱上了，好像什么人若沾了喜爱物的名声，就成了小人。更有“身外之物”这样的贬词，显出冷峭的淡然。但我想说的，不是那种权柄之物，豪华之物，庞然之物，只是曾经嵌入我们生命的小物件。它们大体上是家常和暗淡的，散发着陈旧的气息。

现代社会，节奏越来越快。早年间，老祖母会指着一个红漆的小板凳，说，这是我结婚时的陪嫁。如今家具三五年就淘汰一轮，再也找不到怀旧的眷恋。过去的一件衣服，大孩子穿了小孩子穿，最后残破的片段，还会被糊成鞋底，在脚下陪人们走过岁月。现今难得有一件衣服是被穿破的，都是因为式样色彩的不时髦，而让我们随手丢弃。更不消说一次性的筷子、一次性的饭盒，吃饭的时候，我们绝不会从千篇一律的僵白色和簸箕状的结构里，尝出独属于母亲盛在青花小碗里的那份温馨。

因为不曾长久相伴，所以我们心中惘然，不知珍惜。即使共过患难，时过境迁，我们也渐渐在忙碌和喧嚣中将它淡出。

物情恐怕会越来越少了，如同我们曾经拥有过的晴朗天空和明澈河水。一次性服务的物品越来越多了，从孩子的纸内裤到成人的爱情。

也许哪一天，我也会狠下心，把功勋的电脑抛进垃圾堆，以便让家中宽敞些。当拣一个月黑风高的日子，一是省得让收垃圾的人看见，气恼增加了劳动量。二是为了心中残存的那点儿情谊，而怕见月亮。

你是否需要预知今生的苦难

生命

正是因为种种的不知道和种种的可能性，

才变得绚烂多姿和魅力无穷。

你依然要生活下去，

依然要向前走。

变化是无法预料的，世界充满了不可捉摸的可能。

能够把握的只是我们自己。

独自远行的职业

热爱文学在青年当中非常普遍，想把这一爱好，逐渐升级为自己的终生职业者，也大有人在。据一位在报社工作的朋友讲，他们曾发起过一个征文，题目是《我的理想职业》，收到的稿件中，百分之九十都是表示自己想当一个文学家。

青年人选择职业，爱好肯定是极为重要的因素。但是，仅仅有爱好是不够的，还要有很多的东西。其中有一条，就是对你期望从事的这一行业，有比较清晰的了解。

文学是以语言和文字为工具的。作为本民族共享的资源，很多人忽视了它的特性。对于语言的感受，人与人之间有很大的差异和弹性。粗浅的掌握，能表达最基本的意思，便可达到一般交往和沟通的目的。但是作为文学艺术家的语言，必须有独到的特点和强烈的感染力，有时，更需将“人人心中有，人人笔下无”的境界，精彩地重现出来。

由于语言和文字的非功利性，使很多人无意中忽视了它的复杂和庞大系统。人们通常承认绘画和音乐，是需要对颜色和音符的特殊觉察力，却以为人人张口都能说的词语，是浅显和不需要精雕细刻的。这是一个误区。

多年以来，我收到过很多青年人的来稿，有些简直连基本的语法都欠缺，却痴迷文学一心要成为旷世的文学家。我觉得他们大意轻敌了，忽视了文学对语言素质的精妙要求。

再一点，从事文学事业，要求对人类的心灵的探索，有持久的非功利性热爱。语言是沟通人与人的心灵最便捷的桥梁。有些写作的人标榜“写自我”，以为只是把自己的所想所思自然主义地记录下来，文章就浑然天成了。其实，文字写出来，除非你藏之深山，且不准备身后发表，否则，只要你一拿给别人看，交流就开始了。一个好的文学家，必得对人类的普遍生存状态和特殊的心灵感受，有着持久广泛的关注，他不但能觉察到自己的痛苦，而且能够体验到他人的心灵。在这种交流中，完成人与人的共振与温暖。否则就是一厢情愿的痴人说梦。

写作的硬件需求比较简单，一支笔一张纸足矣。可谓成本低廉。这也就使得很多人误以为写作是可以一蹴而就的。不少年轻人把一种青年时代对社会的朦胧向往和自我的精神苦闷，宣泄到用语言组织成的流淌中。这也许是一种不错的自我疏导，但距离真正的文学作品，还有一段不短的距离。

写作需要大量的时间投入。尤其在初始阶段，没有经验的新手，需要反复地摸索和操练。虽然有少数一举成名的幸运儿，但这一专业的基本规律是投入产出的不成比例。它的成品几乎没有中间状态，要么发表，要么废纸，很多心血可能付诸东流。

写作的过程是一个持续的孤独状态。即使在计算机如此发达的现代，也尚未制造出一台可以独立写出小说的电脑。写作几乎是人脑的特权，而在这一工作状态中，你注定独自前行。也许你的家人会在深夜为你端上一杯滚烫的咖啡，你会感受到他们关切的目光，但你面对稿纸的时候，依旧是无可排解的孤独。写作这一行业，注定了孑孓一人。无论你是大师还是初学者，你都是独行侠。

还有经常伴随的挫败感。你完成了一部作品，喜悦飞上了眉梢。但是，新的挑战又在不远处等待着你。每一篇作品都是新的，上一部的精彩与这一部的成功几乎没有任何关系，总是从零开始。写作是没有老本可吃的，读者是宽容的，更是苛刻的。你不可重复他人，你也不可重复自己。

写作是年轻人的事业，因为年轻的心特别敏感，他对世界的感知和认识，都有不同凡响的独到之处。他对语言的细致察觉和交流的迫切性，都使文学成为永恒。国内近来每年长篇小说的出版量都达到了数百部，新华书店的读者流和销售额屡创新高，因特网上更有无数的文学小屋以供练笔。据称，全国报纸副刊每天对散文的需求量是一千八百篇……文学的疆域不断拓展，展现出了前所未有的魅力。

我还想谈谈文学的危险性。首先，它是一项成功概率很低的事业。以中国大陆为例，通常以加入中国作家协会，作为中国作家的行业认可。那么，对于有着十三亿人口的中国来说，只有五千名中国作家协会会员。在美国，自然投稿的命中率是万分之三。著名的作家海明威曾对他的儿子讲过：写作这种才能，在几百万人当中才有一个……

其二，中国历来有文字狱一说。

其三，写作收益较低，除了极少数畅销书作家以外，大多数作家处于相对贫困的状态。作家呕心沥血写出三十万字的长篇小说，投到国家出版社，荣幸发表，在正常情况下，获得的报酬只有几万元（还未扣除几千元税款）。中国虽然加入了世界版权保护的伯尔尼公约，但对于版权的保护，还相当不完备。如果一本书畅销，盗版立即蜂拥而至，作者个人无还手之力，面临颗粒无收的局面。

其四，写作对身体的损耗较大，腰椎、颈椎疾病多发，神经衰弱、失眠更是常见。积劳成疾的大有人在。

其五，在一个商业宣传气息浓厚的时代，一部真正好的作品，有时并不会即刻得到好评，需要更广泛的时间和空间的考察。外界的评奖和评介，有时并不公正，不能恰切地反映作品的内在质量。这就需要作者有更坚强的自我评价体系，排除干扰，潜心创作，宠辱不惊，创作出真正无愧于时代和人心的好作品。

文学是一条充满了诱惑和挑战的孤独之路。在它的周围，长满了美丽的鲜花和狰狞的荆棘。如果你有足够的勇气和准备，就请在一个洒满露珠的早上，独自远行。

无法投递的电报

初次见面，那位外地来调查情况的刑警连连说，不好意思啊，耽误您休息，今天是六一，还要找您谈工作。

我一边同他握手，一边暗中好笑，都是老大不小的人，马上进入正常工作就是了，至于今天是不是儿童节，有什么重要呢？

交谈中他无意说到，他所在的那个偏僻的小县，已经四个月没给大家发工资了。这次到北京办案，连上路的盘缠钱，都要从别的单位现借。我听了，很有几分心酸，担忧他们的效率受影响。他看出我的心思，笑笑道，这没什么，你看我们不是照样生龙活虎地办案吗？一定会捍卫正义，严惩邪恶！当我欣慰起来，他又很突兀地说道，今天是六一啊。

我便有些扫兴地敷衍道，是啊，是六一。

调查继续。他飞快记录着，十分投入。但时有片刻间的恍惚，好像思绪一下断裂，幸好紧接着又焊上了。他思维周密，逻辑严整，看得出很有经验。只是每过一段时间，会情不自禁地嘟囔一句，今天是六一啊。这句话就像闸门一样，阻隔在他行云流水般的工作节奏里，让人纳闷。

刻板的程序终于结束，因为顺路，我们先走向他的住处。他说那是地下室，十分阴湿。我说，住的时间长了，关节会痛的。他说，我们出差的住宿费只够住这儿，好在我年轻，没什么。只是，今天是六一。

我终于忍不住问道，六一，有什么特别的含义吗？

他的眼珠，立刻因为眼皮有微微的水气渗出而晶莹起来，说，六一是我女儿的生日啊。她今天满十三岁啦。打她一出生我就干警察，没有一个生日陪着她过。原本说今年一定的……没想到又……

身旁恰好有一家公共电话亭，我立下不走，说，快，给你女儿打一个电话吧，先向她赔个不是，再祝她好。

刑警依旧不疾不徐地笔直迈向地下室，看也不看那一排严阵以待的电话机。

我知他钱物窘迫，便说，话费由我来付，就当我送你女儿的一件小小礼物。好吗？

刑警回头笑了，说这点儿钱，我还是有的。只是今年儿童节，我在北京办案，可以给女儿打个电话贺生，明年此时呢？我若是在深山老林里，能让老虎给她带个口信吗？刑警的孩子，不惯这毛病。

我们在霓虹灯下的地下室门口告辞，彼此客气地道了再见。公务已经结束，没有极特别的情形，我们都知道，萍水一别，再不相逢。

我独自回家，经过邮局。我走进去，填写了一份生日礼仪电报，上面写着："爸爸在北京，遥祝你生日快乐！"

我不知这么做，是否忤了那位敬业而执拗的刑警本意，但我希望远方那个祈盼父亲的女孩，颊上会荡起两个深深的旋涡。哪怕片刻。

邮局的小姐接过电文，仔细核对了地址后对我说，对不起，您的电报无法投递。

我失声道，为什么？

因为那里太偏僻了，至今不通这种生日电报。穿绿制服的小姐柔声解释着。

我望着精心挑选的贺卡上的鲜花和灯笼图案，只有面向西北边陲，用心灵的电波将它发送，寄去对一个山区女孩的祝福。

保安是谁变的

我跟保安的会面主要在小区的一出一进当中。看着那些年轻的面庞，常常想，他们以前是做什么的呢？在进入城市之前，在穿上保安的制服之前，他们是什么人呢？蝴蝶是毛虫变的，蚊子是孑孓变的，青蛙是蝌蚪变的，保安是谁变的？

和一些保安聊过天，他们都很谨慎，从不多说什么。至多只讲自己家在农村，上过初中或是小学，好像上过高中的不是很多。基本上是招工来的，用人单位的代表到了乡里，说有到北京干活的机会，需怎样的条件，谁愿意去？于是年轻人纷纷应征。有的是亲戚朋友介绍来的，滚雪球一般。总之，保安基本上来自农村。

一个农村的小伙子，冷不丁来到了繁华的大都市，他们的心地会发生怎样的变化呢？我没看到过针对保安的相关研究，设想一下，可能会有这样几种可能吧。

一是惊讶。高楼大厦车水马龙，不夜的霓虹灯和袒胸露臂的华衣……这些和寂静的山村简朴的民俗实在是天壤之别。人在震惊之后，是很容易滋生出渺小和自卑的心理的。能以平和之心对抗陌生的繁华，是一种再造的定力，而非人的本性轻易可以到达的高度。

一天，我在西客站附近上了公共汽车，一位老者也上了车，因这周围有家医院，他佝偻着腰，几乎可以断定他有病。从他迅速扫视四周的眼神，又可以觉出他的病并不很重。他走到一位看守着行李的小伙子面前，很果断地说，你站起来。那个小伙子不知何故，带着乡下人的服从和退缩，马上站了起来。老者很利落地坐在了小伙子的位置上，然后说，给老年人让座，是应该的。进了城，以后学着点儿。那小伙子愣愣地冷冷地站着，一言不发，让人无法猜测他的心事。

我看不过，就挤过去，对那位老人家说，他给你让座是应该的，可你也该说声谢谢啊，这也是应该的啊。说完之后，我就直勾勾地盯着他，表示自己的坚持。那位老人很不甘心，见周围也有人用目光支持着我，才很不情愿地说了声，谢……

小伙子还是冷冷愣愣地站着，毫无表情。我不知道这个小伙子以后会不会变成保安，即使不是真正的在册的正规保安，也许会摇身一变成了黑保安，看他那漠然神情和高大的身板，这可能性还真不小。

最近北京纷纷在传“凶桥”的故事，说的是在健翔桥附近有一座过街天桥发生抢劫案，劫匪穷凶极恶，抢了钱还不说，临走还要在血肉模糊的事主腿上再刺几刀，防着被害人爬起来追赶或是报案。公安辛苦破案，最后查出凶手原来是附近灯具店的黑保安。

又是保安！不管是黑是白，这几年，听到保安打砸抢的案子，实在是不少了，还有屡屡发生的监守自盗。“保安”那在人们心中原本趋向黯淡的形象，如今干脆抹上了血痕。

扯远了，回到刚才的话题。于是在想，青年农民进了城，穿上保安的衣服，他们就真的变成了负有庄严使命的保安了吗？谁来帮助他们完成这个巨大的转变？不单是要训练他们走正步敬礼和纠察服从，更要教会敬业和尊重，忠诚和勇敢。

比如那个被迫让座的小伙子，我敢说城市给他的第一课肯定是不愉快的。凭什么我的座位要让给你？凭什么你坐了我的座连个谢谢也不说？凭什么城里人就可以指令乡下人？

我在报道中看到寻求保安杀人越货的动机时，总有一条是说这些年轻人一旦进入了城市，就会产生不平衡的心理，然后想找一条快速发财出人头地的路子。于是抢劫偷盗就成了享乐的捷径。

原来那关键是不平衡。这就是变化的第二条。是啊，退一万步讲，同样是人，为什么你降生在城市，我就在农村？为什么你锦衣玉食我却要餐风宿露？为什么你坐享其成我却要白手起家？这一连串的问号如乌鸦盘旋在年轻的心的上空，如果没有疏导和讨论，那一时的偏颇就可能酿出滔天的惨祸。

不错，人间是有很多不平，这不平是生来俱有的，几乎是一种命定。我指出这一点，不是取消你的奋斗，而是请你的奋斗站在坚实的基础上。你不可以犯法，你不可以靠伤害他人达到自己的目的。你不可以将道德和传统只维持在一个狭小的圈子里。比如在你的小村庄，你知情达理是个好孩子，一旦到了城市的汪洋大海，你觉得什么人都不认识你了，你不必为口碑负责，你就可以空前地放肆起来。

我认识一个乡村的女孩，品行方正。到了城市不久，她就觉得当保姆挣钱太辛苦了太慢了，她要去当小姐。我说，你知道这小姐不是戏文里知书达礼带着丫鬟的小姐，是有很多下流的东西在里面的。女孩说，阿姨，我都知道。可这又怎么样？就是下流了，也没有一个人认识我。我回家去，照样是一流的，起码也是个中上流吧。

我无言。淳朴的乡村以古老的方式约束之下的道德，一旦脱离了那个环境，就变得如同出土的丝绸，在一个极短暂的时间还能保持着绚烂，然而很快就褪色而灰飞烟灭了。因此，我对那些沙哑着嗓子颂扬乡村的歌唱始终心存疑虑，怕那只是理想中的眷恋，而非真正意义上的向往。

一日，我和朋友约了在街头见面，为了醒目，地点就选在了一家银行大厦的面前。随着年龄渐长，我越来越像个没出过门的老太太，凡是同人约定的事，总要早早地上路，生怕晚了。北京这地方，堵起车来，谁都没有办法，你打出多少时间的富裕，还是要迟到。若是顺利了，简直就提前到不可思议的地步。那一天，恰好是后面一种情况。我百无聊赖地流连在碧绿色的玻璃幕墙边，像个准备打劫银行的匪徒，踱来踱去，这毫无疑问引来了一位年轻的保安询问。我如实禀告，他笑起来说，你和我妈有点儿像，她要是哪天出门，早早地就上路了，有时会提前好几个钟点就到了。

我问，你妈妈现在哪里呢?

聊天就这样开始了。他告诉我，他来自陕西的一个小村子，说他老妈以前是从来不看新闻联播的，因为那正是家中刷锅洗碗喂猪的时间，老妈在灶台边忙得昏天黑地。可自从儿子到北京当了保安，老妈就雷打不动地开始看新闻了。老爹说你不就着灶膛还是温乎的把猪食熬了还关心什么国家大事?这都是老爷们的事和你无关。老妈坐在小凳子上一动不动看着屏幕，说我不是关心国家大事，我是关心我的儿子。他在北京做保安，新闻里播北京的事多，也许我会看到儿子。老爸说，哪有那么巧?就是有了，我叫你就是，你该干什么就干什么吧。老妈说，电视上如果有了儿子的影，那也是领导坐着车，从他站岗的地方一晃就过去了，哪里等得及你叫我?还是我自己守着吧。

小伙子告诉我，他的父母就这样一直守着电视机，等着他在屏幕上以一个保安的姿态出现。他告诉过他们，自己穿上保安的衣服威风凛凛。

其实保安这一行是很无聊的，天天守着一个地方。最初的新鲜劲过去之后，再好的风景也会看腻。当以后年岁大了，不能老做保安啊，要有一技之长啊。可我的一技之长在哪里？雇你的人是不会想这些的，可你自己会想，几乎每天都在想，但光想又有什么用呢？要有行动。可我的行动目标在哪里呢？不知道。

我看到面前的小伙子眼神里露出散淡的光，完全没有焦点。正在这时，我的朋友来了，我就离开了这位年轻的保安，但他的目光却让我久久难忘。我想，这就是保安进入城市之后面临的第三个挑战了，那就是——茫然。

惊奇、不平衡和茫然，这几点变化带来的震动，其实也完全能从正面来解读。人为什么会惊奇？是因为我们离开了熟悉的环境，面临着未曾有过的机遇和多种崭新的可能性。人为什么会不平衡，因为早先的稳定被打破了，一种变化的种子已经悄然发芽。当然了，不是每一粒种子都能开花，但播下种子就比荒芜的旷野强过百倍。面对不平衡，不怨天尤人，不妄自菲薄，沉下心来，细分短长，以自身的努力来补上命运的差异。至于说到茫然，我甚至以为，适当的茫然不单是一种可以接纳的阶段，而且几乎是年轻人的特权。你有权茫然，但是不可以太久，太久的茫然就是思索的懒惰和行动的放弃。茫然的前提是要有向前一步寻找的动力，你须把茫然化作一种探寻的勇敢。茫然如同糯米，只有开阔的视野和不懈的学习，才能如同适宜的温度，将茫然的酒曲发酵成醇厚的甜酒。

你很难想象在当今城市中有一位白发苍苍的保安在执行任务，保安已经从传统的打更老大爷或是高级别墅的女管家，变成了如今朝气蓬勃的年轻人的事业。无数青涩的果子将在这个行业中缓缓成熟，发散出活力的芳香和丰收的光彩。

苍凉的生命

面对荒凉的山口，孤独的废墟和沙暴盘旋出的昏暗，她第一次懂得了什么叫作博大和苍老。懂得了一个古老的民族曾经消失的辉煌和重新崛长的祈望。

群山在壮丽的阳光和湛蓝的天幕下沸腾，每一块岩石和每一朵冰雪，都固执地保持着它们凝固时的模样。极端的严寒，极端的缺氧，极端强烈的紫外线，极端艰苦的跋涉……她的眼泪在某一处悬崖上，凝成了椭圆形的冰粒，至今还悬挂在海拔六千米的峭壁上……然而，苍穹和高原，是她终生眷恋的诲人不倦的尊者，它们哺给她短暂的生命和宇宙的无涯。

当一个十六岁的少女，几乎在一无所知的情况下，告别了北京——这个当时中国最先进和繁荣的城市，跋涉万里，到达了青藏高原最边塞和最险恶的山峦之中，她所感到的恐惧和震惊，她所经历的心理跌宕和起伏，即使在三十年之后的今天，每于暗夜中想起，也常常不寒而栗。

十一年后，她从西藏回来了。回到她自幼生活的城市，回到她的亲人和朋友中间。她觉得自己有一种分裂之感，有时会在安逸温暖的家中，突然不知自己身在何方。在那一瞬，她灵魂出窍，思绪如烟，飘到九霄云外。

她的神魄又回到雪山上去了。在那个特定的时期，在那个遥远的高耸的地方，发生了一些事情。它们被呼啸的风雪掩埋，成为冰的木乃伊。如果没有人提起，注定永远无人知道。这个当年的女生，现在已经不年轻的女人，经历了这些事情。它们在她的血液中游走着，带着尖锐的冰凌，拒绝融化。她的脑子也因为缺氧，发生了一些不妙的变化。那些记忆搅缠在一起，编成了一条鞭子，在催促着她，做些什么。

于是她开始尝试着写作。她是一名医生，给人开药方是很内行的，甚至可以说她是个受人尊敬的好医生。可是，写作完全是门外汉。好在她还算勇敢，心想，常用汉字就那么几千个，我都会写（当然有时也有错别字，但大的意思还是有把握的）。只要能把所思所想所感所悟写出来，对得起那段岁月，即可。

于是，她就在一个平平常常的傍晚开始了写作。她写得很快，因为都是自己熟悉的事和人。他们在她的文字中说笑行走，哭泣和攀登。她所要做的事，就是把他们大体地记录下来。所以，她觉得写作的过程不像有人说的那样苦，倒像是被一根魔棒击中，时光倒转一下子回到了从前……她要感谢写作这根魔棒才对。当她把生平第一部中篇小说写完，她很高兴，觉得把一笔对雪山的债还了。

小说没有名字。她想，故事是发生在昆仑山的，所以，在名字里一定要有“昆仑”两个字。这个方针一定下来，她就发觉自己面临一个大难题。因为“昆仑”这两个字是很重的，它们出现在题目里，就像两个巨无霸，谁能和它们匹配着，肩并肩地屹立在小说的第一行呢？好像有一架巨大的天平，她不由分说地把“昆仑”两个砝码，压在了天平的这一边。在那一边，要有怎样沉重的字，才能镇住天平的均衡？她无奈地想到了，要不，以多胜少吧，用三个甚至四个、五个字，来抵住“昆仑”的雄风吧。

想了半天，没结果。她有点儿发愁。她有个习惯，一到了想不出办法的时候，就睡觉。她会在睡觉之前，把那个难题在脑海里重复一遍。好像脑海岸有一片沙滩，海浪扫过之后，洁净平滑舒缓阔大的样子。她把“昆仑”两个字刻在脑海的沙滩之上，就安稳地睡去了。

那一夜，她睡得很好。当她醒来的时候，她就真的有了一个题目。那个题目是在梦中出现的，只不过它不是镌写在海滩上，而是呈现在一块石板上。好像乡下的孩子读书时用的那种青石板，用乳白色的石笔写下了“昆仑殇”三个大字。（现实中，她从来也没有用过那样的青石板，真奇怪。）

她有点儿不解。因为“殇”是个冷僻字，在她当医生的生涯里，不曾用过这个字。印象中，这个字，孤独地弥漫在两千年前楚国悲壮的挽歌中……

不过她确知，这个字组成的篇名，在这一瞬击中了她。它是这篇小说天造地设的标题。她很高兴，她的潜意识像一头勤恳的牛，黑夜中，无声地帮她犁开了一片板结的土地。

聪明的朋友们，看到这里，你们一定知道了，文中的这个“她”就是我了。我就是这样写出了生平的第一篇小说，也就是处女作。

这些年来，每当有人问到我最喜欢的小说、最满意的小说是什么，我都说，我还没有最喜欢的小说，因为我还不曾写出。我也还没有最满意的小说，也因为不曾写出。这样讲有点儿俗气，但我真是这样想的，我就要这样说。我不能因为害怕人家说我俗气，就编一个瞎话。在说谎和俗气之间，我是宁要俗气的诚实的。同时我每次都很自觉地告诉访问我的人，我说，我可以报告给你——我印象最深刻的小说，那就是《昆仑殇》。

有很多东西，不是因为它的价值高或是身世奇特我们才珍视它，是因为它其中蕴含了我们太多的心意和太久的眷恋。《昆仑殇》就是一部这样的作品。当我写作它的时候，我毫无功利之心，完全是因为血液里的那些冰凌作怪，才匆匆动笔。如果说，在那以后的岁月中，我有时会以一个职业作家的习惯来从事写作，我可以坦诚地说，在《昆仑殇》中，我唯有一颗拳拳的赤子之心。

《昆仑殇》发表之后，获得了很大的反响。至今，我尚不能完全明白这是为什么。也许，那里太遥远了，那里发生的故事太悲壮了。也许，小说中描写了一种人类生存的极限，和一种在极限中的挑战与人性的苦难奋斗，渗入了人们心中柔软的死穴。

这不是我的能力，这是那座雄伟的高山，假我的手，传递了一点儿它的神髓。

我要感谢苍凉的西部。因为有了这样的经历，我的一生在某种意义上，变得不同寻常。

哪个女兵十七岁

那一天，朋友约我到军营去玩。军营在山中，冬天，树都轻装了，秀丽地戳入蓝天，更显出精干和苍凉。自从脱下军装转业到地方，我再没有踏进过军营的大门。一是没有适宜的机会，老部队在西藏，距此十万八千里，就是有个邀请老兵团圆联欢忆旧思甜的聚会，人家就地解决了，与我是鞭长莫及。二是心中隐隐的怯意。当年在部队时，对所有走进营区的老百姓，最先想到的词是“混入和潜伏”，持续用警惕的余光扫视他们的衣襟，怀疑那下面藏有一把枪。固然当时地处边防敌情紧张，首恶还是主观上的唯我独尊和内心的风声鹤唳。人们素常是以自己的心态来推论别人，于是二十多年的时光中，我再也没有踏入军门，只是在文字中点染绿色。

这一次，是部队的女兵喜欢我的书，希望和我聊天。她们列队操场，在风中鼓掌，年轻的手指因为寒冷和用力而通红，在阳光下桑葚般的半透明。

那一天，说是座谈，其实是我不断地发问和讨教。我看到她们的绒衣就问，结实吗？当年我们在西藏，为抵御酷寒，把绒衣衬在棉衣里，内外摩擦十分易糟，穿不上半载，绒衣就像一片捕过很多鱼的网。女兵们告诉我，现在的绒衣里加了纤维，经久耐磨。看到她们的雨衣，我就说，你们可曾把它铺到地上？女孩子们嘻嘻笑起来，说雨衣是穿的，又不是毡子。我说，当年我们在雪山露营的时候，就用它敷在地上防冻。以至于我后来每当看到涂着防水层的绿色胶衣，想到的不是如烟的冷雨，而是皑皑的冰霜……

那一天，女兵们还为我唱了《青藏高原》，想不到她们的歌喉如此之好，和远走他乡的李娜能有一拼。我刚开始抱着欣赏的态度泰然听着，很快就心潮激荡把持不住。心潮涌上了眼帘，化为热泪纵横。藏北高原是我精神的故乡，在这里和它相逢，怎能不感慨万端！

女兵们要合影留念，我在山风中屹立，时不时揉揉颧骨，让冻僵的皮肉呈现微笑，免得留在军人们照片上的尊容像个扒猪脸。合完影的女兵跳着脚闪开，还没轮到的姑娘蜂拥而上。政委怕我冻病，说你们不停地换人，老兵一直坚守阵地，老兵也不是盆景，今天就到此为止吧。我突然想到一个心愿，说，战友们，我有一个小小的请求，请告诉我，你们谁是十七岁？

女兵们愣了一下，这个说，我十八，那个说，我二十……却没有人正好十七岁。连长说，让我想一想。对了，正在值班的那个女兵今年十七岁。快快，三班长，马上派个人去顶班，换她来一下。

十七岁的女兵匆匆赶来了。她出现的时候，正好是背光，我看不清她的眉眼，只看到一个矫健的身影，如同一粒翠绿的弹子，跳着从太阳的金线中蹦出。我说，我可以和你照张相吗？她有些害羞地微笑说，当然可以了。

十七岁的女兵站在我的身边，仿佛一棵青葱的桦树，笔直而蓬勃。我可以听到她钟摆一般轻灵的心跳，没有丝毫的杂音和紊乱。我可以看到她如瀑的黑发，蜷曲在军帽中，不甘心地漏出丝丝缕缕，被阳光镀成明黄。我可以闻到她青春的气息，似雨后竹笋上的水滴。

我可以触到她略嫌宽大的军装，洗涤的揉搓还未曾使崭新的棉布柔软……

照完相，她马上要回去值班，她说，你会把照片寄给我吗？我说，一定。她信赖地看着我，脸是如此光滑，没有一粒尘埃，目光是如此清澈，没有一滴污浊。

我向官兵们挥手，告别了军营。回头望望，祝福她们。那一年我上高原的时候，也是十七岁。看到了这个女兵，我仿佛看到了当年的自己。我知道，这个女兵不会是永远的十七岁。她会长大，跨过岁月的栅栏，向远方跑去。我知道她会跌很多跤，瘀很多伤，淌很多泪和汗，有时候也会滴血……她将浴火沐风九蒸九焙，从一颗稚嫩的青豆磨炼成珍珠。她的目光将不复天真，但依然保持真诚。她的面庞光洁不再但笑容依旧。她能一直不倦地跑下去，因为她十七岁的时候，就已经坚守岗位和职责，就已经懂得了奉献和光荣。

女 也 怕

若干年前，某机构邀请我做一场辩论赛的评委兼点评，我看了题目——你喜欢干得好还是嫁得好？没敢接下这份信任。因为我向往的是鱼和熊掌一锅烩，不矛盾啊。时下流行的观念好像干得好了，嫁人的危险指数就升高了。若是嫁得好，似乎就把自己给出卖了，活得不够硬气……命题本身似有矛盾之处。为什么就不访问一下男人们：你是期望干得好还是娶得好？估计所有的男士都会毫不迟疑地回答——那还用问！

想必每个女性，都期望自己既干得好，也力争嫁得好，这才双赢。干吗平白无故地把干和嫁对立起来啊？这不是自己和自己过不去吗？

从那以后留了心，才发现，干和嫁这两件事，好像捆绑式火箭，常常成双成对出现。比如一句流传很广的古话：男怕入错行，女怕嫁错郎。

行当这件事，是社会进步的表现之一。远古时代的行当简单，除了打猎就是放牧。至于在山顶洞里看着篝火以保留火种和用兽骨磨根骨针缝块遮羞布这样的活儿，估计和今日的家务劳动不计入国民生产总值差不多，属于隐形经济，是不能算行当的。以后诸事发展了，行当渐渐多起来，出现了占卜师和舞蹈家，还有部落酋长……想来这些人就是以后的研究员、艺术家、政治家的雏形。

近代，行当以几何倍数增长。据说美国的职业大典，已经收入了 1.7 万种职业。世界好像一张花毯，被各式各样的职业尼龙线，织得如此密不透风，让人惊惧。虽然从理论上讲，男人能做的事，女人也都能做。但不管行业如何的多，女性普遍所能从事的行业，还是比男人要少些。我认识一位杰出的妇产科主任，就是男性。我说，为什么连妇产科这样的领域，也请你坐了头把交椅？他说，因为我从来不会得我所医治的这些病，比如难产和子宫肌瘤，所以，我就格外地用心。

女人所能从事的事业较之男性为少，女性就更怕入错了行。对女人来说，“行”是什么？是一双吃饭的筷子，是一袭柔软的金甲，是一道曲折幽冷的雨巷，是一副飞跃雪野的滑板……入对了行，成功的把握就大。入错了行，事倍功半也许是零。让一个擅举重的运动员，练了体操，必蹉跎岁月一事无成。

这事也能反过来看。查查事业成功的人士，究竟有些什么特点呢？在美国，有一位研究人员，做了长期的跟踪调查，得出了优秀人士的四大基本特征。

第一条是：通常是男人居多。第二条是：通常是结过婚的。第三条是：通常离婚的比例较低。第四条也就是最重要的一点是：通常没有共同点。（这一条查得很周到，比如说他们的身高、体重、籍贯、受教育的程度、性格、品德等等，都不相同。）

四个通常。我看到这个结果之后，愣了一会儿就嘻嘻笑起来。我相信它是有道理的。也相信这个研究人员辛苦了若干年，得到的常识没什么用。

那么，选择行当的依据是什么呢？研究表明，对职业最持久和最深远的影响力，来自我们的兴趣。爱因斯坦说过，爱好是我们最好的老师。

对女人来说，如果你有一份挚爱倾心的工作，你就为自己植下了一株神秘的花朵。它妖娆生长，持久地散发出魅人的香氛，熏炙着你的每一个日子，使它们从暗淡的岁月中凸现出来，变得如此不同寻常。

你爱一个人，那个人可以背叛你。你爱一只狗，那只狗虽然不会背叛，可是它会老去。唯有你爱一桩事业，它是奔腾不息的。你付出的是青春，它还报你的是惊喜。你可以消失，但你在你的事业中永恒。当我们阅读着一部经典的作品，当我们注视着一座伟大建筑的遗骸，当我们摩挲着一个古瓷小碗，当我们在星斗的照射下，缅怀人类所有的探索和成就时，我们就是在检阅事业的花名册了。

当女性选择行当的时候，比较少地考虑自己的爱好，更多考虑的是安全和收入，这是历史也是现实。这是生活所迫也是发展的羁绊。女性的温饱解决之后，工作就日益成为尊严和自我价值体现的最主要杠杆。

女抓捕手

参加活动，人不熟，坐车上山。雾渐渐裹来，刚才还汗流浃背，此刻寒意沁骨。和好风光联结在一起的，往往是气候的陡变。在山下开着的空调，此刻也还开着，不过由冷气改热风了。

车猛地停下，司机说此处景色甚美，可照相，众人响应，挤挤攘攘同下。我刚踏出车门，劲风扑面呛来，想自己感冒未好，若是被激成了气管炎，给本人和他人都添麻烦，于是沮丧转回。

见车后座的角落里，瑟缩着一个女子，静静地对着窗，用涂着银指甲油的手指，细致地抹着玻璃上凝起的哈气，半张着红唇，很神往地向外瞅着。

我问，喜欢这风景，为什么不下去看呢？

她回过头来，一张平凡模糊的面孔，声音却很见棱角。说，怕冷。我这个人不怕动，就怕冻。

我打量她，个子不高，骨骼挺拔，着飘逸时装，没有一点儿多余的赘肉，整个身架好像是用铁丝拧成的。

她第二次引起我的注意，是偷得会议间隙去逛商场。我寻寻觅觅，两手空空。偶尔发觉她也一无所获。我说，你为何这般挑？

她笑笑说，我不要裙子，只要裤子。好看的裤子不多。

我说，为什么不穿裙子呢？我看你的腿很美啊。

她抚着膝盖说，我也很为自己抱屈。但没有办法啊。你想，我买的算是工作服。能穿着裙子，一脚把门踹开吗？

我如受了惊的眼镜蛇，舌头伸出又缩回。把门踹开！乖乖，眼前这小女子何许人？杀人越货的女飞贼？

见我吓得不浅，那女子莞尔一笑道，大姐，我是警察。

我像个真正的罪犯那样，哆嗦了一下。

后来同住一屋，熟悉了。她希望我能写写她的工作。当然，为了保密，她做了一些技术性的处理。

她说，我是抓捕手。一般的人不知道抓捕手是干什么的，其实我一说您就明白了。看过警匪片吧，坏人们正聚在一起，门突然被撞开，外面有一人猛地扑入，首先扼住最凶恶的匪徒，然后大批的警察冲进来……那冲进来的第一个人，就叫抓捕手。我就是干那个活儿的。

我抚着胸口说，哦哦……今天我才知道什么叫海水不可斗量。别见笑。请问，抓捕手是一个职务还是职称？

她说，都不是。是一种随机分配。就是说，并没有谁是天生的抓捕手，也不是终身制的。但警察执行任务，和凶狠的罪犯搏斗，总要有人冲在最前头，这是一种分工，就像管工和钳工。不能一窝蜂地往里冲，瞎起哄，那是打群架……

我忍不住插话，就算抓捕手是革命分工不同，也得有个说法。像你这样一个弱女子，怎能把这种最可怕最危险的事，摊派在你头上呢？

她笑笑说，谢谢大姐这般关怀我。不过，抓犯人可不是举重比赛，讲究多少公斤级别，求个公平竞争。抓捕是没有道理可讲的。

抓住就是胜利，抓不住就是流血送命。面对残酷，最主要的并不是拼力气，是机智，是冷不防和凶猛。

我说，那你们那儿的领导，老让你打头阵，是不是也有点儿欺负人？险境之下，怕不能讲“女士优先”！

她说，这不是从性别的考虑，是工作的需要。

我说，莫非你身藏暗器，乃一真人不露相的武林高手？

她说，不是。主要因为我是女警。

我说，你却把我搞糊涂了。刚才说和性别无关，这一会儿又有关。倒是有关还无关？

她说，您看，刚才我跟您说我是抓捕手，您一脸瞧我不起的样子，嫌犯的想法也和您差不多。（听到这儿，想起一个词——物以类聚。挺惭愧的。）当我一个弱女子破门冲进窝点时，他们会一愣，琢磨这女人是干什么的？这一愣，哪怕只有一秒，也赢得了最宝贵的时间。狭路相逢勇者胜啊。特别当我穿着时装，化了浓妆的时候，整打他们一个冷不防……

我看看她套在高跟鞋里秀气的脚踝，说，这是三十六计中的兵不厌诈。只是你这样子，能踹开门吗？

她把自己的脚往后缩了缩，老老实实地承认，不行。

我说，那你破门的时候，要带工具吗？比如电钻什么的？

她说，您真会开玩笑。那罪犯还不早溜了？我现在不能踹开门，是因为没那个氛围。真到了一门隔生死，里面是匪徒，背后是战友，力量就迸射而出。您觉着破门非得要大力士吗？不是。人的力量聚焦到一点，对准了门锁的位置，勇猛爆发，可以说，谁都能破门而入。

我神往地说，真的？哪一天我的钥匙落在屋里时，就可以试试这招了，省得到处打电话求人。

她很肯定地说，只要你下了必胜的信心，志在必得，门一定应声而开。

我追问，进门以后呢？

她说，是片刻死一般的寂静。然后我得火眼金睛地分辨出谁是最凶猛的构成最大威胁的敌人，也就是匪徒中的“头羊”，瞬间将他扑倒，让他失去搏杀的能力。说时迟那时快，战友们就持枪冲了进来，大喊一声“我们是警察！”……

我打断她，说，且慢且慢。难道你不拿枪，不喊“我是警察”吗？

她非常肯定地说，我不拿枪，并且绝不喊。

我说，怎么和电影里不一样啊？

她说，那是电影，这是真拼。我如果持枪，就会在第一时间里激起敌人的警觉，对抓捕极为不利。如果我有枪，必得占用最有力的那只手，就分散了能量，无法在最短时间内，将匪首击倒。再说，既是生死相搏，胜负未卜，如果我一时失手，匪徒本无枪，此刻反倒得了武器，我岂不为他雪中送炭，成了罪人？所以，我是匹夫之勇，赤手空拳。

我说，那你不是太险了？以单薄的血肉之躯，孤身擒匪，说实话，你害怕过吗？

她缓缓地说，害怕。每一次都害怕。当我撞击门的那一瞬，头脑里一片空白。这一撞之后，生命有一段时间，将不属于我。它属于匪徒，属于运气。我丧失了我自己，无法预料，无法掌握……那是一种摧肝裂胆的对未知的巨大恐惧。

我说，你当过多少次抓捕手了？

她说，243 次了。

我又一次打了哆嗦。颤声问，是不是第一次最令人恐惧？

她说，不是。我第一次充当抓捕手之前，什么都没想。格斗之后，毫发未损。按说这是一个很圆满的开端和结局。可是，犯人带走了，我坐在匪徒打麻将的椅子上，很久很久站起不来，通体没有一丝力气。瞧什么东西，连颜色形状都变了，仿佛是从一个死人的眼眶往外看。我当时以为这定是害怕的极点了，万事开头难。后来我才知道，恐惧也像缸里的金鱼一样，会慢慢长大的。

经历的风险越来越多，胆子越来越小。你一定要我回答哪一次最恐惧？我告诉你，是下一次。

我说，既然你这么害怕，就不要干了嘛！

她说，我只跟你说了恐惧越来越大，还没跟你说我战胜它的力量也越来越强了。如果单是恐惧，我就坚决洗手不干了，想干也干不成了。不是，恐惧之后还有勇气。勇气和恐惧相比，总要多一点点。这就是我至今还在做着抓捕手的原因。

我叹了一口气说，你受过伤吗？

她说，受过。有一次，肋骨被打断了，我躺在医院里，我妈来看我。我以前怕她担心，总说我是在分局管户口的。我妈没听完介绍就大哭，进病房的时候，眼睛肿成一条缝。我以为她得骂我，就假装昏睡。没想到她看了我的伤势，就嘿嘿笑起来。我当时以为急火攻心，老人家精神出了毛病，就猛地睁开了眼。她笑了好一会儿才止住，说，闺女，伤得好啊。我要是劝你别干这活儿了，你必是不听的。但你伤了，就是想干也干不成了。伤得不算太重，养养能恢复，还好，也没破相……

伤好了以后，我还当抓捕手。当然瞒着老人家。但我妈的话，对我也不是一点儿效力也没有。从那以后，我特别地怕刀。一般人总以为枪比刀可怕，因为枪可以远距离射杀，置人于死地。刀刺入的深度有限，如果不是专门训练的杀手，不易一刀让人毙命。不是常在报上看到，某凶手连刺了多少刀，被害人最终还是抢救过来了。

我想，枪弹最终只是穿人一个小洞，不在要害处，很快就能恢复。如果伤在紧要处，我就一声不吭地死了。死都死了，我也就没什么可怕的了。所以说枪的危害，比较可以计算得出来。但刀就不同了，它一划拉一大片，让你皮开肉绽，血肉模糊，但你还没死。那样，假如我妈看到了，会多么难过啊，我也没脸对她解释。所以，我为了妈妈，就特别怕刀，也就特别勇敢。因为在那手起刀落的时刻，谁更凶猛，谁就更有可能绝处逢生。

话谈到此，我深深地佩服面前这个貌不惊人的女警察了。我说，你为什么选择了这么一份危险的工作？

她说，我个子矮，小的时候老受欺负。我觉得警察是匡扶正义的，就报名上了警校。人们常常以为大个子的人才爱当警察，其实，不。矮个子的人，更爱当警察。因为高个子的人，自己就是自己的警察。

我说，你能教给我一两招功夫吗？比如“双龙抢珠”什么的，遇到坏人的时候，也可自卫。

我说着，依葫芦画瓢，把食指和中指并排着戳出去，做了一个在武侠电影中常常看到的手势。

她笑得开心，说您的这个姿势，像二战中盟军战俘互相示意时，打出的“Y”，基本上没效力。因为中指和食指长度不同，真要同时出击，中指已点到眼底，食指还悬在半路，哪能致敌死命？真正的猛招，用的是两根相同长度的手指。

我忙问，哪两指？

女警笑笑说，大姐还真想学啊？如果不在意，我在您身上一试，诀窍您就明白了。当年我们都是这样练习的。

我忙说，好好。我很愿领教。

她轻轻地走过来，右手掌微微一托，抵住我的下颌，顶得我牙关紧扣。紧跟着，她的食指和无名指，如探囊索物般扪住了我的眼皮，不动声色地向内一旋向下一压……天啊！我顿时眼冒金星眼若铜铃，如果面前有个镜子，我肯定能看到牛魔王再世。

她轻舒粉臂，放松开来，连声道，得罪了得罪了。

我揉着眼球赞道，很……好，真是厉害啊……只是不晓得要多长时间，才修得如此功夫?

她说，也不难。希望罪犯都被我们早早降伏，普通老百姓，永远不要有使用这道手艺的场合。

分手的时候，她说，能到大自然中走走，真好啊。和坏人打交道的时间长了，人就易变得冷硬。绿色好像柔软剂，会把人心重新洗得轻松暖和起来。

淑女读书

假若刨去经济的因素，比如想读书但无钱读书的女子，天下的女人，可分成读书和不读书两大流派。

我说的读书，并不单单指曾经上过小学中学大学硕士博士，读过一本本的教材。严格地讲起来，教材不是书。好像司机的学驾驶和行车、厨师的红白案和刀功一样，是谋生的预备阶段，含有被迫操练的意味。

我说的读书，基本上也不包括报纸和杂志，虽然它们上头都印有字，按照国人“敬惜字纸”的传统，混进了书的大范畴。那些印刷品上，多是一些速朽的讯息，有着时尚和流行的诀窍。居家过日子的实用性是有的，但和书的真谛，还有些差异。

好书是沉淀岁月冲刷的沙金，很重，不耀眼，却有保存的价值。它是地球上曾经生活过的那些智慧的大脑，在永远逝去之前自立下的思维照片。最精华的念头，被文字浓缩了。好像一锅灼热久远的煲汤，濡养着后人的神经。

书对于女人的效力，不像睡眠。睡眠好的女人，容光焕发。失眠的女人，眼圈乌青。读书的女人和不读书的女人，在一天之内是看不出来的。

书对于女人的效力，也不像美容食品。滋润得好的女人，驻颜有术。失养的女人，憔悴不堪。读书的女人和不读书的女人，在三个月之内，也是看不出来的。

日子是一天天地走，书要一页页地读。轻风朗月水滴石穿，一年几年一辈子地读下去。书就像微波，从内向外震荡着我们的心，徐徐地加热，精神分子的结构就改变了，成熟了，书的效力凸显出来。

读书的女人，更善于倾听，因为书训练了她们的耳朵，教会了她们谦逊。知道这世上多聪慧明达的贤人，吸收就是成长。

读书的女人，更乐于思考。因为书开阔了她们的眼界，拓展了原本纤细的胸怀。明白世态如币，有正面也有反面。一厢情愿只是幻想。

读书的女人，更勇于决断。因为书铺排了历史的进程，荟萃了英雄的业绩。懂得万事有得必有失，不再优柔寡断贻误战机。

读书的女人，更充满自信。因为书让她们明辨自己的长短，既不自大，也不自卑。既然伟人们也曾失意彷徨，我们尽可以跌倒了再爬起来，抖落尘灰向前。

读书的女人，较少持续地沉沦悲苦，因为晓得天外有天乾坤很大。读书的女人，较少无望地孤独惆怅，因为书是她们招之即来永远不倦的朋友。读书的女人，较少怨天尤人孤芳自赏，因为书让你牢记个体只是恒河沙粒沧海一粟。读书的女人，较少刻毒与卑劣，因为书中的光明，日积月累浸染着节操鞭挞着皮袍下的“小”……

“淑”字，温和善良美好之意。好书对于女人，是家乡的一方绿色水土。离了它，你自然也能活。但与书隔绝的日子，心无家园。半生过下来，女人就变得言语空虚眼神恍惚心地狭窄见识短浅了。

淑女必书女。

第二志愿

人们常常把所有的注意力，都集中在第一志愿。这些年，随着考试严酷性的不断升级，关于填报志愿的说法，也越来越霸道了——那就是，全力以赴关注你的第一志愿。某些大学的录取人员公开宣布，我们是不会录取第二志愿的学生的。因为你的热爱不够专一，录来也学不好的。

高考形势特殊，僧多粥少，对于学校的取舍，旁人不好议论是非。但我以为，如果把高考报志愿的经验推而广之，把第一志愿至上，扩散成人生选择的一大信条，就有商榷的必要了。

人生的选择绝少是唯一的。

听一位美国心理学家讲座，谈到男女青年挑选恋爱对象时，他说，如果你在读大学的时候，一眼扫去，本班级上的异性，有三分之一以上可以成为你的配偶候选人，那么……

讲到这里，说是悬念也好，说是征询民意也好，他成心留出一个长长的停顿，用苍蓝色的眼珠扫视全场。台下发出汹涌的低语声，均说，“那他就是一个神经病！”

异国的心理学家抖抖肩膀说，“喏！那他或她，就是一个心理健康的人。”

这观点有点儿好玩，也有点儿耸人听闻，是不是？当然，他指的寻找伴侣，是在大学校园内，智商和背景有大的相仿，并不能波及整个社会，说某个男人觉得与世上三分之一的女人都可成眷属，才属正常。

但这一论点也可以说明，既然结为夫妻这样严重的问题，都不妨有一手或是几手打算，那么，在其他场合的选择，当有更大的弹性。

当孤注一掷地把自己的命运押在某个“唯一”头上的时候，我们实际上处于自我封闭和焦灼无序的状态。内心流淌的是自卑和虚弱。以为只有这狭窄的途径，才是抵达目的地的独木桥，无法设想在另外的情形下，还有道路尚可通行。某些人的信念虽执着但脆弱，难以容忍自己的不成功。由于太惧怕失败的阴影了，拒绝想象除胜利以外，事态还同时存有一千种以上暗淡的可能。他们能够采取的自卫措施，就是放下眼帘。以为只要不去想，不良的结果就可能像鬼魅，只能在暗夜中游走，不会真的在太阳下现身。

于是每当选择的关头，我们可以看到那么多人鸵鸟似的奋不顾身，色厉内荏地跑跳着。到了没有退路的时候，就把小小的脑袋埋入沙荒。他们并不仅仅骗别人，首先的和更重要的，是用这种虚张的气势，为自己打气加力。他们拒不考虑第二志愿，觉着给自己留了退路，就是懦夫和逃兵。甚至以为那是一个不祥的兆头，好像夜啼的猫头鹰，早早赶走方平安。他们竭力不去前瞻那潜伏着的败笔和危险，好像不带粮草就杀入沙漠的孤军。即使为了应付局面多做准备，也是马马虎虎潦潦草草，虚与委蛇地写下第二、第三志愿……，不走脑子，秋水无痕。不敢一针见血地问自己，假若第一志愿失守，能否依旧从容微笑？

可惜世上的事情，不如愿者十八九。当冰冷的结局出现时，很多人就像遇到雪崩的攀缘者，一堕千丈。

此刻，你以前不经意间随手填写的第二志愿，就像保险绳一样，在你下坠的过程中，有力地拽住了你，还你一方风景。

惊魂未定的你，此时心中百感交集。被第一志愿抛弃的巨大失落，使你百骸俱软，无暇顾及和珍视第二志愿的援手。你垂头丧气地望着崖下，第一志愿的游魂还在碎石中闪着虚光。有人恨不能纵身一跳，以七尺之躯殉了那未竟的理想。即便被亲人和世俗的利害，劝得暂且委曲求全，那心中的苦郁悲凉，也经久不散。

第二志愿如同灰姑娘，龟缩在角落里，打扫尘埃，收拾残局，等待那不知何日才能莅临的金马车。

其实人的才能是多方面的，守节般地效忠第一志愿，愚蠢不说，更是浪费。候鸟是在不断地迁徙当中，寻找自己的最佳栖息地，并在长途艰苦的跋涉中，锻炼了羽翼。在屋檐下盘旋的鸟，除了麻雀，还能想出谁？

寻找第二志愿的过程，实质上是对自己的一次再发现。除了那最突出最显著的特点之外，我还有什么优长之处？第一志愿和第二志愿之间，可否像两位相得益彰的前锋，交互支援？我还有哪些潜藏着的特质，有待发掘和培养？平日疏忽的爱好，也许可在失落中渐渐显影。

第二志愿的考虑和填写，也许比第一志愿更取舍艰难。惟妙惟肖地预想失败，直面败后的残局和补救的措施，决非乐事，但却必须。尝试着在出征前就布置退却和迂回的路线，并在这种惨淡经营的设计当中，规划自己再一次崛起的蓝图，是一种经验，更是勇气。

也许是因为骇怕面对这种挫折的演习，有人惊鸿一瞥般地拟下第二志愿，并不曾经历大脑深远的思考。他们以为这是勇往直前背水一战的魄力，殊不知暴露的只是自己乏于坚韧和气血两虚。

不可搪塞第二志愿。它依旧是人生重要的选择，是你面对逆境的备份文件。它是进可以攻退可以守的支撑点，它是无惧无悔的屏障，它是一个终结和起跑的双重底线。

或许有人以为，有了第二志愿、第三志愿……，人就易颓败，多疏乐。这是一个谬论。亡命之徒不可取，它使人铤而走险，一旦失利，便是绝望与死寂。不妨想想杂技演员。有了保险绳的时候，他们的表演会无后顾之忧，更精妙绝伦。

在填写第一志愿的时候，把其后的每一份志愿也都认真地考虑，这是人生不屈不挠的法门之一。

人生有三件事不可俭省

无论世界变得如何奢华，我还是喜欢俭省。这已经变得和金钱没有很密切的关系，只是一个习惯。我这样说，实在是因为俭省的机会其实很廉价，俯拾即是遍地滋生。比如不论牙膏管子多么丰满，但你只能在牙刷毛上挤出大约1.5到2厘米的膏条，而不是1尺长。因为你用不了那么多，你不能把自己的嘴巴变成螃蟹聚会的洞穴。再比如无论你坐拥多少橱柜的衣服，当暑气蒸人的时候，你只能穿一件纯棉的T恤衫。如果把貂皮大衣捂在身上，轻则长满红肿热痛的痱毒，重了就会中暑倒地一命呜呼。俭省比奢华要容易得多，是偷懒人的好伴侣——用最直截了当的方式和最小的花费直抵目标。

然而有三件事你不能俭省。

第一件事是学习。学习是需要费用的，就算圣人孔子，答疑解惑也要收干肉为礼。学习费用支出的时候，和买卖其他货物略有不同。你不知道究竟能得到多少知识，这不单决定于老师的水平，也决定于你自己的状态。这在某种情况下就有点儿隔山买牛的味道，甚至比股票的风险还大。谁也不能保证你在付出了学费之后一定能考上大学，你只能先期投入。机遇是牵着婚纱的小童，如果你不学习，新娘就永远不会出现在你人生的殿堂。

第二件事是旅游。每个人出生的时候都是蝌蚪，长大了都变作井底之蛙。这不是你的过错，只是你的限制，但你要想法弥补。要了解世界，必须到远方去。旅游是需要花钱的，谁都知道。旅游的好处却不是一眼就能看到的，常常需要日积月累潜移默化地蓄积。有人以为旅游只是照一些相片、买一些小小的工艺品，其实不然。旅行让我们的身体感悟到不同的风和水，我们的头脑也在不同风情的滋养下变得机敏和多彩。目光因此老辣，谈吐因此谦逊。

第三件事是锻炼身体。古代的人没有专门锻炼身体的习惯，饥一顿饱一顿全无赘肉。生存的需要逼得他们不停奔跑狩猎，闲暇的时候就装神弄鬼，在岩壁上凿画，在篝火边跳舞，都不是轻体力劳动，积攒不下多余的卡路里。社会进步了，物质丰富了，用不完的热量成了我们挥之不去的负担。于是要人为地在机器上跋涉，在充满氯气的池子里浮沉，在人造的雪花和冰面上打滚，在矫揉造作的水泥峭壁上攀爬……这真是愚蠢的奢侈啊，可我们没有办法，只有不间断地投入金钱，操练贫瘠的肌肉和骨骼，以保持最起码的力量和最基本的敏捷。

有没有省钱的方法呢？其实也是有的。把人生当作课堂，向一切人学习，就省了上学的钱。徒步到远方去，就省了旅游的钱。不用任何健身器械，在家里踢毽子高抬腿做广播体操……，就省了健身的钱。

然而，这也是破费，因为我们付出了时间。

你是否需要预知今生的苦难

那天晚上，比尔请客。

比尔是外交部的官员，负责接待安排我们在纽约的活动。比尔衣着朴素，脸上永远是温和厚道的笑容。当我们从纽约火车站出来的时候，看到的就是这种笑容。他帮我们推着沉重的行囊，在人群中穿行。当他护送我们到哈林区的贫民学校访问的时候，脸上也是这样的笑容。当我要离开纽约，担心一大堆资料无法带走的时候，又是比尔温暖的笑容帮我解决了难题，他答应为我将资料海运回中国。我要给比尔运费，比尔显出很不好意思的神情。我给了他二十美元之后，他说什么也不肯再要了。

比尔请我们在一个中餐馆用饭。比尔说这是纽约最好的中餐馆之一。

我对让一个出访在外的游客，请他吃故国饭食这事，一直持不同意见。比如一个日本人到中国访问，才从东京飞出来两个小时，到北京落地之后，被人请到一家日本料理，吃一顿风味走了样的日本饭，他的感觉必不会太好。同理，我在国外出访，最怕的就是吃那种改良后的中餐。无论色香味都发生了变异，还不如吃根本就与我们不是同宗同族的西餐，因为有了准备，舌头和肚肠的宽容度反倒大些。中餐就吓人了，上来一个“鱼香肉丝”，当你做好了将尝到熟悉的川味的准备时，一个冷不防，居然袭来奶油的甜香，所受的惊吓足以让你怀疑自己的神经。

比尔在中餐桌上是有发言权的，因为比尔的妻子是一位香港女性。这的确是我在美国吃的最好的中餐之一。席间，聊到一个有趣的话题：人是否需要预先知道今生的苦难？

同桌的一位朋友说，他认为如果有可能，他愿意预知一生的苦难。理由是，凡事预则立，不预则废。知道了，有什么坏处呢？没有。并不会因为你的预知，就让你的灾难变得更多或者减少，那么，你多知道一点儿，就对自己的人生多了一份把握，该是好事。

闷头吃饭的比尔，突然大叫了一声：No！

这是我唯一的一次，在比尔的脸上看到的不是笑容，而是愤怒和凄楚。

当然，比尔的愤怒不是针对那位朋友，比尔放下了筷子，对我们说：

很多年前，我和我的妻子，在香港抽签请人算命。那人是一个和尚，他看了我妻子的签说，你会早死。看了我的签说，你会老死。

你们知道“早死”和“老死”的区别吗？自从听了那和尚的话，我的妻子就对我说，比尔，我会比你先死。因为我是早早死去，而你是老死，你要活很大的年纪。我说，你不要相信这话，那个人是胡说。我会和你白头偕老，如果有个人一定要先死去，那就是我，因为你比我年轻。但是前不久，我的妻子生了喉癌。那是因为她年幼的时候，家中很穷困，没有菜，就吃咸鱼。咸鱼很小，有很多刺，鱼刺刺伤了她的喉咙。久而久之，就生成了癌症。妻子走了，留下我，等着我的“老死”。

比尔说得非常伤感。朋友们缄默了许久，寄托对比尔妻子的深切悼念。我听出了比尔话后面的话。很多年来，关于“早死”和“老死”的谶语，就盘旋在他们的头顶。他们本能地畏惧这朵乌云，乌云尖利的牙齿，咬破了他们最快乐的时光。每当幸福莅临的时刻，惴惴不安也如约袭来。因为他们太珍惜幸福，就越发迅疾地想到了那不祥的预言。如果他们不知道那命运的安排，如果当年没有那老和尚的多此一举，比尔和他妻子的美好时光，也许会更纯粹更光明。

我不知道我想的是否实际，我也不敢向比尔求证。我把此事写到这里，是想再次问自己也问他人。我们是否需要预知今生的苦难?

大多数人是取席间的那位朋友的观点，还是像比尔一样说“No”？

我站在比尔一边。不单是从技术层面上讲，我们无法预知今生的苦难，我们也无法预知今生的幸福。就是有人愿意告诉我，把我一生的苦难，用了不同的簿子，将它们分门别类地列出，苦难用黑墨水，幸福用红墨水，一一书写量化。或者是轻声细语地娓娓道来，苦难用叹息，幸福用轻轻的笑声。想来，我也会在这种簿子面前闭上眼睛，在这种命运的告诫面前，堵起自己的耳朵。生命是我自己的东西，甚至可以说是我仅有的东西，我不希望别人来说三道四。我注重的是过程，在这个过程中，我感到自己的价值。我们可以预知的只是自己应对苦难和幸福的态度。此时此地，这是我们能掌握的唯一。知道了又怎样?不知道又怎样?生命正是因为种种的不知道和种种的可能性，才变得绚烂多姿和魅力无穷。你依然要生活下去，依然要向前走。变化是无法预料的，世界充满了不可捉摸的可能。能够把握的只是我们自己。

那一天比尔离去的时候，带走我沉甸甸的资料。比尔一手拎着资料，一手提着他不离身的书包。他的书包在纽约的大街上显得奇特而突兀。那是一个简单的布包，上面用汉字写着：天府茗茶。

在纽约看到比尔的所有时刻，他都拎着这个布包，突然想问问比尔，这是否是他妻子很喜欢的一件东西？

触抚绿色

1998年夏天的许多日子，我在大兴安岭穿行。看到的绿色比有生以来见过的所有绿色，叠到一起还要厚。以前曾到过雪原，海洋，大山大川，沙漠旷野……感慨万千。在自然界的雄奇景观中，与原始森林相见如此之晚，快乐中有大遗憾。

从小在城市，水泥丛中的绿色很窄，享受绿色是很奢侈的事。后来当兵去了藏北，高寒缺氧，荒凉无比，除了冰山戈壁，什么也看不到，绿色便成了一个缥缈的梦想。在大森林里，呼吸到汲取到无边无际的绿色，从心灵到皮肤，染成薄荷。

路途艰辛坎坷，几乎是我从高原归来后，最颠簸的一次旅程。乐在思绪轻灵。面对莽莽林海，你会想到远古，祖先曾在这样的密林中生息，飞快地攀缘，从猿到人。如今我们会了许多本领，可是我们砍伐森林，恩将仇报。你会想到是做一棵公路边的树？还是做林海中的树？你会想到人也许有前世和再生，也许曾是或将是某种酸甜的野果……

我最喜欢桦木。它的外衣那样洁白，身躯笔直，像一个刚从医学院毕业的实习生，羞怯可爱。后来听说桦木是很低档的材质，除了绿化作用外，早年间最主要的去处是当柈子烧火用，就很难过。一种有着那么美丽身段的优雅植物，无声无息地化成烟云，真是对造物的大不敬。到了木珠厂，看到女工用桦木的下脚料制成独特的工艺品，把一种大自然的气息留住了，方转悲为喜。我向她们讨了十几枚不同颜色的桦木珠，细致地保存起来。每当手指抚摸那些珠子时，有一种白桦舍利的温润漫至血脉。

还在垃圾堆里捡了一块长约尺把的桦树板皮，想把木面磨光，写上“天道酬勤”，挂在家中电脑对面的墙上，累了的时候养养眼。不料那桦树皮随着我在林区转移，一路晓行夜宿，竟不知遗落在哪处驿站了，一想起来，好心疼。

森林中密集的红松苗，像毛茸茸的小笤帚，扫得胸中一片清凉。熙熙攘攘又恬恬静静的新生之物，充满了生命的单纯，给人以轻捷明朗的快意。

沿松花江逆水而上，面朝岸边逶迤的青山，无言以对，只是呼吸和感受，兀自交融。古人说仁者爱山，智者爱水。在磅礴秀美的山水之地，触抚绿色，灵性和力量流淌入心。

在满山遍野的野花中，有人惊叫发现了野罂粟，我很快地奔过去，近了才知看差了，那不是罂粟而是芍药，若有所失。好在没过多久，善解人意的野罂粟，就很美丽很俏皮地列队倚在路边。一时大家停步伫望。有人悄声问我：这就是《红处方》中描写的罪恶之花？

我说，先澄清，我不认为罂粟有罪，尤其是野罂粟。它们只是地球上的一种普通植物，生根发芽开花结子。它们无辜，有罪的是人性中的弱点膨胀至邪恶，利用了罂粟。以前只见过人工培植的罂粟，没见过野罂粟，此刻得以亲见，它们和我想象的真是一样，杂在众多的野花中，朴素平凡，并无特别勾引人的妖娆。天地贵公平，赏罚应分明。该是人类自己的责任，就勇敢地承当，理性地解决，不要怪罪无知无觉的植物。

仰望苍莽垂直的绿色，难以抑制地想到培育的艰难。成长一棵树，相当于人的一生。对那些珍贵的树种，这时间还远远不够。在大兴安岭阴坡，一棵樟子松需一百五十年才可成材。毁坏一棵树，只消片刻工夫。无论现代科学技术如何发达，比方能把活人送上火星跳舞，但你绝无妙法在十年之内，把一棵美人松的幼苗，催成一柱栋梁。

大兴安岭名称，也许是“大”“兴”“安”这几个字，给人豪迈宁静之感，好似钢筋铁骨固若金汤。其实环境链相当脆弱，腐殖土层只有半尺薄。一旦砍去林木，水土暴露在空气中，快速流失，砂石崩塌，遗下一堆堆瘌痢头样的岩块，布满苔藓，凄惶得很。看到大兴安岭植被破坏的情形，心好像被锐指掐住，一缕缕坠血。甚至比看到西北寸草不生的土岭，还要痛楚。那边好歹是旧伤痕，而大兴安岭是新鲜的刚刚骨折的胸膛。

听说世代以打猎为生的鄂伦春人，已决定放下最后的猎枪。伐木工人也要渐渐地转成以种树为主了。一位林业工人说，种一棵树，要百年之后才见钱，那时我早已变成山老鸹了。在我活着的时候，靠什么过好日子呢？都说森林是城市的肺，大兴安岭向整个北半拉子中国供气，北京人是不是该给我们付些制氧费？

于是想到格拉丹冬雪山，孕育了长江，应该向我们收水费。北冰洋应该向我们收制冷费。太阳应该向我们收取暖费和照明费。

白桦的舍利

大兴安岭的白桦，在夏天，是森林的精灵。假如周围的阳光比较充裕，它们就虹似的微弯着柔软的身躯，簇拥丛生。假如在密林中，就粉笔般的直，直插苍穹。

无论何时，即使毫无风的启发，白桦叶也不断相互快乐地击打，发出嚓嚓的细语，好像在多嘴地传布一个爱情的秘密。高大的红松、樟子松，如同宽厚的大哥二哥，并肩矗立，为小妹遮风挡雨。平日丰姿绰约的美人松，也谦逊地收起少妇的俏皮，温柔地衬托小姑的风采。白桦铝合金般的树干，闪着如鳞的光芒，把脚下的腐叶和一方黑土，都映得银箔般明亮起来。枝和叶，如同勇士决斗时抛向空中的绿色丝绒手套，在风中骄傲又略带战栗地抖动着。

白桦美得令全世界的少女嫉妒。

但林业工人说，白桦只中看，不中用，材质不好，除了绿化山水和制造氧气之外，就是做柈子。

“柈子”——森林中一个散发恐怖气息的名词，所有的树，从幼苗到古木，都为之丧胆。如同犹太人提到纳粹，黑人听到黑手党。那是把整段的树木如凉拌黄瓜，切成短短的节，再用利斧一劈四半，整整齐齐地码在道旁，等待严寒降临时，化成琥珀色的火焰，供人取暖。

于是优雅的拥有上好身材的白桦，成了柈子的代名词。它的树皮更是优等的引火纸，经常在活着的时候，就被人成片地剥走，裸出苍青的肢体，滴着汁液，在林子里触目惊心地袒露着黑黝黝的伤痕。

据说被剥了皮的白桦，过不了几年，就憔悴枯萎至死。但人们似乎并不特别惋惜：脱不过是做柈子的料，不过早些晚些罢了。所以，很多林区至今没有惩处剥桦树皮的规矩。

于是，桦树只在诗人和风景中孤寂凄凉地美丽着，柈子成了它不归之路的火葬场。

我在林区穿行，叹息着。不知白桦将怎样逃脱千百年来焚烧的命运?

内蒙古大兴安岭绰尔林业局的超尔木珠工艺品总厂，给了白桦以新的生命辉煌。

白桦枝条被充分利用起来，哪怕只有手指粗细。它们在灵巧的女工手里，被车削成一粒粒圆润的桦木珠，大如山楂，小若樱桃。中央有孔，如同被挖去籽的山里红。然后经过十三道工序的细致处理，打磨漂白染色上光……成为一丸丸色彩斑驳玲珑剔透的彩珠。一箩箩地盛了，在厂区的院落里晾晒着，黄如龙眼，赤若火丹，翠似竹沥，黑宛鸦羽……仿佛收获了天上种植的粟粟。

披了新漆衣的木珠，如同画家的笔，绣女的线，是巧夺天工的武器。各色的桦木珠，一律以盘子盛了，摆在工作台上，好似五色菜肴。编织女工对着图纸，以透明的尼龙线，精心地串起彩珠，一枚枚，一行行，一片片……初起时看不出什么，只是一些散落的片段。但是随着时间的推移，你渐渐地对她们的手，肃然起敬了。因为，栩栩如生的墨马在她们的手下，奔跑了。憨态可掬的熊猫在她们的手下，吃竹了。异国的女神在她们的手下，燃起火炬了。古老的脸谱在她们的手下，面如重枣谈笑风生了……

碎的桦木屑和桦木锯末，还可以加工成板材，真是物华天宝，物尽其用了。桦树——这只大森林中的白凤凰，从火焰的旁边轻轻掠过，涅槃了。

我拣了一段莹白如雪的桦枝，央一位女工特地车了几粒本色的桦珠，握在掌心。它如骨如玉，犹如白桦的舍利。带回家送给朋友，让人们从中感到——大兴安岭森林的呼吸和土地的脉搏。

旷野与城市

城市是一粒粒精致的银扣，缀在旷野的黑绿色大氅上，不分昼夜地熠熠闪光。

我所说的旷野，泛指崇山峻岭，河流海洋，湖泊森林，戈壁荒漠……一切人烟罕至保存原始风貌的地方。

旷野和城市，从根本上讲，是对立的。

人们多以为和城市相对应的那个词，是乡村。比如常说“城乡差别”“城里人乡下人”，其实乡村不过是城市发育的低级阶段。再简陋的乡村，也是城市一脉血缘的兄长。

唯有旷野与城市永无声息地对峙着。城市侵袭了旷野昔日的领地，驱散了旷野原有的驻民，破坏了旷野古老的风景，越来越多地以井然有序的繁华，取代我行我素的自然风光。

城市是人类所有伟大发明的需求地，展览厅，比赛场，评判台。如果有一双慧眼从宇宙观看夜晚的地球，他一定被城市不灭的光芒所震撼。旷野是舒缓的，城市是激烈的。旷野是宁静的，城市喧嚣不已。旷野对万物具有强大的包容性，城市几乎是人的一统天下……

人们为了从一个城市，越来越快地到达另一个城市，发明了各式各样的交通工具。人们用最先进的通信手段联结一座座城市，使整个地球成为无所不包的网络。可以说，人们离开广义上的城市已无法生存。

我读过一则登山报道，一位成功地攀上了珠穆朗玛峰的勇敢者，在返回营地的途中，遭遇暴风雪，被困，且无法营救。人们只能通过卫星，接通了他与家人的无线电话。冰暴中，他与遥距万里的城市内的妻子，讨论即将出生的孩子的姓名，飓风为诀别的谈话伴奏。几小时后，电话再次接通主峰，回答城市呼唤的是旷野永恒的沉默。

我以为这凄壮的一幕，具有几分城市和旷野的象征。城市是人们用智慧和心血，勇气和时间，一代又一代堆积起来的庞然大物，在城市里，到处是文明的痕迹，以至于后来的人们，几乎以为自己被甲执兵，无坚不摧。但在城市以外的广袤大地，旷野无声地统治着苍穹，傲视人寰。

人们把城市像巨钉一样，揳入旷野，并以此为据点，顽强地繁衍着后代，创造出溢光流彩的文明。旷野在最初，漠然置之，甚至是温文尔雅地接受着。但旷野一旦反扑，人就一筹莫展了。尼雅古城，庞贝古城……一系列历史上辉煌的城郭名字，湮灭在大地的皱褶里。

人们建造了越来越多越来越大的城市，以满足种种需要，旷野日益退缩着。但人们不应忽略旷野，漠视旷野，而要寻觅出与其相亲相守的最佳间隙。善待旷野就是善待人类自身，要知道，人类永远不可能以城市战胜旷野，旷野是大自然的肌肤。

皮之不存，毛将焉附？！

哪里是垃圾消失的地方?

从小我就喜欢逛垃圾堆，那里有探险的乐趣与宝贝的发现。可惜几十年前的垃圾很贫乏，除了烂菜叶就是飘落的头发，最大的一次收获，是捡到了一尊打碎的雪花石膏像。断臂残肢的每一块都足以和老师的粉笔比美，在马路上画一幅“飞机房”跳着玩，其清晰度历经暴雨冲刷而不衰。

城市女孩，倒垃圾是必修课。垃圾站是远处一座高高的木阁楼，爬上去，一旋手，满载的簸箕就空了，便可以跳着回家交差了。至于垃圾楼里的货色如何处置，谁知道呢？可能是半夜，被进城的马车拉走了吧？

后来城市渐渐地大了，楼房也改成从垃圾道里走秽物。只要将楼道里的黑锈小铁门挑开，屏住气，轰隆一扣，胳膊陡地就轻了。这时要飞快却步抽身，否则片刻之后，从遥远的空道底下传来疲沓的回响和缥缈的恶臭，十分晦气。我住得层高，觉得这措施很便利，但底下的住户时有怨言，说夏季恶味昭彰，赶上雨天，无法及时将垃圾掏走，便有大尾巴蛆爬进厨房。

再后来，垃圾继续改革的步伐是推广袋装。每天从家里包扎出一袋弃物，拎到垃圾车上，万事大吉。直到这时，我才发现一个人每天制造出的垃圾多么惊人。废旧的物资，霉剩的饭菜，撕毁的纸张，残破的用具……袋子大腹便便，包纳百川。也有功能并无损伤的器物，只是因了那式样的落伍和不喜欢，横遭遗弃。

终于有一天，我问自己，哪里是垃圾消失的地方？

小时候，我以为它消失在垃圾楼的黑暗肚子里。

长大了，我以为它消失在垃圾道的穷途末路里。

再后来，我以为它消失在垃圾车行走的笨拙轱辘里。

不要奇怪我的低能。事不关己所以鼠目寸光，冷漠是愚蠢最好的邻居。

我在专门摄制的纪录片里，看到了郊外无边无际的垃圾场。五花八门的弃物，僵硬地挑战地堆积着压抑着，凹凸不平，好像一座阴冷的泥火山。

我惊骇了，为了这些熟络而陌生的物品。我猜想，假若细细寻找，每个人从小到大脱落的每一根头发，每一枚牙齿，定像铁钉般埋在那里（头发是最不易腐烂的物质，君不见千年古尸发甲犹存），弹拨起来，铮铮作响。随手丢掉的亿万个塑料袋，都如白色旗幡随风飘摇，不知在哭泣谁的魂灵。数不清的一次性饭盒，白骨嶙峋，好似地穴崩塌的墓砖。我们扔掉的所有物品，残兵败将却无一漏网地集合在那里，挤眉弄眼，昭示着人类的浪费与污秽……

我们成功地把垃圾从自己的房屋赶走，驱逐出视野，一厢情愿地以为它们永远地消失了。它们比我们估计得要顽强得多，耐心得多，凶猛得多，残酷得多。它们污染着空气，污染着水源，污染着我们的家园，污染着地球的明天。它们好脾气地等待着，像铺天盖地的铜豌豆，一颗颗集合着力量，梗在我们的咽喉，等着地球癌症大泛滥的日子。

垃圾消失在哪里？你不能把垃圾赶出土地，它们与我们休戚与共。即使流放到了太空，也会成为旋转的肮脏彗星，继续与人类为伍为敌。

垃圾消失的地方，就是让它不再成为垃圾。

把垃圾最大限度地缩小在它尚未诞生的时刻。

七条金鱼在呼吸

一天，我家先生从外面捡回一个旧缸，果酱色，半截高，估计是以往哪个单位食堂和面用的，现在都订盒饭吃了，老功臣就被遗弃。先生讨回来，主人一定暗地高兴，免得扔它到垃圾箱的麻烦。

旧缸摆在客厅，显得不伦不类。我家的陈设虽十分普通，但和一个黑黢黢的土缸，还是难协调。有朋友来，惊异道，毕淑敏，你该不是在积农家肥吧？

我不语，且看先生如何安排。星期天，他从街上买回了七条金鱼和一束水草。鱼和草都是最普通的那种，红的鳍和绿的羽叶在盛满水的塑料袋中蜷曲飘荡。先生把缸刷了许久，一边刷一边嘟囔，可千万别是腌过咸菜的，那样会把鱼齁死……

我这才知道，先生要用这缸养金鱼。

我说，为什么不买一个好看的缸呢？透明的，有灯那种。还有氧气泵什么的，缸的背景贴上美丽的水草图案，鱼在里面会笑的。

先生一边仔细擦拭着面缸，一边说，我小的时候，我家的院子里，就有这样一个缸，里面就养着这样的金鱼和这样的水草……

话一说到这个份上，我知道任何建议都已枉然。每人的童年都有一些结，七缠八绕地凝在那里，不断地放射出引起我们快乐、怀念和其他种种复杂情感的蛛丝。

缸刷好了，金鱼们迁徙进这个以前不知做过何用途的新居，开始争先恐后地吃先生抛撒的鱼虫。先生特地正告我，喂鱼一只手。也就是说，此事就由他承包了。不得谁有时无刻地想起来，乱喂一气，那样金鱼很容易撑死的。它们自己没什么数，全靠人控制。先生叮咛。

既然剥夺了我的监护权，我也乐得清闲，每日按部就班地忙自己的事。一日，在电脑打字的间歇中，突然听到点点滴滴的破碎声。疑是水龙头没拧好，厨房卫生间一通寻找。不是。坐下工作，那声音重又浮现，锲而不舍，仿佛在嘲笑我的粗心。于是再站起身，细致搜索。那声音便奇迹般地消失了，以致我恐惧起自己是否患了老年幻听。

怪哉！当我安静时，那声音一定是存在的。当我行动时，那声音就受惊似的遁去。怎么会有这般的灵性呢？只有一个解释——那声音是有生命的物体发出的。想到此，吓一跳，好在很快释然。我想到了那七条金鱼。

待我悄然起身，走近缸边，果然看到金鱼们正在水面呼吸。圆圆的唇一半在水中，一半在气中，吞咽着，吹拂着，于是就有极细碎的气泡，翻滚着涌出，然后迅即迸裂，发出蚕丝扯断般光滑和柔润的碎裂声……

哦，原来是你们啊，陪伴着我的生灵！

从此，我写作的时候，就有了一种伙伴感。我知道近在咫尺的地方，有七条金鱼不倦地游动着。

金鱼的呼吸声很有趣，只有当你极宁静的时候，才听得到。如果你心浮气躁，它就奇异地潜藏了。刚开始我以为金鱼有什么特异功能，可以感知到我的心绪，当我忧郁的时候，它们也郁郁寡欢。但我很快发现，当我欢愉的时候，也听不到金鱼的呼吸。为什么呢？难道金鱼会有意识地抑制自己的呼吸吗？

和金鱼做伴久了，我才知道，我家金鱼的呼吸，基本上是一个常数。除非极受惊扰会深潜水底，其余的时候，是不间断的，其频率可达每分钟 130 次。也就是说，假如碰巧七条金鱼都在水面呼吸，每分钟就会有将近 1000 次美妙的声音敲击我们的耳扉。

听不到，不是金鱼屏息，而是那一刻心绪不宁。只有心神归一，情感上万籁寂静，才有可能听到金鱼的呼吸。听到之后，就很奇怪，这样整齐而轰鸣的声音，片刻前怎么就置若罔闻了呢？

于是写得累了的时候，就听金鱼的呼吸。金鱼的呼吸好似一扇门，打开之后，接着听到了很多的声音。一只鸟在啼叫，汽笛的断续抽噎声，一个小小的婴儿在哭，一枚铁钉掉在马路上了……七条金鱼用它们的呼吸，吹拂开了捂住我双耳的黑手，让我听到了很多美妙的声音。

第三辑
开启自己的钥匙

我们说出的话，
无论声音多么嘹亮，
都是别的喉咙嘟囔过的。
我们发表的意见，无论多么周全，
都是别的手指圈画过的。
我们把世界万物保管得好好，
偏偏弄丢了开启自己的钥匙。

自身的敌人，需有正视和砍刈的勇气

改变一个人的外貌，也许几个小时就够了。

但改变一个人的精神，

绝不是化妆品和纺织品能够胜任的。

只有劳动和信仰，才能真正改变我们。

美容师的作品

一家很有名的制造商，产品从服装到化妆品到无数精美的饰品。

一天，商家召开盛大的产品推销会，其中最有趣的项目是——造就绅士。他们聘用的高级美容师，从城市最肮脏的角落，找到了一个身材高大的流浪汉，衣衫褴褛面容晦暗。美容师先给他拍了照片，存档以观后效。接着便用芬芳的洗液为他冲沐理发，用名牌剃须泡给他刮胡子，敷上一层又一层含有药物成分的润肤品、面霜和眼霜……打理清洁后，根据他的身高和肤色，选配了最适宜的衬衣、西装、领带，甚至还有一支很棒的手杖和一顶昂贵的帽子……

于是，众目睽睽之下，这个穷困潦倒颓败至极的莽汉，被商家的产品包装一新，成了仪表堂堂的绅士。在场的人叹为观止，公司的销售额飙升。

会后，某经理决定雇用这名容光焕发的绅士。约他第二天早晨报到，绅士点头答应了。但是，第二天早上，绅士没有来。经理决定耐心等下去，第三天第四天……绅士还是没来。经理就去流浪汉聚集的地方，终于找到了他。

绅士脸上长出了白而短的乱须，身上散发着恶浊的气味，西服、领带以及华美的帽子全不见了，或许被他换了酒喝。此刻他醉醺醺地躺在垃圾箱旁，只有那根手杖还枕在头下。

经理把他叫醒，说，美容师改变了你的外貌，但是他们没有改变你的内心。所以，你还是你啊。现在，你乐意跟我走吗?

流浪汉站起身，跟着经理走了。后来，他终于从里到外成了新人。

改变一个人的外貌，也许几个小时就够了。美容师没有错，但改变一个人的精神，绝不是化妆品和纺织品能够胜任的。只有劳动和信仰，才能真正改变我们。

变化的哀伤

变化无穷。从蛹到蝶，从蚕到蛾，从矿石到金属，从少年到成人。从一个地方到另一个地方，从一个行业到另一个行业。从目不识丁到学富五车，从一个人到两个人到三个人以至更多，从卑微到高尚到倾国倾城青史留名。从乡村到城市，从神州到世界……

变化是一个过程，其间充满危险。小时逮过知了的幼虫，就是民间俗称的“马猴”，黑褐板结的外壳，锋利的脚爪，佝偻着，苍老丑陋。傍晚，我把它扣在盆子里，清晨打开，看到一只晶莹剔透的蝉，绉纱般的羽翼正由鹅绿飘向清咖啡色，一旁抛着它僵硬的袈裟。我很想看到蝉从壳中钻出的一刹那，第二日，克制着困倦，以一个少年最大的忍耐，在半夜三点的时候，猛地打开了陶盆。蝉正艰难地蜕变着，挣扎着，背脊开裂，折叠的翅膀如同尚未发好的豆芽，湿淋淋地蜷曲着。我动了恻隐之心，用手指撕开蝉的外壳，帮助它快些娩出……之后我心满意足地睡觉去了。早上当我以为能看到一名不知疲倦的流行歌手时，迎接我的是枯萎的尸体。

变化是一个过程。哪怕它曾是我们久久的渴望，都携带着深深的哀伤。因为我们旧有的熟悉的一部分，在变化中无可挽回地丢失了，遗下点点血迹，如同我们亲手截断了自己的一臂。我们只有用留下的那只温热的手，执着渐渐冷却的手，为它送行。一个稚嫩的我们不熟悉的新肩膀，正艰难地植入我们的躯体。伤口在出血，磨合很苦涩，但生机勃勃的变化就在这寂静和摩擦中不可扼制地绽放了。

我们在变化中成长。如果你拒绝了变化，你就拒绝了新的美丽和新的机遇。变化使我们成熟，但它首先使我们痛苦。人生中最重要的变化，一定伴随着大的焦灼和忧虑，甚至可以说，如果没有蚀骨销魂的痛，变化就不够清醒和完整。

痛苦是变化装扮的鬼脸——一个无所不在的先锋。

抵制“但是”

但是——是我们常常用到的一个词。我们原来有一个领导，就因为太爱使唤这个词了，外号就叫“老但”。

“但是”的意思，主要是做连词，好像那把皮坎肩的碎皮子缀在一处的彩色丝线。多用在一句话的后半截，表示转折语气。

比方说：你这次的考试成绩不错，但是——不能骄傲自满。

比方说：这地方的风景挺优美的，但是——离城里太远了点儿。

比方说，这女孩身材相当好，但是皮肤太黑了些。

等等。

我不知道“但是”这个词，刚发明的时候，是不是对于在它的前半部和后半部的分量一视同仁？也就是说，它只是一个公平的纽带，并不偏着谁向着谁。可惜在长期的运用过程中，“但是”这个词，成了类似音乐简谱中“符点”的标记，把后面半拍的节奏，挪到前面去了。当人们看到这个词的时候，无论在“但是”的前面，堆积了多少美好的说明，都像碰上盐酸的污垢，冒了些泡沫，就没了踪影。人们记住的总是“但是”后面的转折，如同好不容易爬上高坡，还没来得及喘口匀气，“但是”这个陡峭的下坡，不由分说把你掳住，一下就滑到了谷底。

于是，“但是”就几乎成了贬义的先兆。只要一出现，气氛就大变。它成了把人心捆成炸药包的细麻绳，成了马上有冷水泼面的前奏曲。“但是”让你打了个激灵，立马把“但是”前面的温暖忘了，只有抖擞起精神，准备迎击扑面而来的顿挫。

“但是”便在这种频频警戒的气氛中，削减了平凡的联结之意，增添了沮丧的灰色意味。

其实，所有的光明都有暗影，“但是”的本意不过是强调事情还有另一方面。可惜日积月累的负面暗示，使得“但是”这个预报一出现，就抹去了喜色，忽略了成绩，轻慢了进步，贬斥了攀升。

一位心理学专家讲学时说，她主张大家从此不用“但是”，而改用“同时”。

比如我们形容天气的时候，早先是这样说：今天的太阳很好，但是风很大。

今后可以改成：今天的太阳很好，同时风很大。

当你最初看这两句话的时候，好像没有多大的分别。你不要急，轻声地多念几遍，那分量和语气的差异，就体味出来了。

但是风很大——会把人的情绪向糟糕那一面倾斜，注意力凝固在不利的因素上。觉着太阳好是件不值得太高兴的事情，风大才是关键。借助了“但是”的威力，风就把阳光打败。

同时风很大——它更中性和客观，好似一个导游小姐，在指点我们注意了某一种情形之后，又把她手中的金属棒，向另一个方向示去。前言余音袅袅，后语也言之凿凿。不偏不倚，公允而平整。它使我们的心神安定，目光精准，两侧都观察得到，头脑中自有定夺。

一词之差，它的背后，是怎样看待世界和自身。

我们绝不文过饰非，也不夸大其词。好比是花和虫子，一并存在。我们的眼光降落在哪里？

降落在花丛中？降落在虫背上？

“但是”，是一副偏光镜，把我们的目光聚焦在虫子上。花园里花朵很美丽，“但是”把虫子的影子放大。

“同时”，是一个透明的水晶球，把我们均衡地分散在两方面。花园里花朵很美丽，“同时”，它也提示尚有虫子。

“但是”和“同时”，谁更持重和完整，更有利于我们对客观事物的评介和对主观判断的把持，想必会有公论。

如此讨论，仿佛和一个简单的连词过不去，有悖恕道。不过，这不单是如何连接上下两句话的问题，在词的背后隐伏着思维方式。

当我尝试着用“同时”代替“但是”以后，一天两天，似也看不出多大的变化。可时间长了，我发现自己比较地多了勇气，因为我的精神得到了补给和呵护。我发现自己比较地对人友善，因为我更明确地发现了他人的长处和优异。我发现自己较为敏捷地从跌倒的地上爬起，因为我看到了沟坎也看到了辙印。我发现自己多了宽容和慈悲，因为我每当意识到不足的时刻，都同时给自己鼓励。

拒绝分裂

分裂是个可怕的词。一个国家分裂了，那就是战争。一个家庭分裂了，那就是离异。一个民族分裂了，那就是苦难。整体和局部分裂了，那就是残缺。原野分裂了，那就是地震。天空分裂了，那就是黑洞。目光分裂了，那是斜眼。思想和嘴巴分裂了，那是心口不一。人的性格分裂了，那就是精神病，俗称“疯子”。

早年我读医科的时候，见过某些精神病人发作时的惨烈景象，觉得“精神分裂症”这个词欠缺味道，还不够淋漓尽致入木三分。随着年龄的增长和阅历的丰富，这才知道“分裂”的厉害。

分裂在医学上有它特殊的定义，这里姑且不论。用通俗点儿的话说，就是在我们的心灵和身体里，存在着两个司令部。一个命令往东，另一个指示往西或是往南，也可能往北。如同十字路口有多组红绿灯在发号施令，诸车横冲直撞，大危机就随之出现了。

分裂耗竭我们的心理能量，使我们衰弱和混乱。有个小伙子，人很聪明敏感，表面上也很随和，从来不同别人发火。他个儿矮人黑，大家就给他起外号，雅的叫“白矮星”，简称“小白”。俗的叫“碌碡”，简称“老六”。由于他矮，很多同学见到他，就会不由自主地胡噜一下他的头发，叫一声“六儿”或是“小白”，他不恼，一概应承着，附送谦和的微笑，因而人缘很好。终于，有个外校的美丽女生，在一次校际联欢时，问过他的名字后，好奇地说，你并不姓白，大家为什么称你“小白”？这一次，他面部抽搐，再也无法微笑了。女生又问他是不是在家排行第六？他什么也没说，猛转身离开了人声鼎沸的会场。第二天早上，在校园的一角发现了他的尸体。人们非常震惊，百思不得其解，有人以为是谋杀。在他留下的日记里，诉说着被人嘲弄的苦闷，他写道：为什么别人的快乐要建立在我的痛苦之上？每当别人胡噜我头顶的时候，我都恨不得把他的爪子剁下来。可是，我不能，那是犯罪。要逃脱这耻辱的一幕，我只有到另一个世界去了……

大家后悔啊！曾经摸过他头顶的同学，把手指攥得出血，当初以为是亲昵的小动作，不想却在同学的心里刻下如此深重的创伤，直到绞杀了他的生命。悔恨之余，大家也非常诧异他从来没有公开表示过自己的愤怒。哪怕是只有一次，很多人也会尊重他的感受，收回自己的轻率和随意。

这个同学表面上的豁达，内心的悲苦，就是一个典型的分裂状态。如果你不喜欢这类玩笑和戏耍，完全可以正面表达你的感受。我相信，绝大多数的人会郑重对待，改变做法。当然，可能部分人会恶作剧地坚持，但你如果强烈反抗，相信他们也要有所收敛。那些忍辱负重的微笑，如同错误的路标，让同学百无禁忌，终致酿成惨剧。

如果你愤怒，你就呐喊。如果你哀伤，你就哭泣。如果你热爱，你就表达。如果你喜欢，你就追求。

如果你愤怒，却佯作宽容，那不但是分裂，而且是混淆原则。如果你哀伤，却佯作欢颜，那不但是分裂，而且是对自己的污损。

如果你热爱，却反倒逃避，那不但是分裂，而且是丧失勇气。如果你喜欢，却装出厌烦，那不但是分裂，而且是懦弱和愚蠢……

所有的分裂都是要付出代价的。轻的是那稍纵即逝的机遇，一去不复返。重的就像刚才说到的那位朋友，押上了宝贵的生命。最漫长而隐蔽的损害，也许是你一生郁郁寡欢沉闷萧索，每一天都在迷惘中度过，却始终不知道这是为什么。

一位女生，与我谈起她的初恋。其实恋爱是一个古老的话题，地球上曾经生活过的几百亿人都曾遭逢。但每一个年轻人，都以为自己的挫败独一无二。女生说她来自小地方，为了表示自己的先锋和前卫，在男友的一再强求下，和他同居了。后来，男友有了新欢抛弃了她。极端的忧虑和愤恨之下，女生预备从化工商店买一瓶硫酸。

你要干什么？我说。

他取走了我最珍贵的东西，我要把他的脸变成蜂窝。该女生网满红丝的眼中，有一种母豹的绝望。

我说，最珍贵的东西，怎么就弄丢了？

女生语塞了，说，我本不愿给的，怕他说我古板不开放，就……

我说，既然你要做一个先锋女性，据我所知，这样的女性对无爱的男友，通常并不选择毁容。

女生说，可我忍不了。

我说，这就是你矛盾的地方了。你既然无比珍爱某样东西，就要千万守好，深挖洞，广积粮，藏之深山。不要被花言巧语迷惑，假手他人保管。你骨子里是个传统的女孩，你需尊重自己的选择。如果真要找悲剧的源头，我觉得你和男友在价值观上有所不同。你在同居的时候崇尚“解放”，蔑视传统的规则。你在被遗弃的时候，又祭起了古老的道德。我在这里不作价值评判，只想指出你的分裂状态。你要毁他容颜，为一个不爱你的人，去违犯法律伤及生命，这又进入一个可怕的分裂状态了。人们认为恋爱只和激情有关，其实它和我们每个人的历史相连。爱情并不神秘，每个人背负着自己的世界观走向另一个人。

世上也许没有绝对的对和错，但有协调和混乱之分，有统一和分裂的区别。放眼看去，在我们周围，有多少不和谐不统一的情形，在蚕食着我们的环境和心灵。

我们的身体，埋藏着无数灵敏的窃听器，在日夜倾听着心灵的对话。如果你生性真诚，却要言不由衷地说假话，天长日久，情绪就会蒙上铁锈般的灰尘。如果你不喜欢一项工作，却为了金钱和物质埋首其中，你的腰会酸，你的胃会痛，你会了无生活的乐趣，变成一架长着眼睛的机器。如果你热爱大自然，却被幽闭在汽油和水泥构筑的城堡中，你会渐渐惆怅枯萎，被榨干了活泼的汁液，压缩成个标本。如果你没有相濡以沫的情感，与伴侣漠然相对，还要在人前作举案齐眉的恩爱夫妻状，那你会失眠，会神经衰弱，会得癌症……

这就是分裂的罪行。当你用分裂掩盖了真相，呈现出泡沫的虚假繁荣之时，你的心在暗中哭泣。被挤压的愁绪像燃烧的灰烬，无声地蔓延火蛇。将来的某一个瞬间，嘭地燃放烈焰，野火四处舔食，烧穿千疮百孔的内心。

分裂是一种双重标准。有人以为我们的心很大，可以容得下千山万水。不错，当我们目标坚定人格统一的时候，的确是这样。但当我们为自己设下了相左的方向，那相互抵消的劲道就会撕扯我们的心，让它皱缩成团，局促逼仄窒息难耐。

人是很奇怪的动物。如果你处在分裂的状态，你又要掩饰它，你就不由自主地虚伪。我听一位年轻的白领小姐说，她的主管无论在学识还是人品上，都无法让她敬佩，可人在矮檐下，不得不低头。她怕主管发现了自己的腹诽，就格外地巴结讨好甚至谄媚，结果虽然如愿以偿加了薪，可她不快乐不开心。

我说，你可以只对她表示职务上工作上的服从和尊重，而不臧否她的人品。

白领小姐说，我怕她不喜欢我。

我说，那你喜欢她吗?

白领小姐很快回答，我永远不会喜欢她。

我说，其实，我们由于种种的原因，不喜欢某些人，是完全正常的事情。不喜欢并不等于不能合作。如果你和你所不喜欢的上司，只保持单纯而正常的工作关系，这就是统一。但要强求如沐春风亲密无间，这就是分裂，它必然带来情绪的困扰和行动的无所适从。其结果，估计你的主管也不是个愚蠢女人，她会察觉出你的口是心非。

白领小姐苦笑说，她已经这样背后评价我了。

分裂的实质常常是不能自我接纳。我们压抑自己的真实感受，以为它是不正当不光彩的，我们用一种外在的标准修正自己的心境和行为。这其实是一种自我欺骗，委屈了自己也不能坦然对人。

有人说，找工作时，我想到这个单位，又想到那个机构，拿不定主意。要是能把两个单位的优点都集中到一起，就比较容易选择了。

有人说，找对象时，我想选定这个人，又想到那个人也不错，要是能把两个人的长处都放在一个人身上，那就很容易下定决心了。

当我们举棋不定的时候，通常就是一种分裂状态。你想把现实的一部分像积木一样拆下来，和另一部分现实组装起来，成为一个虚拟的世界。

这是对真实一厢情愿的阉割。生活就是泥沙俱下，就是鲜花和荆棘并存。尊重生活的本来的面目，接受一个完整统一的真实世界，由此决定自己矢志不渝的目标，也许是应对分裂的法宝之一。

苦难之后

谈谈关于苦难的问题，你们可有兴趣？有人一定会捂着耳朵说，不听不听……说句心里话，我也怕谈这个难题，对我这也是一个大考验。咱们好像共同面对着一碗苦苦的药汤，要一口口慢慢地喝下去，有时还得咂着嘴回味一番，更是苦上加苦。可是中国有句古话，叫作“良药苦口利于病”，对于某些重要的命题，回避不是一个好法子。所以，咱们就一块皱着眉咬着牙，坚持讨论下去吧。

我之所以不称你们为“老朋友”，不是因为咱们相识的时间还短，是因为你们的年龄比较小。我原来总以为研究“苦难”这个大题目，要放在人比较成熟的时候——起码要到男孩下巴上长出软软胡须，女孩身姿婀娜之后。可是，生活根本就不理会我们的安排，它我行我素，肆无忌惮。可以顷刻之间，就把严酷的灾难，比如山崩地裂，比如天灾人祸，比如父母离异，比如病魔降身……莅临到无数人头上，毫不对儿童和少年稍存体恤之情。

这就证明了一个铁一般冷酷的事实——苦难的降临是不以人的善良意志为转移的。它就像空气一样，围绕着成人，也围绕着未成年人。对于注定要发生的风浪，单纯地依靠一厢情愿的堤坝，是无法躲避灾难的。更重要更有效的策略，是我们具备直面它的勇气，然后从容冷静坚定顽强地走过苦难，重建生活。

有一句说得很滥的话——“不要总是生活在童话中”。这话是什么意思呢？大概是说——童话虽然很美好，但现实生活中远不是那个样子。面对真实的生活的时候，我们要忘掉童话的气氛。

我不同意这种说法。其实在那些最优秀的童话里，是充满了苦难和对于苦难的抗争的。比如说“灰姑娘”吧。她小小的年纪，就失去了母亲，父亲也并不关爱她。（在那个经典的故事中，没有对灰姑娘爸爸的具体描写，我估计不是作者的疏忽，而是灰姑娘的老爸乏善可陈。从他找的第二任夫人的品行可看出，这老先生对人的洞察能力不佳。）在继母的冷漠和姐姐们的白眼下生活，没法读书，做着力所不及的杂役……嗨！简直就是未成年人被家庭虐待的典型。

比如“卖火柴的小女孩”，更是悲惨已极。没有吃的，没有喝的，在节日的夜晚，还要光着脚在风雪中售卖火柴，以至于饥寒交迫冻饿而死……真是惨绝人寰的景象。依我在西藏雪域生活多年的经验，作家笔下所描绘的小女孩临死前所看到的温暖光明的家庭图画，其实很有科学根据。濒临冻僵的人，神经麻痹之后会出现神秘的幻觉——平日的理想都虚无缥缈地浮现出来了。包括小女孩脸上的笑容，也有医学基础。严寒会使人的肌肉强烈痉挛，我当过多年的医生，所见过的被冻死的人，表情都好似在微笑……

再说“白雪公主”。亲妈早早仙逝，后母不容，因为嫉妒她的美丽，竟然雇了杀手要取她首级。好不容易死里逃生，被好心小矮人收留。为了报答恩人，她从高贵的公主摇身一变，成了打扫家务、烹炸菜肴的小时工，这个落差不可谓不大。就这样，她的厄运还远未终结，后母死死追杀，最后险些被毒苹果夺去红颜……

怎么样？以上所谈童话中的阴谋与死亡、贫困与灾难……其力度和惨烈，就是今人，也要为之垂泪吧？

我还可以举出许多。比如小人鱼变鳍为脚的痛楚，小红帽面对狼外婆的恐惧，孙悟空戴上紧箍的折磨和唐僧九九八十一难的艰辛……怎么样，我说得不错吧？童话并不遮盖苦难，它们比今天那些搞笑的故事，更多悲凉和灾难的警策。

也许是因为童话多半有一个光明的结尾，好人得到神灵相助，就使人们忽略了那些惨淡的忧郁，以为童话总是祥云笼罩，这实在是一个大误会。

小朋友和中朋友们，说句真心话，依我这些年跋山涉水走南闯北的经验，苦难就像感冒，几乎是不可避免的。如果谁告诉你们世界永远是阳光灿烂，请记住——他是一个骗子。

灾难埋伏在我们前进的拐弯处，不知何时会突袭我们。怕，是没什么用的。我们不能取消灾难，各位能够做到的就是面对灾难不屈服。

灾难会带给我们巨大的痛苦。亲人丧失、房屋倒塌、财产毁坏、学业中断、断臂失明、瘫痪失语、孤苦无依、诬陷迫害……这些词令人窒息，我都不忍心写下去了。但我深深知道，以上绝境还远远不是灾难的全部，在人生过程中，还有大大小小许许多多匪夷所思的艰涩，会不期而遇。

既然灾难不可避免，灾难之后，我们怎么办？我想答案一定是形形色色的。不过万变不离其宗，大致可以分成两大类。

一条路是——我们可以终日啼哭，用泪水使太平洋的海拔高度上升。我们可以一蹶不振徘徊在墓地，时时沉湎在对亲人的怀念和追悼中。我们可以怨天尤人，愤问苍穹的不公和大自然的残忍。我们可以从此心地晦暗，再也不会欢笑和宽容……

沿着这条路一直走下去，那结局是末日的黑色和冰冷。

还有一条路是——我们拭干眼泪，重新唤起生的勇气。掩埋了亲人之后，我们努力振奋新的精神，以告慰天上的目光。我们更珍惜生命的价值和意义，争取用自己的存在让这颗星球更美。我们对他人更多温情和宽厚，因为我们从患难中理解了友谊和支援……

沿着这条路走下去，那结局是火焰般的橘黄色，明媚温暖。

小朋友和中朋友们，这两条路可是南辕北辙的啊。灾难之后，何去何从，千万三思而后行！

灾难是一把双刃剑，可以把一个人从精神上杀死，也可以把他锻造得更加坚强。所以，选择非常重要。

如果说，何时我们遭遇灾难，是不受我们控制的，但灾难之后我们如何走过灾难，却是我们一定能掌握的。在灾难的废墟上，愿生命之树依然常青。

苍蝇向何处而飞

从小，我就知道自己是个笨手笨脚的女孩。最显著的证据就是我——打不到苍蝇。看那家伙蹲在墙上，傲慢地搓着手掌，翅膀悠闲地打着拍子，我咬牙切齿地用苍蝇拍笼罩它，屏气，心跳欲炸。长时间瞄准后猛然扑下，苍蝇却轻盈地飞走了，留下惆怅的我，欲哭无泪，悔恨自己竟被一只苍蝇打败。

甚至我第一次有意识说谎，也同苍蝇有关。每年夏天，少先队都要开展打苍蝇比赛，自报数字。面对着同学们几十上百的战果，我却只能报出寥寥几个，惭愧无比。想打杀更多苍蝇的心愿火烧火燎，但我遇到的苍蝇都狡猾无比，无论我瞄准多长时间，它必能抢在拍落之前起飞逃窜，且定可逃脱。绝望之中，我确信自己先天性手脚搭配失灵，不然为什么人人都能轻易做到之事，在我如此艰难？为了面子好看，我开始虚构消灭苍蝇的数字，幸亏我学习不错，又是大队长，信誉还凑合，以至没人怀疑。可说了假话，终是恐惧，为了心里安稳些，下次看到苍蝇，我就闭着眼睛把蝇拍砸下，然后并不看打到没有，扬长而去。这样报数时，压力轻些。

后来当兵，射击训练时，手抖得像得了老年震颤症，三点无论如何瞄不成一线。老兵宽慰地说这对新兵很正常，练练就好，没什么稀奇。但我羞惭不已，四处检讨自己笨。内心想的是提前制造舆论，为实弹射击吃鸭蛋埋下伏笔，让大伙先有个思想准备，觉得本人打不中靶子理所当然。虽然后来我的射击成绩是“优”，开展争特等神枪手运动时，还是知趣地逃之夭夭。我固执地认为，那次好成绩纯属偶然，先天缺陷无药可治。

实习军医时，外科主任说，我看你反应快，素质好，培养你成为外科一把刀如何？那时学员之间流传着：金外科，银内科，破铜烂铁妇儿科……女生能被外科权威挑中，是天大的福气。但我毫不迟疑地拒绝了，胡乱找了一个理由，说我晕血，不喜欢外科。其实内心真正的恐惧是——外科讲究心灵手巧，我是一个连苍蝇都打不死的人，怎么能成为出色的女外科医生呢？还是知难而退吧。

多少年来，凡是需要手眼配合的关头，我都自觉地退避三舍。哪怕是学气功和防身武术，心中热望，迫切报名，最后关头均以退出告吹。解嘲道，我很笨，肯定学不好，甭浪费老师时间吧。我尽量地躲避需要身体运动的技术，怕自己像打不到苍蝇一般，在众人面前丢丑。因为这种遮掩退避，在漫长的岁月里，我的手脚果真变得越来越笨了。

人到中年，突然在一篇科普文章中看到，通过超高速摄影，然后慢速回放，可以观察到苍蝇起飞的那一瞬，是猛然间向后飞翔。如果你想准确地命中苍蝇，就要瞄准它的后方……

没人知道，这行简单字迹，给我带来了多么大的震撼和心灵救赎。那一刻，几乎热泪盈眶。

我明白了，打飞苍蝇，不在动作笨拙，而是大脑无知。因为求胜心切，所以长时间地瞄准，惊动了苍蝇，失去了就地歼敌的良机。紧接着，在运动战中杀灭对方的意图，又因错误判断苍蝇是向前飞行，导致屡战屡败。

一个简明的道理，搞懂它，用去数十年。那只想象中的巨蝇，横亘在我人生旅途上，不止一次强烈地干扰了我的重大决策。我从未对人谈起过这只苍蝇，但我知道，它阴险地活跃在我的自我判断中，让我自卑，催我退缩，它使我自动放弃许多学习各种事物的成长机会，又成了我姑息自己推诿责任倚靠他人不肯努力的挡箭牌和遮羞布。

我剖析自己，思考良久。人们容易夸大自己的成绩和优点，沾沾自喜。这虽然不明智，起码尚好理解。但我们有时夸大自己的失误和缺陷，甚至以此为矛，振振有词，究竟是为什么？

我们习惯一事当前，先为自己布下巧妙逃遁的理由。我们善于发挥悲哀的想象力，制造可资逃避的借口。我们不断把一些后天的弱点，归结为遗传的天性，以洗脱自身应负的责任。我们没有勇气针对瑕疵自我解剖，便推诿于种种客观和大自然的不可抗拒之力。

这一切的核心是怯懦。自身的敌人，也需有正视和砍刈的英雄气概。

从那以后，我击打苍蝇几乎是百发百中了。但由于多年退避的惯性，我于需要用手操作的场合，还是十分笨拙。我知道，那只嗡嗡作响的巨蝇，并不甘心退出它寄居了数十年的巢穴。由于我以往的姑息养奸，它已尾大不掉。举起思想中的蝇拍，瞄准它，扣紧它的后方。无论它起飞还是降落，都力争消灭它，是我毕生的一件活儿了。

我是一个怎样的人

我是谁?

一个古老的问题。原始人在集体捕获了一只大动物分而食之、吃饱喝足之后，面对浩瀚星空无边宇宙，一定会怅然思索这个问题。现代文明的一个“好处”，就是把人禁锢在城市里，用水泥和人造灯火，把目光和星空、远山隔绝开来，把这个充满惆怅和苍凉的问题，藏到了冰箱的冷藏室和汽车的后备厢里。不到停了电储物腐败或轮胎爆了抛锚路边的时候，我们很难发觉它。这是现代人的进步，也是现代人的悲哀。我们得以躲在灯红酒绿的城堡中，躲避日日夜夜面对大自然时的渺小感，穿着菜卡的灵魂逃逸了拷问，得以浑浑噩噩混到终点，失去了反思和警醒的契机，猛然回首，时间的桑叶已被年龄的毛虫蛀空大半，却并没有蚕丝的光泽闪现。

我和同道们办了一个心理咨询中心。在宁静的春草绿色墙壁的咨询室里，接待过很多来访者。常有报社记者坐在米黄色的沙发上，好奇地问，你们平日就是在这里做咨询吗?我回答，是啊。记者接着问，能把发生的故事讲给我听听吗?我说，不行。心理咨询专业守则有很严格的规定，不可将来访者的任何信息泄漏出去。锲而不舍是记者的特性，他们会绕着圈子问，到这儿来的是男人多还是女人多？哪个年龄段的人最多啊？最小的是几岁就来咨询啊？最大年纪的人高寿多少啊……我理解他们的好奇心，但坚守无可奉告的原则。有一个问题是例外，那就是记者问道，人们谈论最多的问题是什么？是情感方面的，还是人际关系？再不就是事业发展方面的问题？

每到这时，我会非常肯定地回答，在这间咨询室里，心理咨询师和来访者们谈论最多的问题，是一个古老的哲学问题——人活着的意义是什么？

记者们通常会把眼睛瞪得溜圆，在他们以为会听到缠绵悱恻的情爱故事或是惊世骇俗的传奇经历的地方，却是如此坚硬冷峻的内核。

如果咨询室的米黄色沙发有知，它一定会做证，说这是千真万确的事实。日常生活中的种种烦恼，看似五花八门，根源往往是个非常基本的问题，就是，你如何看待自己？如何看待别人？如何看待世界？最简单的东西常常是最难的东西。

爱自己的能力，加上爱生命和爱他人的能力，并且完全接受人是不能永远存活于世的这一事实，这就是幸福的基础。然而，地图并不等于就是领土。你意识到了幸福的重要，和你能把握它，还有漫长的距离。

一个自尊的人，一个自信的人，一个有安全感的人，他在人际交往中是自然的、开放的、坦诚的、透明的。一个自卑、狭隘、封闭、懒惰、妒忌、多疑的人，你能想象他可以和别人友好相处、谈笑风生吗？他可以欣赏到大自然的美丽，并为了让这个世界更美丽而贡献出毕生的心血吗？

答案基本是否定的。

我是谁？这是一个充满了思辨的永恒话题。中国有句古话，叫作“人贵有自知之明”，这个“贵”字，不单是宝贵，而且是稀少，物以稀为贵嘛！睫在眼前最难见，人短于自知。

这个游戏就是针对你是如何看待自己而设计的。本来可以事先画好表格，方便使用。但我更想用大脑和手指的协调动作，来完成这张表格。

书写不仅仅是腕掌劳动，更是一个沉思的旅程。

你亲手画表，也许会和新鲜发现不期而遇。

请拿出一张白纸，把纸纵向均匀地折叠成四部分，形成比“川”字还多一竖的折痕。在纸最左侧那一列，写下“身高”两个字。

你一定大惑不解，说我做的是心灵游戏，和身高有什么关系？

别着急，请把以下各项一一写出。

身高，体重，相貌，性别，性格，出身阶层，文化程度，人际关系，职业，配偶，家庭，收入，爱好，住宅面积，理想抱负……

你看着这一堆五花八门的栏目，很有点儿摸不着头脑。严格讲起来，这些栏目可能不那么合乎逻辑，也不够全面，请大家原谅。最后一条之后，留了一个省略号，就是给出你自己补充的空间。

左侧写满之后，请在白纸的上方从左至右写上：

真实的我　理想的我　别人眼中的我。

好了，现在我们这张表的基本构架就出来了，剩下的事就是你按照刚才列出的条目填上答案。具体填法，有两种形式：

一种是竖填，也就是说，先一鼓作气地填出真实的自己的情况。比如你是一位男士，身高一米七二，体重六十五公斤，相貌中等，出身阶层是职员，文化程度是大专毕业……填完了第一竖栏，你的大致情况就勾勒出来了。

然后再填右边的那一栏，就是——“理想的我”，建议你也一气呵成。期冀自己怎样，就大大方方地写出来，不必担忧它是否可行。比如身高，你希望自己高大如 NBA 球星，不妨就写个一米九八，还觉不过瘾，填上两米二二也无妨。如果你期望窈窕如模特，也可以大胆设想身高一米七五，体重四十八公斤。至于相貌，可大笔一挥写上“刘德华”或“奥黛丽·赫本”。至于出身阶层，更可以写上“王室贵族”或是“亿万富翁”。总而言之，你曾怎样想过，就老老实实写出来。

不要嘲笑也不要批判自己，只要是真实的，就承认它有存在的合理性。

以下诸项，均照此办理，你的实际工作是个清洁工，但你期待自己有一天成为比尔·盖茨，可以，写上。你蜗居在大杂院，但你幻想住带泳池的花园别墅，没问题，写。你无权否定自己的想象。你的配偶貌不出众，但你期待娶世界小姐，也不必害羞。如果你的丈夫不过是小学教员，但你希望嫁给大学教授，也完全可以理解。

当你把这第二栏“理想的我”填完之后，就可以进入“别人眼中的我”这一部分了。这里的别人，指的是你在周围人群中的口碑。比如你知道自己内心经常忧郁而烦闷，但掩饰甚佳，周围的人都以为你快乐而开朗，请如实写下。这一栏，说简单也简单，因为像身高、体重这样的项目，别人眼中的你和实际的你，大概没有多少差别。但说复杂，也够难写的。不少人填到这一栏时，愁肠百结，一问，才知道，原来他并不知晓自己在他人眼中的印象。

还有一种是横填，可如下操作。以“收入”一项为例，先写上你的实际状况，比如“月薪两千元”，再移向右侧的那栏，即“理想的我”，你可以填上“月薪八千元”。至于“别人眼中的我”，也许因为你经常出手大方，仗义疏财，人家以为你的月薪起码五千元以上了。也许因为你要攒钱娶媳妇或做着轿车梦，省吃俭用，小气吝啬，别人还以为你收入只有一千块钱呢!

估计刚开始填的时候，很多人都心不在焉，觉得容易，填完之后，纵横一看，惊骇叹息的大有人在。第一个感受是诧异。原来，我们每个人对自己的评价和自己的理想之间，竟有那么大的差距。百分之九十五以上的人都嫌自己的个子不够高，太胖或太瘦，相貌不够俊秀，出身不是名门望族……

归根到底一句话——你已拥有的，你不喜欢。

世上有一些事情可以改变，也有一些事情不能选择。

如何看待我们的外表和家庭出身这部分“天赐”的内容，对心理健康有举足轻重的影响。

谁都希望自己国色天香，英武过人，天资聪颖，出类拔萃。谁都希望噙着银勺子出世，一帆风顺，坐享其成……可惜这不符合事物发展规律，是一厢情愿的白日梦。

对于不能改变的事物，捶胸顿足、怨天尤人也于事无补。要想保持心灵健康平和，重要的原则就是对那些我们所不能改变的事物安然接纳，这不是消极的宿命，而是积极的达观和智慧。当我们承认自己的不完美，也接纳自己的不完美，坦然面对自己的不完美时，我们也会对他人的多样性有了更多的包容和欣赏。千万不要小看了接纳自己外表不完美这件事，它是接纳万物的门票。

有一个女生，从上到下无可挑剔地完美，发如黑瀑，眼如秋水，肤如冰雪，气质高雅。但我统计谁为自己的相貌自卑的时候，她高高地举起了手。后来，私下我问她，能不能具体地告诉我，到底对自己相貌的哪一部分不满意？她悄悄说，我有一颗牙齿长得不好看。我说，哪一颗？我怎么看不见？她用手指拨开嘴，用更低的声音说，是左边上牙的第六颗。我哭笑不得说，要不是你告诉我，我就是在你对面凝望一百年，也不会看到这颗牙。她说，我知道一般人是看不到的，但我大笑的时候，会露出这颗牙。所以，我从小就不敢快乐地大笑，人家都以为是我孤傲，看不起人，哪知我心里的苦水。后来上了大学，我还是不敢笑，人家称我是“冰美人”，哪里是“冰”，骨子里还是因为这颗牙。后来找工作找爱人，都因为这颗牙，受到的影响太大了！

2003 年 12 月 24 日，时任中国外长的李肇星走进新华网“发展论坛”聊天室，在一百零五分钟的时间里，两万七千名网友共问了李外长两千个问题。其中有一位网友提问道：“如果别人说你的长相不敢恭维，你怎么想？”李外长答复：“我的母亲不会同意这种看法。她是山东农村的一位普通妇女，曾给八路军做过鞋，她对我的长相感到自豪。我在美国俄亥俄大学演讲的时候，三千名学生曾经起立给我鼓掌达三分钟，如果我的工作使外国人觉得我的祖国是美好的，就是我的幸福和荣耀。当地的美国教授对我说，看起来，你看重的是自己的祖国，对自己看得很轻。这正如美国有句谚语，天使能够飞翔，是因为把自己看得很轻。”

对于李外长的长相，也有人赞赏有加。网友说：“虽然有人不恭维你的外表，但在我们女网友看来，你是特别有男人魅力的，在外交场合让我们看到了中国男人的阳刚之美。”

李外长回复：“你的话令我受宠若惊。在工作中我很少注意到自己的外表。”

出身阶层，也是一个敏感的话题。今天的价值体系在金钱冲击之下，发生了很多裂变。不要说出身工农，甚至传统的知识分子阶层，也成了被怜悯和嘲讽的对象。不可否认，今天很难找出哪个阶层是普遍受到人们的敬仰和爱戴的，于是，几乎所有的人都对自己的出身抱有某种程度的不满，希望能有更好的背景。

对于我们的自我评价，出身是一个非常重要的因素，关乎我们如何看待自己的根。

出身王族，也可能身败名裂。出身乞丐，也可以名垂千古。没有钱上学读书，只要努力，也不乏成为声名赫赫的大发明家。低贱和卑微，也能成为不懈努力的燃料，最后爆发出熊熊的火光。高贵和显赫，也能铺就懒惰和放荡的温床。

类似的例子，大家都耳熟能详，我就不详尽地列出了。

纽约曼哈顿区的泰来神父，经常到医院里为垂危的病人主持临终忏悔。当大限逼近的时候，一个黑人流浪歌手这样说："我喜欢唱歌，音乐是我的生命。我的愿望是唱遍美国，作为一个黑人，我实现了自己的这个愿望，我愉快地度过了我的一生，用歌声养活了我的六个孩子。我的生命就要结束了，但我死而无憾。"

泰来神父很吃惊，他认识这位流浪艺人，知道他所有的家当，就是一把吉他。每到一处，就是把帽子放在地上，开始唱歌，听凭人们放下小钱。

泰来神父还想起他为一位大富翁所做过的临终忏悔。那位富翁说："我喜欢赛车，我从小研究它们，改进它们，经营它们。一辈子都没有离开过它们。这种爱好与工作难分、闲暇与兴趣相结合的工作，让我非常满意。我还从中赚取了大量的钱，我没有什么要忏悔的。"

穷人和富人，居然有异曲同工的临终感言。他们对待生活和幸福的看法，也如此相似。那种看不起普通劳动者的思维，其实是"金钱至上"的侵袭所致。

当你填完这张表，把它拿到光亮处细细看看，"理想的我"和"真实的我"，不相符合之处多吗？数一数到底有多少条？看看这些条款之中，有哪些是可以改变的？有哪些是不可更改的？对那些经过努力可以更改的，你将如何努力？改变的代价你能否承担？对那些不可改变的，今后你能否真正坦然接纳？还要特别分析分析，“真实的我”和“别人眼中的我”，有多大差距？

一位优雅的女士在做这个游戏的时候，突然失声痛哭。她说，别人眼中的我和真实的我，实在是太不相同了！我问，到底是哪一条呢？

她回答说：是健康。

我大惑不解。健康这个东西比较外在，基本上一目了然，就算有些差池，也不致引起如此大的震动。

她说，我外表看起来一如常人，我也竭力维持着这个假象。其实三年前我得了癌症，可是谁都不知道。今天我是在公开场合第一次承认自己得了病，你不知道这有多难！我把癌症看成是一种过错，让我无地自容。今天，我说出来了，我心里轻松了许多。我从此不用佯装快乐，我有权得到大家的照料和安慰……

我当实习医生时，第一次看到精神病人，也就是我们俗称的“疯子”，惊骇不止。当精神病发作时，平常温文尔雅、仪表堂堂的人，变得如此癫狂和不可理喻。我在恐惧中琢磨，人变得这样不可思议，这病一定有个异常恐怖的名字。不料，病名听起来相当平淡，就叫——精神分裂症，很有些举重若轻、意犹未尽的味道，老医生说，分裂是人间最凄惨的事件之一：

堤岸分裂了就是洪水，
旷野分裂了就是地震，
峰峦分裂了就是山崩，
国家分裂了就是战争，
民族分裂了就是苦难，

爱情分裂了就是离婚，

生死分裂了就是永诀，

…………

如果你填写的诸项，差距甚大，谨防分裂。心理能量是很奇怪的系统，它又强大又脆弱，极富弹性，又不堪一击。当它单纯、和谐之时，犹如激光纯净的光束，会凝聚成极大的力量。如果它散乱分裂、交叉矛盾，就会软弱酥脆、不堪一击。身体和潜能就像高超的密探，时刻倾听着心灵的对话。如果心理能量分散，如同指挥官得了疟疾，冷热无常，变化多端，令我们的身体和精神不知所措。短时间内还可勉力支撑，时间一长，压抑和变形就会让精神濒临崩溃的边缘。

如果别人眼中的你，和实际生活中的你，反差太大，你可要好好找找原因了。某学校里，一位非常幽默爽朗的同学突然死了，死因不明。看情形像是自杀，但无论是老师还是同学，都说这样一位同学是绝不会自杀的，说不定是谋杀。事件惊动了公安局，经过一番周密的调查，找到了这个男生藏起来的日记，才知道他因为个矮体胖，经常遭到大家调侃，非常难过和自卑。为了少被嘲笑，他学会了自嘲，经常是同学们还没有提到他的胖，他就抢先发话，拿自己的缺点调侃开涮，大家都以为他很想得开，也乐得打趣，他就成了大伙的开心果。他在日记里写道：我之所以把自己的伤疤揭开，就是乞求大家不要再拿我逗乐了。我自己都把自己贬成了这样，你们就不要说了！但是，大家还是不放过我，把快乐建筑在我的痛苦之上。看来要最终摆脱这痛苦，我只有结束自己的生命了……

同学们知道了真情，唏嘘不止，说他平时给大家的印象完全不是这样的，要知道他对过火的玩笑那样反感，如果他能正面表达愤怒，大家一定会有所收敛的。他伪装的快乐骗过了大家的眼睛，结果是付出了自己的性命。这可能是一个极端的例子，但在我们的生活中，我们违背自己的意志，只是为了一博别人的欢喜，这样的事情还少吗？为了他人的好印象，其实我们一直在委屈一个人，那就是我们自己。我喜欢一位美国诗人的诗句："你不要不停地变化，来取悦于我。我爱你，是爱你的本色。"

自己是无法真正被委屈的。那些被压抑和扭曲的能量，会以另外的畸形方式爆发出来。比如写字楼里温文尔雅的小姐会忽然雷霆震怒，文质彬彬的先生突然成了暴力的主角……如果你经常扭曲自己，让真实的自我躲藏起来，企图用假象蒙蔽你周围的人，那么，你伪装得越像，你付出的代价就越多。也许有人会说，我看过这样的人，并不像你说得那样惨，好像是一定要疯掉或是歇斯底里，他们也平安走完了自己的一生。即使真有这样的人，我也为他们深深惋惜。因为他们用自己的生命，竭力扮演了一个别人眼中的角色。他不曾明明白白理直气壮地做过一回自己。陀思妥耶夫斯基有一句话很恰切，他说："我爱过，我也受苦过，但尤其是，我能够很真实地说，我活过。"

我们常常说“真善美”。只要你用心想一想，就会发现有很精彩的道理在这三个字里面。是啊，世上的万物如果没有了一个“真”字，何谈“善美”！

无论多么残酷的现实，因为真实的品格，就让它具有了脚踏大地的资格。虚幻的我，无论多么奇幻美好，都是站不住脚的。

请不要用“理想的我”，来贬损“真实的我”。真实的我，也许不是十全十美，但却自有强大的魅力在其中。

让我们来看一封信。

亲爱的母亲，我抱歉来到了这个世界，不能带给你骄傲，只能带给你烦恼。但是，我却无力改善我自己，我真不知道怎么办才好！但是，母亲，我从混沌无知中来，在我未曾要求生命之前，我就这样糊里糊涂地存在了，今天这个“不够好”的“我”，是由先天后天的许多的因素，加上童年的点点滴滴堆积而成。我无法将这个“我”拆散，重新拼凑，变成一个完美的“我”。因而，我充满挫败感，充满对你的歉意，所以，让这个“不够好”的我，从此消失吧！

这封信里多次提到了“我”，几个不同的“我”。在“不够好的我”无法变成母亲喜爱的“完美的我”之时，她吞下了整瓶的安眠药。

这是一个十六岁少女的绝笔。她后来的名字叫琼瑶。

琼瑶念书时数学不好，一次只考了二十分，老师发出了“严加督导”的通知单，要求琼瑶带回家，让家长在上面盖章。琼瑶惶恐不安，回到家中，看到备受宠爱的小妹正在哭泣，原来是小妹的数学考了九十八分，没有得满分，心中懊恼，父母一左一右地正在劝慰她。熬到深夜，琼瑶拿出了自己的成绩单。母亲说，为什么你一点儿都不像你妹妹？！琼瑶冲出家门决定死。她写下了上面的遗书。写完之后，琼瑶找到母亲的安眠药，把药全吃了下去，七天以后，才苏醒过来。

这个悲凉的例子，也许能说明，如果没有办法把“真实的我”“理想的我”和“别人眼中的我”，高度统一起来，悲剧的幕布就从此拉开了。很多分裂的人可以活着，却像一个坏掉的西瓜，外表光滑地绿着，瓜瓤在切开的一瞬间甚至比正常的西瓜还要鲜艳。

只有当你凑近时，才能闻到腐坏的气味。

心理能力需要长久地修炼，所有的人生经历，都会有助于我们建立和谐统一、稳定淳厚的自我形象系统。那些负面的体验，就像砍下的蔷薇丛，如果你抓到的是刺，手会鲜血淋淋；如果你把花枝放入水中，在适当的护养之后，就会闻到芳香。

健康的自我形象，会导引我们走向自尊自信自爱的人生。那时你将发现，你的内心深处是多么的神奇和安全。我们就会多一些快乐、多一些勇敢、多一些聪慧、多一些轻装前进的勇气。你就会思索你的这个“真我”，和别的人比起来，最大的优势在哪里？真正的目标在哪里？你能不能把所有的资源都用到自己的优势上，朝向矢志不渝的目标奋进？！如果你还是愿意轻松一点儿，填写一张现成的表格，请开始吧。

未来和将来的区别

“未来”和“将来”，意思好像差不多。老祖宗是很讲究词语的，比如秀丽和漂亮，都是形容好看，但其中有细微却不容忽视的区别。秀丽更自然天成，漂亮则带有人工斧凿的痕迹。那么未来和将来的差异究竟在哪儿？坦率地讲，我成天和文字打交道，很长时间内搞不清。

原认为未来和将来的不同，主要在于时间距离的长短。比如常说“走向未来”，指比较遥远的时间段，无法改成“走向将来”。换后者也可勉强成文，终不伦不类。也就是说，“将来”似乎是比较贴近眼前的时间，“未来”的尺度则更宏大一些，有点儿像公里和海里的关系。

察觉失误源于听天气预报。播音员常说：“在未来二十四小时内……”

一昼夜并不遥远，但这句话不便改成“在将来二十四小时内”。看来单是距此时此刻的时间尺度，并不是这两个词的分水岭。

查词典。

将来——时间词。现在以后的时间。

未来——就要到来的。指时间。

如此解释，半斤八两，不了了之。似乎也不便埋怨撰写词典的人敷衍了事，这两个词，在日常使用上，像通用电脑的内存条，置换方便。比如说“未来是青年人的”，可以很利索地转化为“将来是年轻人的”，理解上无重大歧异。

那么，智慧的老祖宗，为什么还要分得这么细？

最近读一本学者的书，茅塞顿开。文中说，“未”字的古义是“滋味”。“未”字和“木”字很相像，比木多了一横。这一横可不是随便加的，有深意。它代表树叶，表示枝干繁茂。繁茂了和滋味有什么关系？此刻需要一点儿艺术想象力——叶子多了说明树木生长情形良好，结的果子就多，味道就好……叶子遮挡了光线，树下就显出朦胧昏昧的样子，表达一种不可知和不可测的神秘性。

哈！原来“未”的意思是——“朦胧的果实”。

至于“将来”的“将”字，居然有些热腾腾的血腥气藏在内里。指“手执利剑屠宰杀生”，所以最初多用于将军和厨师，后来渐渐衍生出“掌握”和“选择”的意思。

如果一定要概括“将”字形象，我愿意把它描绘成遮掩着某些利益的黑色斗篷。

学者说，“未来”是指在我们视野之外的明天，“将来”是指在我们掌握之中的明天。

它们都犀利地指向明天。“未来”是一颗雾蒙蒙的核桃，“将来”是一只隐蔽的魔柜。

某学生成绩优异，人们说，这孩子“将来”能上重点中学，“将来”能上大学。在这里，“将来”有一种探囊索物的笃定，运筹帷幄的安详。一个人发了财，只要经营得当，不犯法，他“将来”会成为富翁。当然意外也随伺左右，如果学生临场失常考试砸锅，商人徇私舞弊作奸犯科，人们会说，看！他把自己的“将来”给毁了。“将来”虽然是预计，在这里却几乎成了人人可以把握的既定事实。

“将来”所说的明天，实质上更多是一种惯性，是在基础上搭盖的二层楼，是箭已离弦，从铁弓到靶心的飞翔过程。于是就有了世故和因循的气息，成了可以预期红利的股票。

未来更富于冒险和挑战。它是昏暗中的不倦探索，是勇气和智慧的多次叠加，是期望战胜了恐惧后的欣喜，是漂浮着幻想泡沫的鸡尾酒。

当人们反复强调，“未来”不是梦的时候，内心确知“未来”有太多梦幻的成分。当人们允诺“未来”的寰球是和平世界时，面对的是眼前的硝烟和核弹。当人们说，“未来”要到星际旅行，等待人类的实际上是艰巨拼搏和献身。人们大胆地对“未来”做出的种种预测，其实只是孤独和勇敢地对着茫茫宇宙的悲壮自白。

将来很实惠，未来多虚幻。一个人在明天的早饭还没着落的时候，考虑的只能是将来。但两相比较，我还是更喜欢未来的含义。

将来当然重要。这条优质纱巾，把某些已露端倪的矛盾遮盖着，掩藏起短兵相接的锋芒，温暖地包裹鸡蛋，把它孵化，某个黎明，嘹亮的鸡啼把主人唤醒。一颗海椰被风暴冲到适宜生长的岸边，便会长成大树，需要的仅仅是时间。定时炸弹埋在土里，秒针无声走动，一个惊天动地的时刻渐渐迫近……“将来”不是无源之水无本之木，“将来”是春种秋收勤劳敬业的农夫。你播下的是龙种，收获的就不是跳蚤。

所以对待将来，如同守候性能可靠的生产线，按部就班是它的最大特征。输进原料，就准备照单接收产品。出了废品，切勿埋怨客观。必是某个环节出了故障，隐患早趴暗处了。如果得到嘉奖，也不必大喜过望。所有数据已经输入，就像火箭发射，飞上蓝天才是正理，凌空一炸就是大冷门了。

所以，将来的基调是冷静的古朴之色。循序渐进是经，成竹在胸是纬。所以让我们生出些许畏惧，些许忐忑，盖因时间的关系。好像正在显影的照片，虽然一切已经定型，毕竟最后一道工序尚未完成。在某些情形下，将来之手的可怕在于——它无法使事情变得比设想更好，但有足够的力量，把事情变糟。

我们永不能对将来掉以轻心。

但从人类的发展史来说，更重要的是面向未来。猿从树上降落到草地，直立行走，绝不仅仅是已知行为方式的延伸和把握，而是充满了想象力的空前变革。前景如何，无法预报。最初的人类，只是在若明若暗的曦光中走着，艰难困窘挺进远方。然而一个伟大的新世纪，就在这蹒跚的脚印中爆发。

将来是沉稳的，未来是炽烈的。将来是简明扼要的，未来是华美铺张的。将来是务实的，未来是缥缈的。将来是有条不紊的，未来是浮想联翩的。将来是殚精竭虑的，未来是高瞻远瞩的。将来是惨淡经营的，未来是举重若轻的。将来是可以揭秘一览无余的苫布，未来是永在夜空闪烁不可触及的星巢。

将来更多地属于个体。未来则是全人类远眺的家园。

现今的人们，常常为自己设计多种“将来”，将来变得越来越精确和细致。但一己的将来固然重要，整个人类的未来，更是现代人必须关注的方向。将来和未来结合在一起，就是飞翔的魔毯，把我们载往远方的树林，那里有朦胧的新的果实。

轰毁你心中的魔床

魔鬼有张床。它守候在路边，把每一个过路的人，揪到它的魔床上。魔床的尺寸是现成的，路人的身体比魔床长，它就把那人的头或是脚锯下来。那人的个子矮小，魔鬼就把路人的脖子和肚子像拉面一样抻长……只有极少的人天生符合魔床的尺寸，不长不短地躺在魔床上，其余的人总要被魔鬼折磨，身心俱残。

一个女生向我诉说：我被甩了，心中苦痛万分。他是我的学长，曾每天都捧着我的脸说，你是天下最可爱的女孩。可说不爱就不爱了，做得那么绝，一去不回头。我是很理性的女孩，当他说我是天下最可爱的女孩的时候，我知道我姿色平平，担不起这份美誉，但我知道那是出自他真心。那些话像火，我的耳朵还在风中发烫，人却大变了。我久久追在他后面，不是要赖着他，只是希望他拿出响当当硬邦邦的说法，给我一个交代，也给他自己一个交代。

由于这个变故，我不再相信自己，也不相信他人。我怀疑我的智商，一定是自己的判断力出了问题。如此至亲至密，说翻脸就翻脸，让我还能信谁？

女生叫箫凉，箫凉说到这里，眼泪把围巾的颜色一片片变深。

失恋的故事，我已听过成百上千，每一次，不敢丝毫等闲视之。我知道有殷红的血从她心中坠落。

我对箫凉说，这问题对你，已不单单是失恋，而是最基本的信念被动摇了，所以你沮丧、孤独、自卑，还有愤怒得莫名其妙……

箫凉说，对啊，他欠我太多的理由。

我说，人是追求理由的动物。其实，所有的理由都来自我们心底的魔床——那就是我们对一些问题的看法和观念。它潜移默化地时刻评价着我们的言行和世界万物。相符了，就皆大欢喜，以为正确合理。不相符，就郁郁寡欢怨天尤人。

这种魔床，有一个最通俗最简单的名字，就叫作“应该”。有的人心里摆得少些，有三个五个“应该”。有的人心里摆得多些，几十个上百个也说不准，如果能透视到他的内心，也许拥挤得像个卖床垫的家具城。

魔床上都刻着怎样的字呢?

箫凉的魔床上就写着“人应该是可爱的”。我知道很多女生特别喜欢这个“应该”。热恋中的情人，更是三句话不离“可爱”。这张魔床导致的直接后果，就是我们以为自己的存在价值，取决于他人的评价。如果别人觉得我们是可爱的，我们就欢欣鼓舞，如果什么人不爱我们了，就天地变色日月无光。很多失恋的青年，在这个问题上百思不得其解，苦苦搜索“给个理由”。如果没有理由，你不能不爱我。如果你说的理由不能说服我，那么就只有一个理由，就是我已不再可爱，一定是我有了什么过错……很多失恋的男女青年，不是被失恋本身，而是被他们自己心底的魔床，锯得七零八落。残缺的自尊心在魔床之上火烧火燎，好像街头的羊肉串。

要说这张魔床的生产日期，实在是年代久远，也许生命有多少年，它就相伴了多少年。最初着手制造这张魔床的人，也许正是我们的父母。当我们还是婴儿的时候，那样弱小，只能全然依赖亲人的抚育。如果父母不喜欢我们，不照料我们，在我们小小的心里，无法思索这复杂的变化，最简单的方式，我们就以为是自己的过错。必是我们不够可爱，才惹来了嫌弃和疏远。特别是大人们的口头禅："你怎么这么不乖？如果你再这样，我就不喜欢你了……"凡此种种，都会在我们幼小的心底，留下深深的印记。那张可怕的魔床蓝图，就这样一笔笔地勾画出来了。

有人会说，啊，原来这"应该如何如何"的责任不在我，而在我的父母。其实，床是谁造的，这问题固然重要，但还不是最重要的。心理学家弗洛伊德说过，一个孩子，就是在最慈爱的父母那里长大，他的内心也会留有很多创伤（大意。原谅我一时没有找到原文，但意思绝对不错）。我们长大之后，要搜索自己的内心，看看它藏有多少张这样的魔床，然后亲手将它轰毁。

一位男青年说，我很用功，我的成绩很好。可是我不善辞令，人多的场合，一说话就脸红。我用了很大的力量克服，奋勇竞选学生会的部长，结果惨遭败北。前景黑暗，这可不是个好兆头，看来我一生都会是失败者。于是，他变得落落寡合，自贬自怜，头发很长了也不梳理，邋遢着独来独往的，好似一个旧时的落魄文人。大家觉得他很怪，更少有人搭理他了。

他内心的魔床就是：我应该是全能的。我不单要学习好，而且样样都要好。我每次都应该成功，否则就一蹶不振。挫折被放在这张魔床上翻身反复比量，自己把自己裁剪得七零八落。一次的失败就成了永远的颓势，局部的不完美就泛滥成了整体的否定。

一个不美丽的大学女生每天顾影自怜。上课不敢坐在阶梯教室的前排，心想老师一定只愿看到"养眼"的女孩。有个男生向她表示好感，她想我不美丽，他一定不是真心。如果我投入感情，肯定会被他欺骗，当作话柄流传。于是，她斩钉截铁地拒绝了他，以为这是决断和明智。找工作的时候，她的简历写得很好，每每被约见面试，但每一次都铩羽而归。她以为是自己的服饰不够新潮化妆不够到位，省吃俭用买了高级白领套装外带昂贵的化妆品，可惜还是屡遭淘汰……她耷拉着脸，嘴边已经出现了在饱经沧桑的失意女子脸上才可看到的像小括弧般的竖形皱纹。

如果允许我们走进她枯燥的内心，我想那里一定摆着一张逼仄的小床。床上写着：女孩应该倾国倾城。应该有白皙的皮肤，应该有挺秀的身躯，应该有玲珑的曲线，应该有精妙绝伦的五官……如果没有，她就注定得不到幸福，所有的努力都会白搭，就算碰巧有一个好的开头，也不会有好的结尾。如果有男生追求长相不漂亮的女孩，一定是个陷阱，背后必有狼子野心，切切不可上当……

很容易推算，当一个人内心有了这样的暗示，她的面容是愁苦和畏惧的，她的举止是局促和紧张的，她的声音是怯懦和微弱的，她的眼神是低垂和飘忽的……她在情感和事业上成功的概率极低，到了手的幸福不敢接纳，尚未到手的机遇不敢追求，她的整个形象都散射着这样的信息——我不美丽，所以，我不配有好运气！

讲完了黯淡的故事，擦拭了委屈的泪水，我希望她能找到那张魔床，用通红的火把将它焚毁。

谁说不美丽的女子就没有幸福？谁说不美丽的女子就没有事业？谁说命运是个好色的登徒子？谁说天下的男子都是以貌取人的低能儿？

心中的魔床有大有小，有的甚至金光闪闪，颇有迷惑人的能量。我见过一家证券公司的老总，真是事业有成高大英俊，名牌大学洋文凭，还有志同道合的妻子，活泼聪颖的孩子……一句话，简直人所有的他都有，可他寝食无安，内心的忧郁焦虑非凡人所能想象，不知是什么灼烤着他的内心。

我总觉得这一切不长久。人无远虑，必有近忧。水至清则无鱼，谦受益满招损。我今天赚钱，日后可能赔钱。妻子可能背叛，孩子可能车祸。我也许会突患暴病，世界可能会地震火灾飓风，即使风调雨顺，也必会有人祸，比如“9·11”……我无法安心，恐惧追赶着我的脚后跟，惶恐将我包围。他眉头紧皱着说。

我说，你极度的不安全。你总在未雨绸缪，你总在防微杜渐。你觉得周围潜伏着很多危险，它们如同空气看不着摸不到但却无所不在无所不能。

他说，是啊。你说得不错。

我说，在你内心，可有一张魔床？

他说：什么魔床？我内心只有深不可测的恐惧。

我说，那张魔床上写着：人不应该有幸福。只应该有灾难。幸福是不真实的，只有灾难才是永恒。人不应该只生活在今天，明天和将来才是最重要的。

他连连说，正是这样。今天的一切都不足信，唯有对将来的忧患才是真实的。

我说，每个人都有过去、现在和将来。对我们来讲，无论过去发生过什么，都已逝去。无论你对将来有多少设想，都还没有发生。我们活在当下。

由于幼年的遭遇，他是个缺乏安全感的人。惊惧射杀了他对于幸福的感知和欣赏。只有销毁了那魔床，他才能晒到金色的夕阳，听到妻儿的欢歌笑语，才能从容镇定地面对风云，即使风雨真的袭来，也依然轻裘缓带玉树临风。

说穿了，魔床并不可怕，当它不由分说就宰割着你的意志和行为之时，面对残缺，我们只有悲楚绝望。但当我们撕去了魔床上的铭文，打碎了那些陈腐的“应该”，魔力就在一瞬间倒塌。随着魔床轰塌，代之以我们清新明朗的心态。

魔由心生。时时检点自己的心灵宝库，可以储藏勇气，可以储藏智慧，可以储藏经验和教训，可以储藏期望和安慰，只是不要储藏“应该”。

从伊甸园带走的礼物

亚当和夏娃从伊甸园离开的时候，带走了两样礼物。这是两样什么东西呢？我考过一些人。有人说，是树叶吧？夏娃既然已经穿在身上了，当然要带着走。有人说，是那个唆使他们吃了智慧树上的果子的坏蛋，为了报仇雪恨。要不然凡世间为什么会有各式各样的毒蛇？还有人说，一定是个苹果核。夏娃既然吃了果子，觉得香甜可口，肯定要把种子偷偷掖在身上……

正确的答案是：上帝震怒，要把亚当和夏娃赶出伊甸园。亚当俯视了一眼人寰，看到万千磨难险象环生，怕自己和夏娃凄苦煎熬，恳请上帝慈悲，送他们几种消灾免难的法宝。上帝想了一下，说，好吧，就送你们两样东西吧。一个是休息日，另一个是眼泪。于是，亚当和夏娃携带着上帝最后的礼物，从温暖美丽的伊甸园堕入水深火热的人间。

初次听到这个故事的时候，我还年轻。觉得上帝实在小气，休息是自己的，眼泪也是自己的，还用得着您老人家馈赠吗？完全可以自产自销。累了，就躺倒休息，伤心了，就放声哭泣，这有什么难的？如何能算礼物呢？太简陋寒酸了，不如送来更浓的芬芳和更脆甜的瓜果。

年岁渐长，又做了心理医生，从自己的苦恼和他人的困惑中，才悟出休息和眼泪真是无与伦比的宝贝。

休息是什么呢？是山高路远跋涉其间喝茶的闲暇，是无所事事坐看星辰秋风落叶的散淡，是百无聊赖的伸长懒腰和迷迷瞪瞪的困倦，是三五死党鸡零狗碎的游走和闲谝……这指的是懈怠的休息，还有一种更奋不顾身的休息。到高处攀登，到深海潜藏，从苍穹坠落，与猛兽同眠……求的是冷汗涔涔的刺激，收获的是惊世骇俗的风险，甚至搭上了性命也在所不辞。无论休息的外套怎样千变万化，有一个共性永存其中——那就是它真的什么也不创造，除了快乐。它什么都消耗，最主要的是时间和金钱。

再说说眼泪吧。人可以因为各种原因流眼泪，包括大喜过望和义愤填膺的时刻。眼泪几乎是除了大小便，我们能主动排泄的唯一体液了。不信你试试，如果不是火热的劳动和过度的紧张，你想命令自己出汗，并非易事。

眼泪是从最靠近我们大脑的双眼之穴涌流出来的，单单这一点，就让人充满了奇妙和敬畏。眼泪可以把我们恶劣的心境和强烈的情感，溶解在其中，将那些毒素排出，而将圣洁和宁静沉淀下来还给我们。泪水冲刷洗涤着昏暗的双眸，让它们恢复清洁和明亮。它是心灵火山爆发的岩浆，苦涩之水前赴后继地滴落，需要大量新鲜的血液涌入大脑。脉管偾张血流澎湃，就像黄河水漫灌了苦旱的平川地，于是万物复苏草木葱茏，思考的藤蔓随之萌芽延展。

现代人放弃休息鄙夷眼泪，他们以为这是不值一提的废物，如同办公室里被粉碎了的过期纸渣。将休息从自己的日程表中放逐，其实是一种慢性自杀。号称从来也不流一滴眼泪的硬汉子，说得悲惨点儿，就是被阉割了情感的怪物。

让我们在该休息的时候，休息。在该流泪的时候，哭泣。这不是上帝送给亚当和夏娃的礼物，而是你自己传给自己的生命秘籍。

无胆之人

好像在西藏当兵的时候，落下了有时肚痛的毛病。那是一种温柔的潜藏很深的朦胧痛，不剧烈，但地址固定，似乎还携着轻微的脉动。凭我那时的少许医学知识，心想，不会是一个寄生在脊柱上的血管瘤吧？真要那样，我可能在某一次开怀大笑的时候，腹压升高，血浆迸裂，突然倒地死去。我为这个问题遥望雪山，忧心如焚。不是因为怕死，是怕死了以后，将由别人收拾遗物，送还我万里之外的家人。被人检点生前思绪，是一件难堪的事。隐隐的疼痛好似一道符咒，迫使我做出一项重大决定，将厚厚几大本日记全部烧光，并发誓永不再写。当缺氧的空气里抖起蓝边金芯的火苗（撕碎的纸页泼上无水酒精，燃烧就像孔雀翎一般好看），我摆脱了对世间的牵挂，对那种反复发作的疼痛，也不再恐惧万分了。

以后的若干年里，疼痛像一条忠实的小狗，亦步亦趋追随左右。陪伴我上高山，下平原，从藏北到京城，宠辱不惊，休戚与共。它谨慎地把握着分寸，从不惹我真正生气。轻微发作时，只需我像老年人一般弯弯腰，缓解一下挺胸直背时的压力，它就悄然遁去，如刀尖划破水面，愈合后不留一丝痕迹。最顽劣的表现，也不过是逼得我短暂地闪进工作间的白色屏风里，对一同上班的其他医生说一句：我有点儿不舒服，躲里面检查床上趴一会儿啊……次数多了，大家道，你想休息，直说就是了，干吗像个不愿做功课的小孩，每次都撒一个肚子痛的谎话……我愤愤地回击她们说，没有一点儿人道主义精神，小心本所长康复以后给你们穿小鞋哇。

我行医二十余年，自身几次比较重大的疾患，都是处于膏肓状态，才被院外的专家确诊，在就职的卫生所里，非但自己绝无“小荷才露尖尖角”的蜻蜓眼力，周围的医生也是“久入鲍鱼之肆”的聋鼻子。至于每年的例行体检，邀的虽都是京城威名赫赫的医院，但没有一次发现过青萍之末的灾难。

面对每年都是“正常”的体检单，我认为疼痛是一幅精神的海市蜃楼。但那个不计名利的家伙，不理睬书面上对它的置若罔闻，以相当稳定的节奏骚扰我，兢兢业业风雨无阻。结果不但我自己，就是家里人也将它视为正常生活的一员，相濡以沫，和平共处。假如它有一段时间不来造访，我会说，噫，奇怪啊，肚子最近怎么不疼了呢？家人也会跟着不安，说，是啊是啊，好长时间不听你念叨了，不会有什么变化吧？我说，别着急，咱们这么惦记它，它会来的。

果然，随着我的年龄增长，它也像熟练的老仆，愈发殚精竭虑服务周到了。频率较前稠密，强度较前加深，盘旋的时间也大大地加长了……在别人看不到的地方，我开始用手握成拳，抵住胸腹，略解疼痛。但通常只要稍能忍受，我就很快松开拳头。记得好像身患肝癌的焦裕禄，就是用这种姿势，将竹椅的扶手顶出一个破洞，我觉得这止痛的方法不祥。还有一招，双手心周正地按在剑突下——就是人们常说的心口部位，缓缓下压，居然奇效。猜想那是人体血脉聚集之地，以痛治痛，类似武林高手点了某处大穴。不料先生有一次见了这种自我施治，惊道，莫非你也在学西施？我恼火说，就算西施首创了这个姿势，并没有取得专利权，凭什么两千年后，我们还模仿不得？

伴随症状也渐渐多了起来，好像老仆嫌自己孤单，特带了孙男娣女集团拜访。我开始恶心欲吐，肩胛如裂如剜。我问先生，晚饭吃的东西，会不会食物中毒？我怎这般难受？他不忍看我独受此苦，同仇敌忾地说，是啊是啊，我也深有不适。他的假话使我大释然，认定食物作祟，不再追究。

直到这时，疼痛还同我保持着最后的礼节，好像向苏联发动大举进攻，发动闪电战前的希特勒。我也努力绥靖着，维持着健康泡沫。

今年八月，我久已巴望的新疆之行，终于实施。雪山盆地，纵横驰骋。南疆北疆，大吃大喝。（我因不吃手抓羊肉，不喝葡萄酒，大吃的是水果，大喝的是酸马奶。）一路颠簸，身累心喜。某日夜半，自吐鲁番赶回乌鲁木齐，疼痛突然在吉普车上毫无征兆地凶猛发作，使我陡出一身冷汗。宾馆预备了热饭，一口也无法吃，匆匆吃药，辗转在床。唯一的希望噩梦醒来是早晨。

我至今对缠绕我多年的疼痛，充满最后的感激。它维护了我的面子，使我成功地完成了西域之行，全须全尾回到北京。试想若病倒边地，将给主人平添多少麻烦！所以说这位魔头，还是很有几分顾全大局的侠义心肠。

回到北京的第二天晚上，那蛰伏已久的疼痛，摇身一变化作狂犬，以凶猛十倍的残忍，发动了势如破竹的秋季攻势。开始的半小时，尚有张弛，焦裕禄或是西施止痛法，还稍事抵挡，可获片刻喘息。但很快形势逆转，疼痛撕下面具，暴躁起来，如长鞭驱赶大批毒蛇，从我体内的某一处出发，在腔内翻转腾挪。疼痛好似优异的体操运动员，精彩地练着它们的托马斯全旋。无数火红的信舌狂舔脏腑，烙铁般的疼痛如霞蔚蒸腾而起。

我惊骇莫名，不单被剧痛狠狠攫住，更被恐惧深深震慑。我从不知道人的一部分器官，能如此狂躁地与整体铁血为敌。腹中所有的管道，好似沾满苦水的毛巾，被魔手精致地拧成麻花。那一刻，我以为世界的末日就要来临。

先生看我以头抵墙，知道此次疼痛振幅巨大，已超出我的意志控制范围，忙说，咱们上医院吧。

我点点头，已无法言语作答。进医院，仅剩的力气，只够勉强维持最基本的体面，蹲在地上，咬紧嘴唇，堵塞呻吟不要出口成章。化验，体检。医生把冰冷的手指，搭在我的右肋中点，嘱大口呼吸，剧痛使我屏气并清醒，立时茅塞顿开，悟到了症结。血象飙升，表示存在剧烈炎症。当最终“胆囊炎”“胆结石”的诊断落在诊断书上时，我豁然大悟，颇有英雄相见恨晚之意。

喔，疼痛，我鞍前马后的朋友！原谅本人失礼，受你呵护多年，直至今日，在下才知你尊姓大名。我们唇齿相依，竟这么多年素不相识，你说是不是一个糊涂病僚呢？如果那人还是一个医生，是不是自我渎职？起码也是擅离职守吧。

解痉，止痛，消炎……医生很熟练地处理着，疼痛虽剧，我则心平气和多了。兵来将挡，水来土屯，敌情既明，剩下的事就是和它做斗争了。那病痛很是骁勇，固守阵地，并无见好就收的雅量，种种措施之后，仍挥之不去。于是医生开出了“杜冷丁”。

那是一张专为剧毒药品而用的红色处方。先生拎着它取药，喃喃对我说，你看，你前头写了《红处方》，眼下自己就得了一张。累坏了，真是报应啊。我有气无力说，你知道……我下一部要写的书……叫什么名吗？他摇头。我说，名叫“钻石”。

“B超”片证实，我胆囊里藏的货色，不是什么无价之宝，不过两块普通结石，就是俗称牛黄狗宝的那种玩意儿。

只是结石的体积令人惆怅。

如果更小些，可以比较容易地从胆管排出，如同小轿车通过宽敞的海底隧道。如果更大些，反正无法挤进瓶颈般的胆管，疼痛虽重，但无危险。你的这两块石头，恰好比胆管的直径大一些，很容易滑入胆道。由于它的表面像苍耳一般粗糙，会如鱼骨卡在那里，胆管阻塞，胆汁淤积，化脓，穿孔，胰腺炎，败血症……医生很自信地描述未来，好像那是他生产出的定时炸弹，派遣在我体内，质量过硬，如假包换。

我忙不迭地点头，对结石的威力和他的预见表示由衷钦佩。但是，怎么治疗呢？这才是我最关心的问题。

有很多种方法。比如中药，激光，内窥镜，还有气功……这些方法都需要很长时间，最简便的就是手术切除胆囊，一劳永逸。医生结束了指示。

我说，想一想。

其后的日子，不是用脑子想，是疼痛在替我想。杜冷丁只能暂时止痛，医生说避油可减少发作。我谨遵医嘱，像兔子大嚼生菜，灾民一样见不到任何荤腥，唇舌皆绿。然而胆中之石是聪明而有气节的家伙，并不因小恩小惠疏忽自己的职责，它一如既往地频繁发动袭击，绝不受招安。由于多在傍晚发作，我不愿打搅他人，总心怀侥幸地隐忍，结果是到了后半夜忍无可忍，只得牵了先生夜奔医院。几番下来，已经习惯了北京夤夜的凄清。若不是冷汗如油，真可好好欣赏原本拥挤现因空旷显出陌生的夜景。

医生说，总靠打针止痛，不是长久之计。

我说，我已决定手术。

医生就是那样一种人，当你没做出某种决定前，他积极地怂恿你。一旦你做出决断，他又再三让你斟酌。我说，我不反悔。其他的方法太费时间，这一病，我知道全身的零件已接近大修年限，我要珍惜时间了。

于是入院，做一切手术前的准备工作。每日穿着无款无形的病号服，小病大养，煞是得意。那结石似乎也懜医院的精良设备，发作渐稀，我便过上了难得的太平日子。终日除了检查，就是读书，优哉游哉。

但有一日的医嘱，让我忐忑不安。要在空腹状态下吃两个油汪汪的煎鸡蛋，以完成胆囊造影。我对医生说，吃了那东西，是一定要犯病的。我不敢以身试法。

医生说，怕什么？有医院呢。只要疼痛发作，马上就给你止痛。放心好了。

于是转悲为喜。心想好长时间没吃油炸鸡蛋了，此次开荤，可能具有一个时期的结束和另一个时期开始的重大意义。以后切了胆，吃油炸鸡蛋的可能性大大减少，那么这个鸡蛋，是本人生平最后的油炸鸡蛋也说不定。一定在医生保驾护航的关照下，细细品尝滋味 。

医院厨房送来的油炸鸡蛋灿若黄菊，引人食欲大开。宝贵的第一口吃下去，我大惊失色。完全不是想象中的滋味，舌头简直抵上了一块榉木地板。我问护士小姐，用于造影的鸡蛋是否来自特殊母鸡？或者说煎蛋用的是碘油？小姐笑说，蛋是普通的蛋，油也是普通的油。变化的是您的身体，它拒绝接受引起痛苦的食物。

呜呼，我佩服精密的机体，居然在理智已认为万无一失的情形下，坚持着本能的防备与抗拒。在一次次疼痛中，建立了雷达般的灵敏反射系统，最大限度地保护生命。

万事俱备的手术前夜，主刀医生来到病床前，问，你害怕吗？我说，不怕。也许他的经验是以往的病人口说不怕，心里还是怕的。他并不在意我的回答，依旧按照假定我是胆小鬼这样一个前提，开始谈话。

他向我解说了手术的大致步骤和风险，告知这种新方法，疤痕比较小，但如果不成功，就要同时启用古老方式，我将遭受双重痛苦。我问，这种双轨制的概率多少？他说，百分之一以下吧。

我很镇定地回答他，在福利彩券和历次摸奖中，即使中奖面高达百分之六十，我也是漏网之鱼。此番概率只有百分之一，外加“以下”，我相信自己没那么好的运气。如果赶上了，天意难违。

先生胆中无石，但似乎比我的病胆还弱。医生让他填写一张家属同意手术的单子，他连看三遍后，临阵脱逃。悄声对我说，那上面写得很可怕，肠粘连肠梗阻大出血什么的，并发症多了去了……咱们走吧。回家去吧。再试试别的办法吧。好吗？我推着他说，快去签字吧。我喜欢一刀了断。

手术的当天就像出嫁，你傻傻待着，别人忙得手舞足蹈。干部病房的护士，外科操作比较生疏，下胃管时，折腾半天，结果管子没下到胃里，我已涕泪滂沱。我说，小姐，商量一下，我自己来下胃管怎么样？护士大惊道，我还从来没见过哪个病人敢自己下胃管的，从鼻腔进去，非常难受的事，你下得了手吗？我说，试试吧。

我虽从医多年，但没给人下过胃管，好在只要狠心，途经自家的咽喉和食道，还是有把握的。再加上怕在护士手里受二茬罪的信念鼓舞着自己，惨淡经营，居然很顺利地把管子下到胃里，皆大欢喜。

终于躺在手术床上，无边的白色中，数数头顶的无影灯有十二盏，葵花般地普照着我，内心很是肃静。为这种镇定不好意思，马上就要开膛破肚，畏惧才是正理。当全身麻药进入体内时，意识如同风中之烛，摇曳几下，悄然而逝。脑海里最后遁去的想法是——如果这样在迷茫中远航，从此不再醒来，因为辛苦地活过，努力过，所以永远休息，未必就不幸福啊。

我一直以为手术过程是病的重头，好像一盒漫长磁带的主打歌曲。但当我在监护室吸着氧气醒来，一摸腹部的绷带，得知手术已经完成时，心中不免为少了惊心动魄的变化而稍感遗憾。好像跟踪许久的河流，你以为该出现瀑布的时候，结果是个水波不兴的小潭。

记得术前我问过医生，术后会不会很疼？医生没有正面回答，说，你既经受过反复发作的胆绞痛考验，这就不算什么了。

他说得不错，疼痛也是曾经沧海难为水。术后尽管有种种不便，但同我已经承载过的疼痛相比，不足挂齿。

不让见家人。也许这在保持环境无菌方面，有独到之处，但对病人的心境，实在说不上有利。护士说，你家里人来看过你了，我们说你很好，已从麻醉中醒来，他们就走了。给你留了一封信。

我把那封信拿过来，手轻飘飘，动作很慢，像太空人。只有一张纸，我以为那里面还不得写几句慰问的言辞，谁知全是这一两天的电话记录和来信摘要，简直像是办公室的留言簿。最主要的信息都是刊物约稿，使我全麻过后一片空白的大脑更加混沌。

几天后坐轮椅回到普通病房，除了行走时腹肌不便外，基本如常了。聊天时我说，记得一句以前的戏文，叫作“浑身是胆雄赳赳”。如今浑身没了胆，无所谓胆大胆小，从此便不知畏惧了。

先生说，那天我候在手术室外，突然听人喊：毕淑敏家属在吗？心中大惊，按时辰手术尚未结束，此时招呼家属，必是当中出了意外，战战兢兢地走过去。那人端出一个白盘，说，这就是摘除的胆囊。我看了一眼，心想，古话说，肝胆相照，我们真是患难与共了。

忧郁的洋葱

忧郁是一只近在咫尺的洋葱，散发着独特而辛辣的味道，剥开它紧密黏黏的鳞片时，我们会泪流满面。

一位为联合国工作的朋友告诉我，她到过战火中的难民营，抱起一个小小的孩子。她紧紧地搂着这幼小的身躯，亲吻她枯燥的脸颊。朋友是一位博爱的母亲，很喜爱儿童，温暖的怀抱曾揽过无数孩子，但这一次，她大大地惊骇了。那个婴孩软得像被火烤过的葱管，萎弱而空虚。完全不知道贴近抚育她的人，没有任何欢喜的回应，只是被动地僵直地向后反张着肢体，好似一块就要从墙上脱落的白瓷砖。

朋友很着急，找来难民营的负责人，询问这孩子是不是有病或是饥寒交迫，为什么表现得如此冷漠？那负责人回答说，因为有联合国的经费救助，孩子的吃和穿都没有问题，也没有病。她是一个孤儿，父母双亡。孩子缺少的是爱，从小到大，从没有人抱过她。因她不知“抱”为何物，所以不会反应。

朋友谈起这段往事，感慨地说，不知这孩子长大之后，将如何走过人生？

不知道。没有人回答。寂静。但有一点可以预见，她的性格中必定藏有深深的忧郁。

我们都认识忧郁。每一个人，在一生的某个时刻，都曾和忧郁狭路相逢。

自然界的风花雪月，人生的悲欢离合，从宋玉的悲秋之赋到绿肥红瘦的喟叹，从游子的枯藤老树昏鸦到弱女的耿耿秋灯凄凉，忧郁如同一只老狗，忠实而疲倦地追着人们的脚后跟，挥之不去。随着现代社会的发达，忧郁更成了传染的通病。“忧郁症”已经如同感冒病毒一般，在都市悄悄蔓延流行。

忧郁像雾，难以形容。它是一种情感的陷落，是一种低潮的感觉状态。它的症状虽多，灰色是统一的韵调。冷漠，丧失兴趣，缺乏胃口，退缩，嗜睡，无法集中注意力，对自己不满，缺乏自信……不敢爱，不敢说，不敢愤怒，不敢决策……每一片落叶都敲碎心房，每一声鸟鸣都溅起泪滴，每一束眼光都蕴满孤独，每一朵脚步都狐疑不定……

一个女大学生给我写信，说她就要被无尽的忧郁淹没了。因为自己是杀人凶手，那个被杀的人就是她的妈妈。她说自己从三岁起双手就沾满了母亲的鲜血，因为在那一天，妈妈为了给她买一串过生日的糖葫芦，横穿马路，倒在车轮下……

“为此，我怎能不忧郁？忧郁必将伴我一生！”信的结尾处如此写着，每一个字，都被水洇得像风中摇曳的蓝菊。

说来这女孩子的忧郁，还属于忧郁中比较谈得清的那种，因为源于客观的、重要人物的失落而引起，在某种程度上，是我们不得不面对的痛苦反应。更有那说不清道不明的忧郁，树蚕一样噬咬着我们的心，并用重重叠叠的愁丝，将我们裹得筋骨蜷缩。

忧郁这种负面情感的源头，是个体对于失落的反应。由于丧失，所以我们忧郁。由于无法失而复得，所以我们忧郁。由于从此成为永诀，所以我们忧郁。由于生命的一去不返，所以我们忧郁。

从这种意义上讲，忧郁几乎是人类这种渺小的动物，面对宇宙苍穹时，与生俱来的恐惧，所以我们无法从根本上消除忧郁。我相信凡有人类生存的日子，我们就要和忧郁为朋，虽然我们不喜欢，但我们必须学会与忧郁共舞。

正因为这种本质上的忧郁，所以我们才要在有限的生存岁月中，挑战忧郁，让我们自己生活得更自由，更欢愉，更勃勃生气。

失落引发忧郁。当我们分析忧郁的时候，首先面对的是失落。细细想来，失落似可分为不同性质的两大类。一是目前发生的真实与外在的失落，可以被我们确认并加以处理的。比如失去父母，失去朋友，失去恋人，失去工作，失去金钱，失去股票，失去名声，失去房产，失去自信等等，惨虽惨矣，好歹失在明处，有目共睹。

二是源自自我发展的早期便被剥夺，或严重的失望经验，导致内在的深刻失落感觉。这话说起来很拗口，其实就是失在暗地，失得糊涂，失得迷惘，失在生命入口端的混沌处。你确切无疑地丢失了，却不知遗落在哪一地驿站？

这可怕的第二种失落，常常是潜意识的，表明在我们的儿童期，有着不同程度的缺憾和损失。因为我们未曾得到醇厚的爱，或因这爱的偏颇，使我们的内心发展受阻。因为幼小，我们无法辨析周围复杂的社会，导致丧失了对他人的信任，并在这失望中开始攻击自己。如同联合国那位朋友所抱起的女婴，她已不知人间有爱，她已不会回报爱与关切。在这种凄楚中长大的孩子，常常自我谴责与轻贱，认为自己不可爱，无价值，难以形成完整高尚的尊严感。

过度的被保护和溺爱，也是一种失落。这种孩子失落的是独立与思考，他们只有满足的经验，却丧失了被要求负责的勇气，丧失了学会接受考验和失败的能力，丧失了容纳失望的胸怀。一句话，他们在百般呵护下，残障了自我的成长性和控制力的发展。他们的脑海深处永远藏着一个软骨的啼哭的婴孩，因为愤怒自己的无力，并把这种无能感储入内心，因而导致无以名状的忧郁。

人的一生，必须忍受种种失落。就算你早年未曾失父失母失学失恋，就算你一帆风顺平步青云，你也必得遭遇青春逝去韶华不再的岁月流淌，你也必得纳入体力下降记忆衰退的健康轨道，你也必有红颜易老退休离职的那一天，你也必得遵循生老病死新陈代谢的铁律。到了那一刻，你是否有足够的弹性，抵御忧郁？

还有一种更潜在的忧郁，是因为我们为自己立下了不可达到的高标准，产生了难以满足的沮丧感。这种源自认定自我罪恶的忧郁症状，是与外界无关的，全需我们自我省察，挣脱束缚。

忧郁的人往往是孤独的，因为他们的自卑与自怜。忧郁的人往往互相吸引，因为他们的气味相投。忧郁的人往往结为夫妻，多半不得善终，因为无法自救亦无力救人。忧郁的人往往易于崩溃，因为他们哀伤更因为他们羸弱绝望。

难民营的婴儿，不知你长大后，能否正视自己的童年？失却的不可复来，接受历史就是智慧。记忆中双手沾着血迹的女大学生，你把那串猩红的糖葫芦永远抛掉吧，你的每一道指纹都是洁白的，你无罪。母亲在天国向你微笑。

不要嘲笑忧郁，忧郁是一种面对失落的正常。不要否认我们的忧郁，忧郁会使我们成长。不要长久地被忧郁围困，忧郁会使我们萎缩。不要被忧郁吓倒，摆脱了忧郁的我们，会更加柔韧刚强。

你为什么而活着

我有过若干次讲演的经历，在北大和清华，在军营和监狱，在农村土坯搭建的课堂和美国最奢华的私立学校……面对从医学博士到纽约贫民窟的孩子等各色人群，我都会很直率地谈出对问题的想法。在我的记忆中，有一次经历非常难忘。

那是一所很有名望的大学，约过我好几次了，说学生们期待和我进行讨论。我一直推辞，我从骨子里不喜欢演说。每逢答应一桩这样的公差，就要莫名地紧张好几天。但学校方面很执着，在第N次邀请的时候说：该校的学生思想之活跃甚至超过了北大，会对演讲者提出极为尖锐的问题，常常让人下不了台，有时演讲者简直是灰溜溜地离开学校。

听他们这样一讲，我的好奇心就被激起来，我说：我愿意接受挑战。于是，我们就商定了一个日子。

那天，大学的礼堂挤得满满的，当我穿过密密的人群走向讲台的时候，心里涌起怪异的感觉，不知道今天将有怎样的场面出现。果然，从我一开始讲话，就不断地有条子递上来，不一会儿，就在手边积成了厚厚一堆，好像深秋时节被清洁工扫起的落叶。我一边讲，一边充满了猜测，不知道树叶中潜伏着怎样的思想炸弹。讲演告一段落，进入回答问题阶段，我迫不及待地打开堆积如山的纸条，一张张阅读。那一瞬，台下变得死寂，偌大的礼堂仿若空无一人。我看完了纸条说：有一些表扬我的话，我就不念了。除此之外，纸条上提得最多的问题是——人生有什么意义？请你务必说真话，因为我们已经听过太多言不由衷的假话了。

我念完这个纸条以后，台下响起了掌声。我说你们今天提出这个问题很好，我会讲真话。我在西藏阿里的雪山之上，面对着浩瀚的苍穹、壁立的冰川，如同一个茹毛饮血的原始人，反复地思索过这个问题。我相信，一个人在他年轻的时候，是会无数次地叩问自己——我的一生，到底要追索怎样的意义？

我想了无数个晚上和白天，终于得到了一个答案。今天，在这里，我将非常负责地对大家说，我思索的结果是：人生是没有任何意义的！

这句话说完，全场出现了短暂的寂静，如同无人的旷野。但是，紧接着就响起了暴风雨般的掌声。

那是我在讲演中获得的最激烈的掌声。在以前，我从来不相信有什么“暴风雨般的掌声”这种话，觉得那只是一个拙劣的比喻。但这一次，我相信了。我赶快用手做了一个“暂停”的手势，但掌声还是绵延了若干时间。

我说：大家先不要忙着给我鼓掌，我的话还没有说完。我说人生是没有意义的，这不错，但是——我们每一个人要为自己确立一个意义！

是的，关于人生的意义的讨论，充斥在我们的周围。很多说法，由于熟悉和重复，已让我们从熟视无睹滑到了厌烦。可是，这不是问题的真谛。真谛是，别人强加给你的意义，无论它多么正确，如果它不曾进入你的心理结构，它就永远是身外之物。比如我们从小就被家长灌输过人生意义的答案。在此后漫长的岁月里，谆谆告诫的老师和各种类型的教育，也都不断地向我们批发人生意义的补充版。但是，有多少人把这种外在的框架，当成了自己内在的标杆，并为之下定了奋斗终生的决心？

那一天结束讲演之后，听到有同学说：我觉得最大的收获是听到有一个活生生的中年人亲口说，人生是没有意义的，你要为之确立一个意义。

其实，不单是中国的青年人在目标这个问题上飘忽不定，就是在美国著名学府哈佛大学，也有很多人无法在青年时代就确立自己的目标。我看到一则材料，说某年哈佛的毕业生临出校门的时候，校方对他们做了一个有关人生目标的调查，结果是百分之二十七的人，完全没有目标；百分之六十的人目标模糊；百分之十的人有近期目标；只有百分之三的人有着清晰而长远的目标。

二十五年过去了，那百分之三的人不懈地朝着一个目标坚韧努力，成了社会的精英，而其余的人，成就要相差很多。

我之所以提到这个例子，是想说明在人生目标的确立上，无论中国还是外国的青年，都遭遇过相当程度的朦胧或是混沌状态。有人会说，是啊，那又怎么样？我可以一边慢慢成长，一边寻找自己的人生意义啊。我平日也碰到很多青年朋友，诉说他们的种种苦难。我在耐心地听完那些折磨他们的烦心事之后，把他们乞求帮助的目光撇在一旁，我会问，你的人生目标是什么呢？

他们通常会很吃惊，好像怀疑我是否听懂了他们的愁苦，甚至恼怒我为什么对具体的问题视而不见，而盘问他们如此不着边际的空话。更有甚者，以为我根本就没有心思听他们说话，自己胡乱找了个话题来搪塞。

我会迎着他们疑虑的目光，说：请回答我的这个问题，你为什么而活着呢？

年轻人一般会很懊恼地说：这个问题太大了，和我现在遇到的事没有一点儿关联。我会说，你错了。世上的万事万物都有关联。有人常常以为心理上的事只和单一的外界刺激有关，就事论事，其实心理和人生的大目标有着纲举目张的紧密接触。很多心理问题，实际上都是人生的大目标出现了混乱和偏移。

举个例子。一个小伙子找到我，说他为自己说话很快而苦恼。他交了一个女朋友，感情很好，但女孩子不喜欢他说话太快。一听他口若悬河滔滔不绝地说个没完，女孩就说自己快变成大头娃娃了。还说如果他不改掉这毛病，就不能把他引荐给自己的妈妈，因为老人家最烦的就是说话爱吐唾沫星子的人。

你说我怎么才能改掉说话太快的毛病？他殷切地看着我，闹得我都觉得如果不帮他这个忙，简直就成了毁掉他一生爱情和事业的凶手。

我说：你为什么要讲话那么快呢？

他说：如果慢了，我怕人家没有耐心听完我的话。您知道，现在的社会节奏那么快，你讲慢了，人家就跑了。

我说：如果按照你的这个观点发挥下去，社会节奏越来越快，你岂不是就得说绕口令了？你的准丈母娘就不是这样的人啊，她就喜欢说话速度慢一点儿并且注意礼仪的人啊。

他说：好吧，就算你说的这两种人都有，但我还是觉得说话快一些，比较占便宜，可以在单位时间内传达更多的信息。

我说：那你的关键就是期待别人能准确地接受你的信息。你以为只有快速发射信息才是唯一的途径。你对自己的观点并不自信。

他说：正是这样。我生怕别人不听我的，我就快快地说，多多地说。

当他这样说完之后，连自己也笑起来。我说：其实别人能否接受我们的观点，语速并不是最重要的。而且，你能告诉我，你为什么这样在意别人是否能接受你的观点?

这个说话很快的男孩突然语塞起来，忸怩着说：我把理想告诉你，你可不要笑话我。

我连连保证绝不泄密。他说：我的理想是当一个政治家。所有的政治家都很雄辩，你说对吧?

我说：这样咱们就接触到了问题的实质。要当一个政治家，第一要自信。他们的雄辩不是来自速度，而是来自信念。一个自信的人，不论说话快还是慢，他们对自我信念的坚守流露出来，会感染他人。我知道你有如此远大的理想，这很好。你要做的事，不是把话越说越快，而是积攒自己的力量，让自己的信念更加坚强。

那一天的谈话就到此为止。后来，这个男生告诉我：他讲话的速度慢了下来，也被批准见到了自己的准丈母娘，听说很受欢迎。

这边刚刚解决了一个说话快的问题，紧接着又来了位女硕士，说自己的心理问题是讲话太慢，周围的人都认为她有很深的城府，不敢和她交朋友，以为在她那些缓慢吐出的话语背后，隐藏着怎样的阴谋。

我试了很多方法，却无法让自己说话快起来，烦死了。她慢吞吞地对我这样说，语速的确有一种压抑人的迟缓，好像一句话的背后还隐藏着另一句话。

我看她急迫的神情，知道她非常焦虑。

我说：你讲每一句话是否都要经过慎重的考虑?

她说：是啊。如果不考虑，讲错了话，谁负得了这个责?

我说：你为什么特别怕讲错话?

女硕士说：因为我输不起。我家庭背景不好，家里有人犯了罪，周围的人都看不起我们；家里很穷，从小靠亲戚的施舍我才能坚持学业。我生怕一句话说差了，人家不高兴，就不给我学费了。所以，连问一句“你吃了吗？”这样中国人最常说的话，我也要三思而后行。我怕人家说，你连自己的饭都吃不饱，也配来问别人的吃饭问题。

听到这里，我说：我明白了。你觉得自己的每一句话都可能引致他人的误解，给自己造成不良影响。

女硕士连连说：对对，就是这样的。

我笑了，说：你这一句话说得并不慢啊。

她说：那我是相信您不会误会我。

我说：这就对了。你说话速度慢，不是一个技术性的问题，是你不能相信别人。你是否准备一辈子都不相信任何人？如果是这样的话，我断定你的讲话速度是不会改变的。如果你从此相信他人，讲话的速度自然会比较适宜，既不会太慢，也不会太快，而是能收放自如。

那个女生后来果然有了很大的改变，她的人际关系也有了进步。

今天我们从一个很大的目标谈起，结果要在一个很小的地方结束。我想说：一个人的心理是一座斗拱飞檐的宫殿，这座宫殿的基础就是我们对自己人生目标的规划和对世界对他人的基本看法。一些看起来是技术和表面的问题，其实内里都和我们的基本人生观有着千丝万缕的联系。心理问题切不可头痛医头脚痛医脚，那样如同创可贴，只能暂时封住小伤口，却无法从根本上让我们的精神强健起来。

每个人都有一些茧

茧破裂的时候，是痛苦的。

你会在这种变化当中，感受到生命充满爆发的张力，

你知道你活着痛着并且成长着。

无形容颜

除了蒙面匪，我们向人时都有一副容颜，或姣或陋，此乃上天与父母合谋的奉送。它像一件不是自主选定的商品，无处退换，不论满意与否，都得义无反顾地佩戴下去，还需忍受它的褪色与破旧，直至与身俱灭。虽说整形与美容术，可使某些乏善可陈的相貌，得到部分修理订正，但从根本上讲，我们的脸，都是造化随机奉送的礼物，绝非不喜欢就可轻易扒下，再换一张新品的卡通画片。

然而事情又有些怪异，按说千人千面，绝不雷同，但每逢分手之后，我追忆熟悉的朋友或新结识的诸色人等，他们的脸往往如淋了雨的泥娃娃，五官模糊成团。心屏上浮起的只是一汪暗影，好像柏油路上水渍洇开的油迹，朦胧浮动，难以界定。淡去的眉眼缩略简化成某种符号——亲切或是寒冷的感觉；温馨或是漠然的情致；和谐或是嘈杂的音调。或许干脆涌出一片颜色：柔润的夕阳红，华贵的荸荠紫，神秘的宇航灰或污浊的狗尾巴黄。更多的时候，一提到某个名字，与之相关的那张具体的脸，仿佛突然被巨型消字灵涂掉，代之一股情绪的云雾，或愉悦或厌倦，弥漫心头。

早先以为自己有残，脑里专管录像的那一部分遭了虫蛀，成了破包袱皮，再也包裹不住有关相貌的记忆。后来年事渐长，与人交流，才知天下有这等恍惚毛病的人颇不少。方明白人的脸，乃是一个变数。

眼光直接注视的时候，对方的眉目自然是清晰的。可惜心灵的感光，基本上是一次成像不保存底片，加上懒散，有形的面容一旦撤离视野，记忆就清理屏幕，大而化之地分门别类，一一归档。人的有形容貌，无法恒久烙下记忆，卷宗收留的只是提炼过的印象。

世上资产，分为有形和无形。无形资产的定义，我以为是指超出物质的实际价值，由于你卓越的努力，在人们心目中形成的信任——简而言之，它是你的名字进入他人耳鼓时，呼唤起的一种美好感情。

摈除其中的商业因素，对于人的容颜来说，或可借用这个概念。

脸后有脸。

上天赋予我们的——端正或歪斜的眉眼，粗糙或光滑的皮肤，颀长或愚笨的身材，完整或残缺的四肢……均是我们有形的容颜。每个人后天创造发展的性格品行能力，属于你的无形容颜。

无形脸有正负之分。一个人只有美丽的外表，却没有相应的内在质量，初次结识时秀丽外形所留下的愉悦印象，犹如沙上之塔，很快便会被残酷的现实潮水，冲刷得千疮百孔。无形容颜的毁灭，像一场精神天花，人际关系一旦被传染，犹如多米诺骨牌訇然倒塌。从此提起你的时候，人们会遗憾甚或恼怒地说，那个人啊，金玉其外，败絮其中。

无形脸不会衰老。只要我们浇灌慧根，磨砺意志，拓展胸臆，它便会从幼年开始，如同花树一般渐渐生长。直至轮廓分明，明眸皓齿，青丝不老，慈眉善目……岁月流逝，沧海桑田，但在欢喜你亲近你的眼光中，你所留下的形象始终如一，引起的感觉永恒温暖。

比如远行的双亲，纵是白发苍苍，在儿女们心中，依旧盛年音容，丰采卓然。

我们习惯以思为笔，在心灵之纸上勾勒众人容貌。它和古时衙门的“画影图形”不同，与真实的形象已无关联，只对真实的情感负责。无形容貌是想象和判断的产物，摒弃工笔，重在写意。它缥缈着，却比分毫不差的实照，具有更持久更猛烈的魅力。

无形脸可以美丽也可以丑陋，能怒火中烧也能垂头丧气，会神采奕奕也会惨淡无光。无形容颜的营造，也像一门古老的手艺，师傅领进门，修行在个人。如果你背信弃义，无形脸的画布上，就留下贼眉鼠眼的一笔。如果你阿谀奉承，画布上就面色萎黄。如果你恃强凌弱，画布上就口眼歪斜。如果你居心叵测，画布上就血盆大口。如果你聪慧机警，画布上就眉清目秀伶牙俐齿。如果你襟怀坦荡，画布上就有浩然正气流注天庭。

我们对有形的容颜可以心平气和，随遇而安。对无形的容颜却要惨淡经营，精益求精。有形的容颜可以有疵而不坠青云之志，无形的容颜不能肮脏受伤而无动于衷。

有形的脸可存不完美，无形的脸必得常修炼。

珍惜每个人的无形脸，它是品德签发的通行证。凭着优雅忠诚的无形容颜，我们可以在萍水相逢的一瞬，遭遇千金难买的信任，转危为安。我们可以在旋转的大千世界，找到志同道合的朋友，共赴天涯。

研究真诚

过了国庆，过了中秋节，心理学研究生班课堂，大家有一种久别重逢的亲切感，掺着节后的倦怠。

老师让大家谈谈过节的感受。冷了一会儿场，不知道大家是怎么想的，我的感觉是很突兀。我们习惯于默默无闻地过节，被人猛地一问，有些不知所措。

零星地有人举手，大概是怕老师尴尬吧。先回答的人，都说节无新意，有的简直可说在叹息——过节就是过节呗，和以往的节，没啥不同的……节很累，系上围裙炒菜，解了围裙洗衣，节是给别人过的。

老师微笑说，节是谁的？这话倒是很有点儿意思的，留待我们以后再详加讨论。我们还是说这个节日吧。我有些奇怪的是，大陆为什么中秋节不放假呢？[①] 在华人世界，这是一个仅次于春节的大节日啊！节日要过得风趣才有纪念。比如我认识的一家人，过节也不给小孩子买新衣服，也不吃好东西，这样的节日真是过不过的，没

① 原文发表于1999年。——编者

什么差别了。

大家就笑起来。

一笑，气氛就活跃些了，有同学小声说，过节我回家了，可是在家里待着，好像没有在同学们之间舒服。

这话引起了一些人心底的共鸣。因为在这个班级里，充满了温暖的气氛，但外面的世界依旧沿着蒙满灰尘的轨道盘旋。于是我们成了在两个世界间游走的贝壳，冷暖自知，难以言说。

今天的正课是研究真诚。这是一个古老的话题了，但近年来受到了大挑战，真诚成了愚蠢的代名词。

我个人很喜欢“真诚”这个词，喜欢它的光明和干净。

词是有自己的光芒和属性的，比如“猥琐”一词，你一看到它，就觉得自己身上发霉糊满蟑螂。“甜蜜”这个词，则让人好似被蜂王浆噎了一嗓子，甜得憋气。真诚有一种岩石般的纹理和坚定，不风化，不水土流失，不油腻，爽洁清晰，反射着钢蓝色的金属光泽。

焦点集中在——真诚是一种方式还是一种境界？真诚有没有层次的分别？

有同学问了老师一个极富挑战性的问题——您是很真诚的，但有没有人说过您虚伪？在当代大学生里，好像流行着一种说法，真诚是一种更狡猾的虚伪。

课堂内一时很寂静。我看到老师的眸子快速向右上方移动，知道她在郑重思考。片刻之后，老师说，没有，没有人说过我虚伪。起码是当面没有人这样说。至于背后是怎样说的，我不知道。它不在我的关心范围之内。

老师启发道，一个小孩子，对一个成人说，你身上真臭啊。然后又对别人说，那个阿姨身上有一种臭味。这事真不真呢？肯定是真的，但这是一种低级水平的真诚。真诚是有讲究的。

我举手，获准后发言。我说，我喜爱真诚。我的很多朋友，也这样评价我。很多人用他们自己的视角来看世界，以为凡是真诚的人，就无法完整幸福地生活，必然会被世俗的车轮，碾得千疮百孔。即使不粉碎，也遍体鳞伤。甚至顺水推舟，演变成因为你事业成功和家庭完整，又有良好的人际关系，所以你必然是虚伪的。

我以为，真诚是一种勇敢坦诚的生活态度，它是我们思想和行动的出发点和归宿。真诚不虚张声势狐假虎威。它似乎因清澈透明而软弱无力，但它其实是强韧而富有弹性的，使我们简洁明快，干爽清正。

真诚是一门艺术，有一个执行的秩序，这就是真善美。真诚可以分解为真实和坦诚，它本身是很有力量的，起码比虚伪有力量，不怕三头六面地对证盘查，经得起推敲和考验……

但仅仅有真实，是很不够的。真实的出发点可以是完全不考虑他人的感受，不看全局，不从长远出发，单纯的真实使用不当，会具有事与愿违的杀伤力。加上了“善”这个缰绳，真就升华了。不再是本真，而有了一种更全面更伟大的品格。至于美，我觉得是怎样更精彩地表达我们的真实。一种长袖善舞，一种大象无形……

教室内一时鸦雀无声。我从这种寂静中，感到声援和赞成。

老师总结道：真诚是有层次的，可以分成建设性的和破坏性的两种。愿每个人，从此都更多更丰富地向这个并不美好的世界，贡献我们建设性的真诚。

蚕是被自己的丝裹住的

蚕是被自己的丝裹住的，这是一个真理。每一个养过蚕的人和没有养过蚕的人，都知道这件事。蚕丝是一寸一寸吐出来的，在吐的时候，蚕昂着头，很快乐专注的样子。蚕并没有意识到，正是自己的努力劳动，才将自己的身体束缚得紧紧。直到被人一股脑儿丢进开水锅里，煮死，然后那些美丽的丝，成了没有生命的嫁衣。

这是蚕的悲剧。当我们说到悲剧的时候，不由自主地持了一种观望的态度。也许，是“剧”这个词，将我们引入歧途。以为他人是演员，而我们只是包厢里遥远的安全的看客。其实，作茧自缚的情况，绝不如想象的那样罕见，它们广泛地存在于我们周围，空气中到处都飘荡着纷飞的乱丝。

钱的丝飞舞着。很多人在选择以钱为生命指标的时候，看到的是钱所带来的便利和荣耀的光环。钱是单纯的，但攫取钱的手段却不是那样单纯。把一样物品作为自己奋斗的目标，它的危险，不在于这桩物品的本身，而在于你是怎样获取它并消费它。或许可以说，收入钱的能力还比较地容易掌握，支出它的能力则和人的综合素质有极大的关系。在这个意义上讲，有些人是不配享有大量的金钱的。

如同一个头脑不健全的人，如果碰巧有了很大的蛮力，那么无论是对于他本人还是对于他人，都不是一件幸事。在一个社会财富和个人财富飞速增长的时代，钱是温柔绚丽的，钱也是飘浮迷茫的，钱的乱丝令没有能力驾驭它的人窒息，直至被它绞杀。

爱的丝也如四月的柳絮一般飞舞着，迷乱着我们的眼，雪一般覆盖着视线。这句话严格说起来，是有语病的。真正的爱，不是诱惑，是温暖。只会使我们更勇敢和智慧，但的确有很多人被爱包围着，时有狂躁。那就是爱得没有节制了。没有节制的爱，如同没有节制的水和火一样，甚至包括氧气，同是灾难性的。

水火无情，大家都是知道的。但是谈到氧气，那是一种多么好的东西啊。围棋高手下棋的时候，吸氧之后，妙招迭出，让人疑心气袋之中是否藏有古今棋谱？记得我学习医科的时候，教授讲过这样一个故事。一名新护士值班，看到衰竭的病人呼吸十分困难，用目光无声地哀求她——请把氧气瓶的流量开得大些。出于对病人的悲悯，加上新护士特有的胆大，当然，还有时值夜半，医生已然休息。几种情形叠加在一起，于是她想，对病人有好处的事，想来医生也该同意的，就在不曾请示医生的情况下，私自把氧气流量表拧大。气体通过湿化瓶，汩汩地流出，病人顿感舒服，眼中满是感激的神色，护士就放心地离开了。那夜，不巧来了其他的重病人。当护士忙完之后，捋着一头的汗水再一次巡视病房的时候，发现那位衰竭的病人，已然死亡。究其原因，关键的杀手竟是——氧气中毒。高浓度的氧气抑制了病人的呼吸中枢，让他在安然的享受中丧失了自主呼吸的能力，悄无声息地逝去了……

很可怕，是不是？丧失节制，就是如此恐怖的魔杖。它令优美变成狰狞，使怜爱演为杀机。

谈到爱的缠裹带给我们的灾难，更是俯拾即是。放眼观察，会发现很多。多少人为爱所累，沉迷其中，深受其苦。在所有的蚕丝里面，我以为爱的丝，可能是最无形而又最柔韧的一种。挣脱它，也需要最高的能力和技巧。这当中的奥秘，需每一个人细细揣摩练习。

还有工作的丝，友情的丝，陋习的丝，嗜好的丝……或松或紧地包绕着我们，令我们在习惯的窠臼当中难以自拔。

逢到这种时候，我们常常表现得很无奈很无助，甚至还有一点点敝帚自珍的狡辩。常常可以听到有人说，我也知道自己的毛病，也不是不想改，可就是改不掉。我就是这样一个人了……当他说完这些话的时候，就好像对自己和对众人都有了一个交代，然后脸上就显出安坦无辜的样子，仿佛合上了牛皮纸封面的卷宗。

每当这种时候，我在悲哀的同时，也升起怒火。你明知你的茧，是你自己吐的丝凝成的，你挣扎在茧中，你想突围而出。你遇到了困难，这是一种必然。但你却为自己找了种种的借口，你向你的丝退却了。你一面吃力地咬断包围你的丝，一面更汹涌地吐出你的丝，你是一个作茧自缚的高手，你比推石头的西西弗斯还惨。他的石头只是滚下又滚下，起码并没有变得更大更沉重。你的丝却在这种突围和分泌的交替中，汲取了你的气力，蚕食了你的信心，它令你变得越来越不喜爱自己，退缩着，在茧中藏得更深更严密更闭锁更干瘪了。

我们每个人都有一些茧。这些茧背负在我们的身上，吸取着我们的热量，让我们寒冷，令前进的速度受限。撕碎这茧，没有外力和机械可供支援，只有靠自己的心和爪。

茧破裂的时候，是痛苦的。茧是我们亲手营造的小世界。茧的空间虽是狭窄的，也是相对安全的。甚至一些不良的嗜好，当我们沉浸其中的时候，感受到的也是习惯成自然的熟络。打破了茧的蚕，被鲜冷的空气，闪亮的阳光，新锐的声音，陌生的场景……刺激着，扰动着，紧张的挑战接踵而来。这种时刻的不安，极易诱发退缩。但它是正常和难以避免的，是有益和富于建设性的。你会在这种变化当中，感受到生命充满爆发的张力，你知道你活着痛着并且成长着。

有很多人终身困顿在他们自己的茧里。这是他们自己的选择，当生命结束的时候，他们也许会恍然发觉，世界只是一个茧，而自己未曾真正地生活过。

忍受快乐

忍受快乐。

这个提法，好像有点儿不伦不类。快乐啊，好事嘛，干吗还要用忍受这个词？习惯里，忍受通常是和痛苦、饥寒交迫、水深火热联系在一起的。

忍受是什么呢？是一种咬紧嘴唇苦苦坚持的窘迫，是一种打碎牙齿和血吞下的痛楚，是一种巴望减弱祈祷消散的呻吟，是一种狭路相逢听天由命的无奈。

如果是忍受灾害，似乎顺理成章。忍受快乐，岂不大谬？天下会有这种人？人们惊愕着，以为这是恶意的玩笑和粗浅的误会。

环顾四周，其实不欢迎快乐的人比比皆是。不信，你睁大了眼睛，仔细观察一下当快乐不期而至的时候，大多数人们的惊慌失措吧。

最具特征的表现是：对快乐视而不见。在这些人的心底，始终有一股冷硬的声音在回响——你不配拥有……这是过眼烟云……好景终将飘逝……此刻是幻觉……人生绝非如此……啊！我太不习惯了，让这种情形快快过去吧……

我们姑且称这种心绪为——快乐焦虑症。

这奇怪的病症是怎样罹患的?

许多年前，我从雪域西藏回北京探家，在车轮上度过了二十天时光。最终到家，结束颠沛流离之后，很有几天的时间，我无法适应凝然不动的大地。当我的双脚结结实实地踩在土地上的时候，感觉怪诞和恐慌。我焦灼不安地认为，只有那种不断晃动和起伏的颠簸，才是正常的。

你看，经历就是这么轻易地塑造一个人的感受和经验。当我们与快乐隔绝太久，当我们在凄苦中沉溺太深的时候，我们往往在快乐面前一派茫然。这种陌生的感觉，本能地令我们拒绝和抵抗。当我们把病态看成了常态时，常态就成了洪水猛兽。

一些人，对快乐十分隔膜。他们习惯于打拼和搏斗，竟不识天真无邪的快乐为何物。他们对这种美好的感觉，是那样骇然和莫名其妙，他们祷告它快快过去吧，还是沉浸在争执的旋涡中，更为习惯和安然。

还有一些人，顽固地认为自己注定不会快乐。他们从幼年起，就习惯了悲哀和苦痛。他们不容快乐的现实来打扰自己，不能胜任快乐的重量和体积。他们更习惯了叹息和哀怨，甚至发展到只有在凄惨灰色的氛围里，才有变态的安全感。那实际上是一种深深的忧虑造成的麻痹和衰败，他们丧失了宁静地承接快乐的本能。

他们甚至执拗地蒙起双眼，当快乐降临的时候，不惜将快乐拒之门外。他们已经从快乐焦虑症发展到了快乐恐惧症。当快乐敲门的时候，他们会像寒战一般抖起来。当快乐失望地远去之后，他们重新坠入喑哑的泥潭中，熟悉地昏睡了。

常常有人振振有词地说，我不接受快乐，是因为我不想太顺利了。那样必有灾祸。

此为不善于享受快乐的经典论调之一。快乐就是快乐，它并不是灾祸的近亲，和灾祸有什么血缘的关系。快乐并不是和冲昏头脑、想入非非必然相连。灾祸的发生自有它的轨迹，和快乐分属不同的子目录。中国有句古话，叫作乐极生悲。我相信世上一定有这种偶合，在快乐之后，紧跟着就降临了灾难。但我要说，那并不是快乐引来的厄运，而是灾难发展到了浮出海面的阶段。灾难的力量在许多因素的孕育下，自身已然强大。越是在这种情形下，我们越是要珍惜快乐，因为它的珍贵和短暂。只有充分地享受快乐，我们才有战胜灾难的动力和勇气。

许多人缺乏忍受快乐的容量，怕自己因为享受了快乐，而触怒了什么神秘的力量，怕受到天谴，怕因为快乐而导致了自己的毁灭。

快乐本身是温暖和适意的，是欢畅和光亮的，是柔润和清澈的，同时也是激烈和富有冲击力的。

由于种种幼年和成年的遭遇，有人丢失了承接快乐的铜盘，双手掬起的只是泪水。这不是他们的过错，但是他们永久的悲哀。他们不敢享受快乐，他们只能忍受。当快乐来临的时候，他们手足无措，举止慌张。甚至以为一定是快乐敲错了门，应该到邻居家去串门的，不知怎么搞差了地址。快乐美丽的笑脸把他们吓坏了。他们在快乐面前，感到大不自在，赶紧背过身去。快乐就寂寞地遁去。

快乐是一种心灵自在安详的舞蹈，快乐是给人以爱自己也同时享有爱的欢愉的沐浴，快乐是身心的舒适和松弛，快乐是一种和谐和宁静。

当我们奔波颠簸跳荡狂躁得太久之后，我们无法忍受突然间的安稳和寂静。我们在无边无际的喧闹中，遗失了最初的感动，我们已忘怀大自然的包容和涵养。我们便不再快乐。

很多人不敢接受快乐的原因，是觉得自己不配快乐。这真是一个奇怪的逻辑。快乐是属于谁的呢？难道不是像我们的手指和眉毛一样，是属于我们自身的吗？为什么让快乐像一个无人认领的孤儿，在路口徘徊？

人是有权快乐的。甚至可以说，人就是为了享受心灵的快乐，才努力和奋斗，才与人交往和发展。如果这一切只是为了增加苦难，我们还有什么理由为此奋斗不息？

人是可以独自快乐的，因为人的感觉不相通。既然没有人能代替我们切肤之痛的苦恼，也就没有人能指责我们的独自快乐。不要以为快乐是自私的，当我们快乐的时候，我们就播种快乐的种子。我们把快乐传染给周围的人，我们善待周围的世界，这又怎么能说快乐是自私的呢？

当我们不接纳快乐的时候，我们实际上是不尊重自己，不相信自己，不给自己留下美好驰骋和精神升腾的空间。

快乐是一种无拘无束的展翅翱翔，快乐是一种淋漓尽致的挥洒泼墨，快乐是一种两情相依，快乐是一种生死无言。

对于快乐，如同对待一片丰美的草地，不要忍受，要享受。享受快乐，就是享受人生。如果快乐不享受，难道要我们享受苦难？即便苦难过后，给我们留下经验的贝壳，当苦难翻卷着白色的泡沫的时候，也是凶残和咆哮的。

快乐是我们人生得以有所附丽的红枫叶。快乐是羁绊生命之旅的坚韧缰绳。当快乐袭来的时候，让我们欢叫，让我们低吟，让我们用灵魂的相机摄下这些瞬间，让我们颔首微笑地分享它悠远的香气吧。

忍受快乐，是一种怯懦。享受快乐，是一种学习。

柔　　和

“柔和”这个词，细想起来挺有意思的。先说“和”字，由禾苗和口两部分组成，那含义大概就是有了生长着的禾苗，嘴里的食物就有了保障，人就该气定神闲，和和气气了。

这个规律，在农耕社会或许是颠扑不破的。那时只要人的温饱得到解决，其他的都好说。随着社会和科技的发达进步，人的较低层次需要得到满足之后，单是手中有粮，就无法抚平激荡的灵魂了。中国有句俗话，叫作“吃饱了撑的——没事找事”。可见胃充盈了之后，就有新的问题滋生，起码无法达致完全的心平气和。

再说“柔”这个字。通常想起它的时候，好像稀泥一摊，没什么筋骨的模样。但细琢磨，上半部是“矛”，下半部是“木”——一支木头削成的矛，看来还是蛮有力度和进攻性的。柔是褒义，比如柔韧、以柔克刚、刚柔相济、百炼钢化作绕指柔……都说明它和阳刚有着同样重要的美学和实践价值。

记得早年当医学生的时候，一天课上，先生问道，大家想想，用酒精消毒的时候，什么浓度为好？学生齐声回答，当然是越高越好啦！先生说，错了。太高浓度的酒精，会使细菌的外壁在极短的时间内凝固，形成一道屏障，后续的酒精就再也杀不进去了，细菌在壁垒后面依然活着。最有效的浓度，是把酒精的浓度调得柔和些，润物无声地渗透进去，效果才佳。

于是我第一次明白了，柔和有时比风暴更有力量。

柔和是一种品质与风格。它不是丧失原则，而是一种更高境界的坚守，一种不曾剑拔弩张，依旧扼守尊严的艺术。柔和是内在的原则和外在的弹性充满和谐的统一，柔和是虚怀若谷的谦逊和冷暖相宜的交流。

现代人在风驰电掣的忙碌中，是多么期望自己和他人的柔和啊。不信，你看看报上的征婚广告，净是征询性格柔和的伴侣。人们希望目光是柔和的，语调是柔和的，面庞的线条是柔和的，身体的张力是柔和的……

当我们轻轻念出“柔和”这个词的时候，你会觉得有一缕淡蓝色的温润，弥漫在唇舌之间。

有人追索柔和，以为那是速度和技巧的掌握。书刊上有不少教授柔和的小诀窍，比如怎样让嗓音柔和，手势柔和……我见过一个女孩子，为了使性情显出柔和，在手心用油笔写了大大的“慢”字，天天描一遍，掌总是蓝的。以致扬手时常吓人一跳，以为她练了邪门武功。并为自己规定每说一句话之前，在心中默数从 1 到 10……她除了让人感到木讷和喜怒无常外，与柔和不搭界。

一个人的心如若不柔和，所有对外在柔和形式的模仿和操练，都是沙上楼阁。

看看天空和海洋吧。当它们最美丽和博大，最安宁和清洁的时候，它们是柔和的。

只有成长了自己的心，才会在不经意之间，收获了柔和。

我们的声音柔和了，就更容易渗透到辽远的空间。我们的目光柔和了，就更轻灵地卷起心扉的窗纱。我们的面庞柔和了，就更流畅地传达温暖的诚意。我们的身体柔和了，就更准确地表明与人平等的信念。

柔和，是力量的内敛和高度自信的宁馨儿。愿你一定在某一个清晨，感觉出柔和像云雾一般悄然袭身。

十一块宝石婴孩的项圈

美国的老妇人，多半化着很浓的妆。在美国，是不可以打探女士的年龄的。当然，女权主义者在此规矩以外。我曾会见过美国女权主义的领袖弗里丹女士，见面寒暄之后，她出口的第一句话竟是——你们多大年纪了？

时下有一种看法，觉得不打听年纪是文明的举措，打听了，就是原始社会的陋习，是没教养和愚蠢的行为。也许我是当医生的出身，把年龄看成是光明正大的东西。君不见病历和处方笺上，都赫然列着年龄一项，万万不可疏漏过去的。年龄和一个人的关系太密切了，每个人都是年龄的产物。年龄像一把旋刀，削磨着我们的轮廓和意念，铸成了不同的框架，人生就在这样的框架中，演出着各自的剧目。每个年龄阶段遇到的问题，是不相同甚至是很不相同的。孩子产生着成长中的烦恼，他无论怎样激进与酷，也不会遇到自己再婚的事件。到了青年，就有了新的问题，比如恋爱交友，但他不会有老年性痴呆的烦恼。到了老年，就不会有青春期发育的问题，有的是眷恋和怀旧……这些问题，不谈年龄，如何能把症结的实质穿透？所以，当我对自己面前的谈话对象的年龄无法明确把握的时候，我对整个谈话的质量，就会生出一种不信任感。我觉得耻谈年龄，是一种不文明的陋习。它的地下室是建筑在对女人的歧视上，是男性文化中心的糟粕。好像一个女人的价值就在于她的年轻，说到底，年轻的代名词就是有生殖的能力。当一个女人的这种能力随着年龄的增长而渐趋衰退的时候，她就极大地贬值了。为了维持住这种虚假的繁荣，女性在年龄面前自己挤眉弄眼不算，还期待着全世界的人齐患白内障。

在老人院里，我依然无法知道他们的年龄，只好猜测。当过医生的人，眼光比较毒辣，我猜人年龄的本领相当高强。无论她化着怎样铺天盖地的妆，都能剥开那些芬芳的粉底，将她真实的年龄掐个八九不离十。有时，反问自己这样是否有些残忍了？那人拼命要掩盖的东西，我却要毫不留情面地剜出来，也许因了估计的误差，我估得会比她要藏的更深，岂不弄巧成拙？

我看到美国的老人基本是孤单的。他们没有和子女合住的习惯，风俗里没有这个东西，大家都觉得子女一旦长大，就理所应当地脱离了父母的羁绊，远走高飞了。在一个年轻的国家，在一个瞬息万变的时代，我相信这是一种单方面的利好，是一个有利于年轻人的约定俗成。也许我来自一个古老的国家，也许我是浸淫着另外一种文明生长的动物，我总是在那些老年人浓墨重彩的脸上，看到若隐若现的凄凉。

我在走访伊利诺斯州立大学时，会见了妇女研究中心的安诺森博士。她说，按照国家的劳工政策，照顾孩子是工作，照顾老人也是工作。但相比之下，美国是一个把孩子看得比老人更重要的国家。比如，按照“克林顿法案”，如果个人有需要，可以离职六个月，照顾老人或是孩子，你供职的部门要保留你的公职，但不付工资。在法案实施以后，有人请假照顾孩子，但没有人请假照顾老年人。在社会心理上，认为赡养老年人只是一种职责，而不是工作。其实，很多人都知道，照顾一个濒危的老年人，其工作量比照顾一个孩子要更多。而且，心理上承受的压力也更大。孩子是一天天地成长起来，你可以看到希望。老年人则是一天天地衰败下去，你不但要自己支撑得住，还要给他以支持。长久以来，照顾老年人，被看成是个人的责任，而不是社会的责任。这就使得老人的生存状态，很不稳定，它取决于后代的一种道德水平，而难以得到整个社会的监督和制约。举个简单的例子，如果学校要开家长会，做父母的都会欣然请假，老板也会准假，大家都认为这是理所应当的事。但是，如果一个人的父母在养老院里住着，养老院要开子女会，子女会同样做到如此吗？老年人的问题，说到底，也是年轻人的问题。如果一个社会无法让老年人得到保障，年轻人就会很没有安全感，因为人人必定都会老的。一个没有安全感的社会不是一个完美的社会。

这席话说得很好。这是一个人类面临的共同的问题。

我在一位乡下的老奶奶家里，看到她精心贴制的相片簿。她已八十七岁，簿子里，有她周岁时的照片。还有她曾祖父和曾祖母的照片。想想看，多么久远的家族史，相片中的人物穿着福尔摩斯式的服装，笑容意味深长。照相术是西方发明的，他们得天独厚。所以，我在中国的家庭里，从来没有看到过这样成体系的照片阵营。老人家把照片，按照人物和时间排列组合，从树根到树枝，每一根枝杈都交代得很清楚。于是我们在照片上认识了她所有的叔叔和姑姑还有姨姨们，以及他们的配偶，包括离婚和再婚的沧海桑田。当然，这棵大树的主干，是女主人自己。我记得她招呼我们来看她的影集时那神采飞扬的样子，好像一个清纯少女。她喊着，快来看啊，我那时像嘉宝一样迷人！

老人家还真不是吹牛，她年轻的时候，雍雅非凡。

古树小的时候，枝叶繁茂。嘉宝奶奶读书的照片、打篮球的照片、郊游的照片、旅游的照片……如春天的花瓣映入眼帘，让人目不暇接。以后是结婚生子，四处迁徙，岁月更迭，丈夫逝去……到了嘉宝奶奶晚年的时候，大树已被岁月蛀空。黄叶飘零，先前出现的诸多人物，一位位销声匿迹，大约已魂归天国。新生的绿叶们，童年照还是很密集的，但走出校门之后，身影就渐渐稀疏，戛然停止在结婚照的阶段，便了无下文。

我正要感叹，翻过一页，但事情又有了转机。出现了一大长溜婴儿的周年照片，个个如同天使，可爱之极。我问，这都是谁啊？

嘉宝奶奶的脸，如同涂了釉一般闪亮起来，她用圆而开裂的手指肚点着照片告诉我，这个是外孙，那个是孙子，这个是孙女，那个是外孙女……

我说，这些婴儿真好看，真好玩，真想抱抱他们。

嘉宝奶奶有些古怪地看了我一眼，咕噜着说，好玩？你可抱不动他们。他们如今都是成年人了，最小的也有二十多岁了。

我说，他们现在哪里呢？

嘉宝奶奶说，不知道。不知道他们的确切地址。他们的爸爸妈妈只是在他们出生以后，寄来这样的照片，以后就再也没有他们的消息了。可能，还好吧？我很想他们，可是我想，如果不是他们特地来找我，我就是在街上看到他们，也不会认出他们来的。

那一瞬，嘉宝奶奶脸上的釉彩剥脱了，遗下斑驳的水渍。

我想，老人家的要求并不高，她甚至不奢望那些孩子有机会来看望她，只是希望那些孩子能把自己的结婚照片给她寄来一张，让她孤寂而热爱怀旧和稍微有些虚荣的心，得到浅浅的满足。但是，那些幸福的孩子们，淡忘了这一点。

第二天早上，嘉宝奶奶浑浊的眼睛里充满自豪，她让我看她藏在汽车库的储备物资。无数的瓶瓶罐罐，装着她自制的番茄酱、草莓酱还有许多叫不出名来的饮料和食品，把车库填塞得像一家蹩脚的杂货店。我有这么多好吃的东西，就是病倒在家里，就是天下大雪，我也不害怕。

看着嘉宝奶奶心满意足的脸，我想起了一只老松鼠。秋风吹起的时候，忙着把松子松果搬进自己的树洞。嘉宝奶奶住在设备完善的老人院里，她有独立的别墅，每月只要付出五百美元，就会有专人帮助她打扫房间，收拾花园，代办一些杂事。如果她的身体状况不能允许再这样独居，就可以搬到老人院的健康中心去，在那里有专门人员为她服务。当然，相应的费用也就比较高了，每月两千美金。如果她的健康状况进一步恶化，就会进入病房，有医护人员二十四小时不间断地照料她。费用自然也就更高了。嘉宝奶奶的经济并不困难，所以，从技术层面来讲，她并不存在着在风雪交加的冬季，出现没有吃的被大雪围困的危急情况。她的那些储备，也许派不上多少实际的用处。但我能体会到嘉宝奶奶的心境。一个身边没有任何亲人的老人，她的心灵是不安全不安宁的。她要在自己一息尚存的时候，努力地多储备一些过冬的物品。这些食物最重要的功用，不是填满她那日渐萎缩的胃，而是镇定她老人家紧张不宁的心。

我还参观过一家老人院的洗澡间。院方很骄傲地告诉我，这个给残疾老人洗澡的装置，是他们自行研制成功的，在美国也很少见。我细细地绕着这个被称为“洗澡机”的装置，看了半天。整体看来，它好像一个半人高的塑料桶，其中一半好似圈椅，人可以舒服地坐在里面。另外一部分是可以自由开合的。老人的轮椅开到洗澡机旁边，通过一定的操作，就能比较方便地从轮椅上转移到洗澡机的座位上。然后关上洗澡机的舱门，按动开关，适宜温度的水就注入洗澡机里面了，再过一会儿，除了头部以外，人就整个地浸泡在洗澡机里了。

可是，谁来按摩老人的身体呢？我问。洗澡机虽然很先进，但洗澡洗澡，最重要的步骤是“洗”，单单是把人装进机器里，泡在水里，就好比是把衣服塞进了滚筒，事情才刚刚开始呢。

院方的工作人员向我指出了一些开关，可以让水流发生螺旋般的流动，还有震颤……我看明白了，利用了洗衣机的原理，将人当作羊毛衫一样地揉搓冲荡，只是省去了甩干这个步骤。看着这个像太空舱的座位一般的洗澡机，我不知说什么好。我觉得洗澡的一个最基本的动作，是手指和手掌对皮肤的触摸——自己抚摸自己。在这个过程中，感到爱惜和愉悦，其次才是清洁。如果自己做不到这些了，由他人来帮助自己完成，那就是人和人亲密关系当中最紧密的一种了。因为你看到我的每一寸肌肤，你爱护我，帮助我，你不嫌弃我日渐老迈松弛的皮肤，你和我感受同样的水和温度……这一切，是隐秘亲近并且激动人心的。可是，在洗澡机里，机器代替了一切。一个孤寡残疾的老人，被人推送到这里，然后被关上了洗澡机的门，旋钮启动，就再也没有人看顾他了。水流机械地旋复，冲击着他的胸腹，单调而刻板。我不知道从统计学的角度来说，洗澡机的洗净度是怎样的，想必应该不错，也许，比人的手洗更要洁净也说不定。但洗澡中的诗意和温暖，一定也被同时洗去了。洗澡变成了一道工序。

我问院方的工作人员，为什么不能安排一些人工给老人洗澡呢？

工作人员说，美国的人工是很贵的，院方支付不起这笔费用，所以设计了洗澡机。

我说，来用它洗澡的老人多吗？

工作人员说，不多。老人们不愿用。

我想，是的。肯定会是这样的。在孤寂的震荡中，独自体验自己的衰老和残疾，是一件残忍的事情。连洗澡这件事都变得如此工业化，老人们会很不习惯的。不到万不得已，没有人肯进这个洗澡机。

在一次家庭宴会上，我看到一位老人，戴着一个非常美丽别致的项圈，那上面有十一块宝石，颜色形状各不相同，但看得出，每块都很名贵，在灯光下发出彩色的射线。老奶奶身体的每一部分，都向着她的项圈倾斜着，你在看到她的那一刹那，必会注意到她的项圈。因为她的表情、体态和所有的肌肉，都像指针一样指向了她的项圈。如果你注意不到她的项圈，你简直就是一个瞎子。如果你注意到了她的项圈，却不过问这件事，那你简直就是对她的大不敬了。

在这种压力之下，每个人在寒暄之后，都要夸奖她的项圈。她就如愿以偿了，情绪高昂地说着什么。轮到我与她见面，我的谈话也从项圈开始。这是我看到过的最美丽最别致的项圈之一，我说。

这可并不全都是客套。那项圈的确是独一无二的，晶莹璀璨。

谢谢。它的确是独一无二的，是我把毕生积攒的名贵宝石都拿了出来，我自己设计了这个样式交给工匠，无论从价值还是款式来说，它都极为名贵。而且，对我来说，它的价值更是无可估量的。因为这个项圈有很大的象征意义。老奶奶说。她说话的时候，鹤发鸡皮的脑袋摇个不停，脖子上的项圈就宝石相撞，精光四射，仿佛一串电焊的火花。

话说到这个份上，脖子晃成了这个样子，出于礼貌，你就是再没兴趣，也得问老人家，这个项圈的象征意义是什么？

老奶奶就像一个好猎人下了套子，看到你的爪子果不其然地被她绊住了，兴奋溢于言表。她说，我这十一块宝石，代表我的十一个孙子和孙女。蓝色和绿色的宝石，代表的是男孩，粉红色和橙黄色的宝石，代表的是女孩。现在，你已知道了这个秘密，你仔细地数一数，我有几个孙女几个孙子？

我很精心地数过了，但老奶奶究竟有几个孙女几个孙子，又忘记了。记住的只是她那张充满期待的脸和筋络缠绕的脖子。项圈是美丽的，但如此近距离地观看一张苍老的面庞，在晶莹剔透的项圈的映照下，有一种残酷的枯萎。

也许是太想让老奶奶高兴了，这时，我千不该万不该，问了一句话：您的这十一位孙女孙子常常来看您吧？

老奶奶的脸色黯淡下来，喃喃地说，是啊，他们来过，可是，已经很久不来了……

整个晚上，我都为自己的贸然发问后悔不已。

不，直到今天，我都为自己的贸然发问后悔不已。我为什么要自作聪明地用手指戳破一位老人期待和自豪的泡沫？

有时，我看到大街上的女孩戴着灿烂的宝石项圈，会不由自主地想到，天底下，无论东方还是西方，无论中国还是美国，有没有这样一个女孩，在盛大的宴会上，骄傲地指着自己项圈上的宝石对来宾说，这块蓝色的宝石，是纪念我的祖父，这块红色的宝石，是纪念我的祖母。他们永远在我心中。

有吗？

有吧。

爱无专利

爱是人们常常谈论的话题，因为在空气、水分、食物和安全之后，就是我们的爱了。比如安全这问题，表面上看来是对环境的要求，其实是一种爱的深化，我们只有在爱中，才感觉自己是有价值的，是值得爱护保护珍惜和发展的。一个丧失了安全感的人，是无法从容爱自己和爱世界的。比如人际关系，更是爱的浓缩和放大。难以设想，一个不爱他人的人，会有广泛的朋友和良好的社会关系。当然，他的身旁可能会聚集着一些人，但那不是心灵的需要，只是利益的驱使。谈到自我实现，更是爱的高级阶段。因为你的爱，超越了一己的范畴，才扩展到更广阔的人和事物。在这种升腾与弥散的过程中，爱变成一种柔和的光芒，从一个核心的晶体稳定地散发着，把温暖和明亮，播扬到远方。

但是，当人们议论起爱的时候，却有着许多混淆和迷乱的地方。爱成了一个花脸，大家都随心所欲地涂抹着它的面孔，把自制的油彩敷在它的嘴角和眉梢。爱于是变得面目诡谲和莫测起来。

比如，爱和年龄有关吗？

这是人们通常不付诸书面，但却彼此心照不宣的概念。具体意思是——只有年轻人才享有充沛富饶的爱意，它的浓度随着年龄的增长而逐步递减，从高耸的爱的山峰萎缩至贫瘠的爱的荒原。由于这一假设的存在，年轻人因此而沾沾自喜，觉得自己仿佛享有一个爱的太平洋，可以不加计算地挥霍爱意。上了年龄的人则很气馁，当谈到爱的时候，很有一些王顾左右而言他的窘迫。爱的门扉已经像一间到了下班时间的商场，缓缓关闭。店员们带着疲惫的笑容在重复着“谢谢光临”，你也花光了所有的积蓄，即使别人不翻白眼，自己也无颜再耽搁，只有缩起脖子夹着尾巴却步抽身，才是明智之举。

有一种影响约定俗成，那就是：爱——似乎是年轻人的专利，或者只有他们才有深入探讨的必要。当人们说到中年或老年人的爱意时，会扭扭捏捏地觉得那是一种爱的残次品，不那么正宗，不那么地道。比如在形容青年以上年纪的人的爱情的时候，基本不会用“火热”这个词，而只以“温馨”替代。毋庸置疑，温馨比火热的温度，要差着好几个数量级呢。

在人们约定俗成的看法中，爱是有年龄限制的。它大量地存在于生命旺盛的青少年，而较少地分泌于生命渐趋平稳和衰落的成熟和晚期。

这岂止是谬误的，首先是奇怪的。它把爱这种密切属于人类的高等和神圣的感情，简化到相当于睾丸素、黄体酮之类内在的激素分泌物和诸如皱纹和胡须这种简单的外在指标了。

这必然首先牵涉到爱是一种生理现象还是一种精神现象？

持年轻人拥有最多爱意的看法的人，其实是把爱定位在激素特别是性激素的产量上了。如果这样来看，年轻人是一定会把老年人打败的。但不幸或者是有幸的是，爱是一种精神的状态，是一种需要不断修炼和提高的艺术，是一种积累经验审视自我的完善过程。因此，爱不是某一年龄的专利。

证据就是，爱可以在年轻人那里发生，也可以在老年人那里发生。有人类以来的无数故事和历史可以证明，爱不是年龄的产品，它是心灵的能力。

年龄的颜色

如果在词语上涂抹颜色，把红色比作褒奖，把黑色比作贬斥，婴儿的诞生就是一枚艳丽的圣女果铿锵落下，年龄调色盘就此开始旋转。幼儿无疑是樱红色的，皮肤水嫩吹弹可破，胎毛柔软双眸晶亮，对成年人的依偎更使长辈人在辛苦的同时，感到被信任的幸福和施与哺育的责任。当一个幼儿长成少年，他们开始反叛和桀骜不驯，但眼光依然秋水般明澈，恣肆汪洋之下依然是可爱的探索和期冀。如果说到青年人的颜色，我想是金红色的吧？不仅仅是红，而且有了逼人的光芒和灼热的火焰，有目眩和烘烤之感。对于中年人……注意，当我们说到这个词汇的时候，会不由自主地把音速放缓，深深地吸进一口气。我们会感到平稳和力量，会感到深厚的功力和外柔内刚的主动。用颜色打比方，此时的他们是沉静而内敛的枣红色，有了一点点不易察觉的黑色潜藏其中，恰到好处，让红有了华丽的平台和根脉的偾张。随着年龄的渐增渐长，调色盘中的红色悄悄地隐没，黑色如荒草蔓延滋生。他们颊上的光润，无可挽回地凋落了，血脉开始干涸。雪白的牙齿无论怎样保护，都会出现松动和脱落。漆黑的须发无论怎样濡养，却也躲不过秋霜的点染。矫健的双腿注入了滞涩的尘锈，锐利的双眸需要借助镜片的帮忙才能看清书本……他们无可逆转地进入了老年，沉暗的黑幕跳着优雅的华尔兹，温和地不动声色地蚕食着红色的舞台，旋转着将你带到遥远的天际，那里有星星点点的光芒、如银的残月和无边的静夜……

这不是一个悲观的预测，而是一个透明的事实。如果让我更赤裸裸地说出真实，那就是这个规律对于女人来讲，更坚定和不容商榷。如晦的黑色会更早地出现，娇嫩的红色会更快地淡隐。什么美容整容化妆术，都遮盖不了本质的嬗变。当绯红退潮酱黑涌入的时候，有一个专用名词，这就是——更年期。我觉得这个词起得挺妙——变更年龄的时期。追本溯源，什么年龄变更了呢？是一个女人从生殖的年龄变到丧失了这种功能的年龄。

这在远古，一定是一个令女子非常害怕的改变。对于种族和家系的繁衍，她已归零。生产力低下的时代，繁殖的本能，是女性赖以生存的极为重要的资源。更不消说，由于激素的变化，她的身体内部发出了一系列陌生的信号，令她震惊和不适。她有可能暴躁和哭泣，会面部潮红情绪波动，会减低劳动的能力甚至难以与人和谐相处……凡此种种，现代科学将之冷静地归纳在一起，打了一个大大的文件包，名曰“更年期综合征”。

更年期综合征是一组症状，在已知的疾病里面，它既不是最难治的，也不是最严重的。所有不曾早夭的女人差不多都会被它淋湿一遭。在某种程度上说，症状如不剧烈，它几乎不能算是一种病，只能说是一个生理阶段，有一种广义上的必然。据现代科学研究，男性也会有“更年期”，体内的激素也会低落和衰减，难逃生殖机能从衰减趋向沉默的恢恢法网。

有趣的是，你可以观察，大多数人，尤其是年轻人，在谈起“更年期”的时候，嘴都会不由自主地撇一下，以表达不屑和厌恶。

或者说，当他们具体针对某个人的时候，由于关系的紧密和礼节的顾忌，这种情感还比较收敛的话，当这个名称抽象起来，成为单纯的标签时，这种轻漠和鄙弃将表达得十分充分和无所顾忌。

年龄上的傲慢，是进化中的化石。现代科技与文明，已经大大地延续了人类的年龄，但那些来自远古的律令，依然在我们意识的岩缝里根须缠绕。

在动物世界，过了盛年的个体，就滑到了边缘和死亡，某些物种，完成繁殖之后，几乎立刻结束了生命，把尸身盛在盘子里变作后代的佳肴。人是一个例外，这个例外由于科技的助力，变得更加凸出了。但我们在意识层面之下对于古老法则的延展，却还是根深蒂固的。

有人说，提出了问题就等于解决了一半。在年龄歧视这方面，我可不乐观。提出问题不是解决了一半，仅仅是觉察而已。

我不喜欢的中年人

我不喜欢总爱说自己年轻的中年人，那是对一个人基本的组成部分——年龄的不敬。年龄是生命的坐标，好似一个中学生，一年年读书，一年年升级。明明要进大学了，却要蹲班二年级，不很相宜吧？

我不喜欢总爱话说沧桑的中年人，疑那里面隐含着虚荣的夸耀和无奈的凄凉。经历是一个事实，总挂在嘴边，就成了邮寄过时的请柬，除了一笺华美或是简陋的纸，已无出席的意义。

我不喜欢好为人师的中年人。你已多少有些教诲他人的资本，仿佛家有薄粮的下中农。但目前最要紧的活儿，是感天谢地祈人和，把自己地里的麦子种好，不要对着广阔的田野指手画脚。

我不喜欢唉声叹气的中年人。你可以放声哭泣，却不要长久地抑郁。不妨和三五好友深情倾诉，之后把眼泪抹干，在风雨中微笑向前。

我不喜欢惧怕衰老的中年人，以你的经验，已知那是不可逃避的天然。别装烂漫，别故意显示身手敏捷头脑不凡，懂得渐渐消失并欣然迎接老迈是一种成熟的光荣。

我不喜欢停顿学习的中年人。学习和年龄没有关系，只和心智相连。明白了书本如同钙质，幼儿需要，老年人需要，中年人也需要的时候，你就心平气和地眷恋它了。

延长中年

人的寿命越来越长。原始人的化石中极少发现罹患癌症的证据，究其原因，除了那时山清水秀无污染，也有学者认为他们三十岁左右就已夭折，根本还没来得及活到癌细胞肆虐的高龄。

日本人的平均寿命已接近八十岁，北京的这个数字也到了七十八岁，女性的寿命还更长一些。这消息让人欣喜，“寿”是东方文化中浓重的一笔喜色。好比一座大厦，原本图纸上盖的是六十层，古话说“人生七十古来稀”嘛！现在居然多出来了二十层，岂能不让生命的开发商喜出望外？建筑面积一下子涨了若干平方米，可以从容安排更多的房客入住了。

人生七彩虹，由幼年、少年、青年、中年、老年等阶段组成。每个阶段都有相对应的年龄界限，比如十八岁以前是少年，三十岁之前是青年，再往后就是中年了……现在楼房加高，各个阶段如何分配就成了新问题。联合国的法子是把青年的尺度放宽到四十五岁，这对所有不愿老不服老不承认老的人是个极好的消息。

但我心里总不踏实，一个二十岁的青年和一个四十四岁的青年，是一代人吗？后者简直就是前者的老爸老妈了。孩子和父母同属一个年龄段，固然是美好景象，但实用起来，恐有不便。比如说开发一款面向青年人的时装，二十岁的年轻人求的是袒胸露臂靓丽凉爽，四十多岁的人就要顾忌腰背别受了风，以防跟“五十肩”提前挂了钩。

大学里，常常听到二十多岁的学子，满面娇羞地称呼自己是“男孩子”“女孩子”，甚至见过一位四十多岁的离婚女子，沧桑地说“我们女孩子”。童年就像上等拉面，被抻得如此之长。

唯一没有歧义的，可能是老年了。六十岁以上是老人，一百二十岁也是老人。

多出来的二十层楼如何分配？是把膨大起来的蛋糕均切到每个年龄段上，还是一股脑儿地塞进老年这只集装箱？

回眼检索一生。我的童年还算幸福，吃穿不愁经常受到老师的夸奖，但那时的我，没有劳动能力，太孱弱也太无知了。这虽然不是我的过错和责任，但童年的长度已达到我忍耐的极限。我至今清晰地记得当时最迫切的渴望——快快长大成人！

青年阶段。我记得那时血气方刚的味道，也怀念一目十行的好记性。体能充沛，奔跑的速度是一生中的巅峰。但我依然决定把多出来的寿命从青年阶段掠过，不再回头。那时青涩冲动，多目空一切的虚妄和浅尝辄止的窃喜。我虽绝不后悔逝去的青春，但我不期望它被延长。

老年阶段是大厦屋顶，琉璃华美反射阳光，也许它的观赏意义大于实用价值。顶楼的房间，即使附送花园也避免不了无法冬暖夏凉的缺陷。

中年阶段。这个时候的我，不再豆蔻年华人面桃花，不能无忧无虑一个人吃饱了全家不饿，负着太多的责任和期待，常常抚摸着酸硬的肩脊眺望远方，不知还有几程风雨横亘荒野。职场的砥柱中流，要承接更多风险。学术的栋梁之材，要秉烛夜读承上启下。侍奉患病的双亲，长夜漫漫，守候着岩洞滴水般的输液瓶。抚慰拼搏中的家人，要有海一样的襟怀，丝棉一样的柔肠……

眼睛已经有一点儿花了，从昏暗的室内走到明亮的蓝天下，会有几秒钟的恍然，好像一架聚焦不灵的望远镜。额上已盘了细密的皱纹，有些是困难的思考烙印那里的，有些是长久的欢颜聚起来的。手指失去了柔软和灵活，晨起后有轻微的僵直。双腿早已没有麋鹿般的弹跳和轻盈，上下地铁通道，不能跨越两级，只能一个个台阶稳步前进……

尽管有种种的不如意，思前想后，我依旧恳请延长我的中年阶段，因为这是我最勇敢的时刻。

疲　　倦

疲倦是现代人越来越常见的一种生存状态，在我们的周围，随便看一眼吧，有多少垂头丧气的儿童？萎靡不振的青年？疲惫已极的中年？落落寡合的老年？……人们广泛而漠然地疲倦了。很多人已见怪不怪，以为疲倦是正常的了。

有一次，我把一条旧呢裤送到街上的洗染店。师傅看了以后，说，我会尽力洗熨的。但是，你的裤子，这一回穿得太久了，恐怕膝盖前面的鼓包是没法熨平了。它疲倦了。

我吃惊地说，裤子——它居然也会疲倦？

师傅说，是啊。不但呢子会疲倦，羊绒衫也会疲倦的，所以，穿过几天之后，你要脱下晾晾它，让毛衫有一个喘气的机会。皮鞋也会疲倦的，你要几双倒换着上脚，这样才可延长皮子的寿命……

我半信半疑，心想，莫不是该师傅太热爱他所从事的工作了，才这般体恤手下无生命的衣料。

又一次，我在一家工厂，看到一种特别的合金，如同谄媚的叛臣，能折弯无数次，韧度不减。我说，天下无双了。总工程师摇摇头道，它有一个强大的对手。

我好奇，谁?

总工程师说，就是它自己的疲劳。

我讶然，金属也会疲劳啊?

总工程师说，是啊。这种内伤，除了预防，无药可医。如果不在它的疲劳限度之前，让它休息，那么，它会突然断裂，引发灾难。

那一瞬，我知道了疲倦的厉害。钢打铁铸的金属尚且如此，遑论肉胎凡身!

疲倦发生的时候，如同一种会流淌的灰暗，在皮肤表面蔓延，使人整个地困顿和蜷缩起来。如果不加克服和调整，黏滞的不适便如寒露一般，侵袭到身体的底层。我们了无热情，心灰意懒。我们不再关注春天何时萌动，秋天何时飘零。我们迷茫地看着孩子的微笑，不知道他们为何快乐。我们不爱惜自己了，觉察不到自己的珍贵。我们不热爱他人了，因为他人是使我们厌烦的源头。我们麻木困惑，每天的太阳都是旧的。阳光已不再播洒温暖，只是射出逼人的光线。我们得过且过地敷衍着工作，因为它已不是创造性思维的动力。

疲倦是一种淡淡的腐蚀剂，当它无色无臭地积聚着，潜移默化地浸泡着我们的神经，意志的酥软就发生了。

在身体疲倦的背后，是精神率先疲倦了。我们丧失了好奇心，不再如饥似渴地求知，生活纳入尘封的模式。甚至婚姻，也会疲倦。它刻板地重复着，没有新意，没有发展。爱情的弹性老化了，像一只很久没有充气的球，表皮皲裂，塌陷着，摔到地上，噗噗地发出充满怨恨的声音，却再不会轻盈地跳起，奔跑着向前。

疲倦到了极点的时候，人会完全感觉不到生命和生活的乐趣，所有的感官都在感受苦难，于是它们就保护性地不约而同地封闭了。我们便被闭锁在一个狭小的茧里，呼吸窘迫，四肢蜷曲，渐渐逼近窒息了。

疲倦的可怕，还在于它的传染性。一个人疲倦了，他就变成一炷迷香，在人群中持久地散布着疲倦的细微颗粒。他低落地徘徊着，拖抑着整体的步伐。当我们的周围生活着一个疲倦的人，就像有一个饿着肚子的人，无声地要求着我们把自己精神的谷粒，拨一些到他的空碗中。不过，如果我们这样做了之后，才发觉不但没有使他振作起来，自身也莫名其妙地削弱了。

身体的疲倦，转而加剧着精神的苦闷。

变更太频繁了，信息太繁复了，刺激太猛烈了，扰动太浩大了，强度太凶，频率太高……即使是喜悦和财富吧，如果没有清醒的节制，铺天盖地而来，也会使我们在震惊之后深刻地疲倦了。

当疲倦发生的时候，我们怎么办呢？

看看大自然如何应对疲倦吧。春天的花开得疲倦的时候，它们就悄然地撤离枝头，放弃了美丽，留下小小的果实。当风疲倦的时候，它就停止了荡涤，让大地恢复平静。当海浪疲倦的时候，水面就丝绸般的安宁了。当天空疲倦的时候，它就用月亮替换太阳……

人们没有自然界高明。不信，你看。当道路疲倦的时候，就塞车。当办公室疲倦的时候，就推诿和没有效率。当组织者疲倦的时候，就出现混乱和不公。当社会出现疲倦的时候，就冷漠和麻木……

疲倦对我们的伤害，需要平心静气地休养生息。让目光重新敏锐，让步伐恢复轻捷，让天性生长快乐，让手足温暖有力。耳朵能够捕捉到蜻蜓的呼吸，发梢能够感受到阳光的抚摸，微笑能如鲜橙般耀眼，眼泪能如菩提般仁慈……

疲倦是可以战胜的，法宝就是珍爱我们自己。疲倦是可以化险为夷的，战术就是宁静致远。疲倦考验着我们，折磨着我们。疲倦也锤炼着我们，升华着我们。

让我们倾听

我读心理学博士方向课程的时候，书写作业，其中有一篇是研究“倾听”。刚开始我想，这还不容易啊，人有两耳，只要不是先天失聪，落草就能听见动静。夜半时分，人睡着了，眼睛闭着，耳轮没有开关，一有月落乌啼，人就猛然惊醒，想不倾听都做不到。再者，我做内科医生多年，每天都要无数次地听病人倾倒满腔苦水，鼓膜都起茧子了。所以，倾听对我应不是问题。

查了资料，认真思考，才知差距多多。在“倾听”这门功课上，许多人不及格。如果谈话的人没有我们的学识高，我们就会虚与委蛇地听。如果谈话的人说得冗长烦琐，我们就会不客气地打断叙述。如果谈话的人言不及义，我们会明显地露出厌倦的神色。如果谈话的人缺少真知灼见，我们会讽刺挖苦，令他难堪……凡此种种，我都无数次地表演过，至今一想起来，无地自容。

世上的人，天然就掌握了倾听艺术的人，可说凤毛麟角。

不信，咱们来做一个试验。

你找一个好朋友，对他或她说，我现在同你讲我的心里话，你却不要认真听。你可以东张西望，你可以搔首弄姿，你也可以听音乐、梳头发干一切你忽然想到的事，你也可以王顾左右而言他……总之，你什么都可以做，就是不必听我说。

当你的朋友决定配合你以后，这个游戏就可以开始了。你必要拣一件撕肝裂胆的痛事来说，越动感情越好，切不可潦草敷衍。

好了，你说吧……

我猜你说不了多长时间，最多三分钟，就会鸣金收兵。无论如何你也说不下去了。面对着一个对你的疾苦、你的忧愁无动于衷的家伙，你再无兴趣敞开襟怀。不但你缄口了，而且你感到沮丧和愤怒。你觉得这个朋友愧对你的信任，太不够朋友。你决定以后和他渐疏渐远，你甚至怀疑认识这个人是不是一个错误……

你会说，不认真听别人讲话，会有这样严重的后果吗？我可以很负责地告诉你，正是如此。有很多我们丧失的机遇，有若干阴差阳错的讯息，有不少失之交臂的朋友，甚至各奔东西的恋人，那绝缘的起因，都是我们不曾学会倾听。

好了，这个令人不愉快的游戏我们就做到这里。下面，我们来做一个令人愉快的活动。

还是你和你的朋友。这一次，是你的朋友向你诉说刻骨铭心的往事。请你身体前倾，请你目光和煦。你屏息关注着他的眼神，你随着他的情感冲浪而起伏。如果他高兴，你也报以会心的微笑。如果他悲哀，你便陪伴着垂下眼帘。如果他落泪了，你温柔地递上纸巾。如果他久久地沉默，你也和他缄口走过……

非常简单。当他说完了，游戏就结束了。你可以问问他，在你这样倾听他的过程中，他感到了什么？

我猜，你的朋友会告诉你，你给了他尊重，给了他关爱。给他的孤独以抚慰，给他的无望以曙光。给他的快乐加倍，给他的哀伤减半。你是他最好的朋友之一，他会记得和你一道度过的难忘时光。

这就是倾听的魔力。

倾听的“倾”字，我原以为就是表示身体向前斜着，用肢体语言表示关爱与注重。翻查字典，其实不然。或者说仅仅作这样的理解是不够全面的。倾听，就是“用尽力量去听”。这里的“倾”字，类乎倾巢出动，类乎倾箱倒箧，类乎倾国倾城，类乎倾盆大雨……总之殚精竭虑毫无保留。

可能有点儿夸张和矫枉过正，但倾听的重要性我以为必须提到相当的高度来认识，这是一个人心理是否健康的重要标识之一。人活在世上，说和听是两件要务。说，主要是表达自己的思想情感和意识，每一个说话的人都希望别人能够听到自己的声音。听，就是接收他人描述内心想法，以达到沟通和交流的目的。听和说像是鲲鹏的两只翅膀，必须协调展开，才能直上九万里。

现代生活飞速地发展，人的一辈子，再不是蜷缩在一个小村或小镇，而是纵横驰骋漂洋过海。所接触的人，不再是几十一百，很可能成千上万。要在相对短暂的时间内，让别人听懂了你的话，让你听懂了别人的话，并且在两颗头脑之间产生碰撞，这就变成了心灵的艺术。

现今鼓励青年励志的书很多，教你怎样展现自我优点，怎样在第一时间给人一个好印象，怎样通过匪夷所思的面试，怎样追逐一见钟情的异性……都有不少绝招。有人就觉得人际交往是一个充满了技术的领域，可以靠掌握若干独门功夫就能翻云覆雨的领域。其实，享有好的人际关系，学会交流，听比说更重要。

从人的发展顺序来看，我们是先学着听。我之所以用了“学着”这个词，是指如果没有系统的学习，有的人可能终其一生，都没能学会如何“听”。他可以听到雪落的声音，可他感觉不到肃穆。他可以听到儿童的笑声，可他感受不到纯真。她可以听到旁人的哭泣，却体察不到他人的悲苦。她可以听到内心的呼唤，却不知怎样关爱灵魂。

从婴儿开始，我们就无意识地在听。听亲人的呼唤，听自然界的风雨，听远方的信息，听社会的约定俗成。这是一种模糊的天赋，是可以发扬光大也可以湮灭无闻的本能。有人练出了发达的听力，有人干脆闭目塞听。有很多描绘这种状态的词语，比如“充耳不闻”“置若罔闻”……对“闻”还有歧视性的偏见，比如“百闻不如一见”。

听是需要学习的。它比“说”更重要。如果我们没有听到有关的信息，我们的“说”就是无的放矢。轻率的人，容易下车伊始就哇里哇啦地说，其实沉着安静地听，是人生的大境界。

只有认真地听，你才能对周围有更确切的感知，才能对历史有更深刻的把握，才能把他人的智慧集于己身，才能拓展自己的眼界和胸怀。

读书是一种更广义的倾听。你借助文字，倾听已逝哲人的教诲。你借助翻译，得知远方异族的灵慧。

倾听使人生丰富多彩，你将不再囿于一己的狭隘贝壳，潜入浩瀚的深海。倾听使人谦虚，知道山外有山天外有天。倾听使人安宁，你知道了孤独和苦难并非只莅临你的屋檐。倾听使人警醒，你知道此时此刻有多少大脑飞速运转，有多少巧手翻飞不息。

倾听着是美丽的。你因此发现世界是如此五彩缤纷。倾听是幸福的一种表达，因为你从此不再孤单。

倾听是分层次的。某人在特定的时刻，讲了特定的话。只有当我们心静如水，才能听到他的话后之话。年轻人最易犯的毛病是——他明白所有倾听的要素，也懂得做出倾听的姿态，其实呢，他在想着自己待会儿要说的话。他关注的不是诉说者，而是自己。

“佯听”是很容易露馅的，只要他一开口讲话，神游天外的破绽就败露了。两个面对面诉说的人，其实是最危险的敌人。一切都被心灵记录在案。

倾听是老老实实的活儿，来不得半点儿虚假和做作。倾听是对真诚直截了当的考验。所以，如果你不想倾听，那不是罪过。如果你伪装倾听，就不单是虚伪，而且是愚蠢了。

当我深刻地明白了倾听的本质而不是仅仅把它当成讨好的策略后，倾听就向我展示了它更加美丽的内涵，它无处不在，息息相关。如果你谦虚，以万物为师长，你会听到松涛海啸雪落冰融，你会听到蚂蚁的微笑和枫叶的叹息。如果你平等待人，你的耐心就有了坚实的基础，你可以从诉说者那里获得宝贵的馈赠。这就是温暖的信任和支撑。

年轻的朋友们，让我们学会倾听吧。当你能够沉静地坐下来，目光清澄地注视着对方，抛弃自己的傲慢和虚荣，微微前倾你的身姿，那么你就能听到心与心碰撞的清脆音响，宛若风铃。

我眉飞扬

眉毛对人并不是非常重要的。我之所以这么说，是因为人如果没有了眉毛，最大的变化只是可笑。脸上的其他器官，倘若没有了，后果都比这个损失严重得多。比如没有了眼睛，我说的不是瞎了，是干脆被取消掉了，那人脸的上半部变得没有缝隙，那就不是可笑能囊括的事，而是很可怕的灾难了。要是一个人没有鼻子，几乎近于不可思议，脸上没有了制高点，变得像面饼一样平整，多无聊呆板啊。要是没了嘴，脸的下半部就没有运动和开阖，死板僵硬，人的众多表情也就没有了实施的场地，对于人类的损失，肯定是灾难性的。流传的相声里，有理发师捉弄顾客，问“你要不要眉毛啊？”，顾客如果说要，他就把眉毛剃下来，交到顾客手里。如果顾客说不要呢，他也把顾客的眉毛剃下来，交到顾客手里。反正这双可怜的眉毛，在存心不良的理发师手下，是难逃被剃光的下场了。但是，理发师再捣蛋，也只敢在眉毛上作文章，他就不能问顾客，“你要不要鼻子啊？”按照他的句式，再机灵的顾客，也是难逃鼻子被割下的厄运。但是，他不问。不是因为这个圈套不完美，而是因为即使顾客被套住了，他也无法操作。同理，脸上的眼睛和嘴巴，都不能这样处置。可见，只有眉毛，是面子上无足轻重的设备了。

但是，也不。比如我们形容一个人快乐，总要说他眉飞色舞，说一个男子英武，总要说他剑眉高耸，说一个女子俊俏，总要说她蛾眉入鬓，说到待遇的不平等，总也忘不了眉高眼低这个词，还有柳眉倒竖、眉开眼笑、眉目传情、眉头一皱计上心来……哈，你看，几乎在人的喜怒哀乐里，都少不了眉毛的份。可见，这个平日只是替眼睛抵挡下汗水和风沙的眉毛，在人的情感词典里，真是占有不可忽视的位置呢。

我认识一位女子，相貌身材肤色连牙齿，哪里长得都美丽。但她对我说，对自己的长相很自卑。我不由得又上上下下左左右右地将她打量了个遍，就差没变成一架B超仪器，将她的内脏也扫描一番。然后很失望地对她说，对不起啦，我实在找不到你有哪处不够标准，还请明示于我。她一脸沮丧地对我说，这么明显的毛病你都看不出，你在说假话。你一定是怕我难受，故意装傻，不肯点破。好吧，我就告诉你，你看我的眉毛！

我这才凝神注意她的眉毛。很粗很黑很长，好似两把炭箭，从鼻根耸向发际……

我说，我知道那是你画了眉，所以也没放在心里。

女子说，你知道，我从小眉毛很淡，而且是半截的。民间有说法，说是半截眉毛的女孩会嫁得很远，而且一生不幸。我很为眉毛自卑。我用了很多方法，比如人说天山上有一种药草，用它的汁液来画眉毛，眉毛就会长得像鸽子的羽毛一样光彩颀长，我试了又试，多年用下来，结果是眉毛没见得黑长，手指倒被那种药草染得变了颜色……因为我的眉毛，我变得自卑而胆怯，所有需要面试的工作，我都过不了关，我觉得所有考官都在直眉瞪眼地盯着我的眉毛……你看你看，直眉瞪眼这个词，本身就在强调眉毛啊……心里一慌，给人的印象就手足无措，回答问题也是语无伦次的，哪怕我的笔试成绩再好，也惨遭淘汰。失败的次数多了，我更没信心了。以后，我索性专找那些不必见人的工作，猫在家里，一个人做，这样，就再也不会有人见到我的短短的暗淡的眉毛了，我觉得安全了一些。虽然工作的薪水少，但眉毛让我低人一等，也就顾不了那么多了。

我吃惊道，两根短眉毛，就这样影响你一生吗？

她很决绝地说，是的，我只有拼力弥补。好在商家不断制造出优等的眉笔，我画眉的技术天下一流。每天，我都把自己真实的眉毛隐藏起来，人们看到的都是我精心画出的眉毛。不会有人看到我眉毛的本相。只有睡觉的时候，眉毛才暂时地恢复原形。对于这个空当，我也做了准备，我设想好了，如果有一天我睡到半夜，突然被火警惊起，我一不会抢救我的财产，二不会慌不择路地跳楼，我要做的最重要的一件事，就是掏出眉笔，把我的眉毛妥妥帖帖地画好，再披上一条湿毛毯匆匆逃命……

我惊讶得说不出话来，然后是深切的痛。我再一次深深体会到，一个人如果不能心悦诚服地接受自己的外形，包括身体的所有细节，那会在心灵上造成多么锋利持久的伤害。如霜的凄凉，甚至覆盖一生。

至于这位走火也画眉的女子，由于她内心的倾斜，在平常的日子里，她的眉笔选择得过黑了，她用的指力也过重了，眉毛画得太粗太浓，显出强调的夸张和滑稽的戏剧化了……她本想弥补天然的缺陷，但在过分补偿的心理作用下，即使用了最好的眉笔，用了漫长的时间精心布置，也未能达到她所预期的魅力，更不要谈她所渴望的信心了。

眉毛很重要。眉毛是我们脸上位置最高的饰物。（假如不算沧桑之刃在我们的额头上镌刻的皱纹。）一双好的眉毛，也许在医学美容专家的研究中，会有着怎样的弧度怎样的密度怎样的长度怎样的色泽……但我想，眉毛最重要的功能，除了遮汗挡沙之外，是表达我们真实的心境。当我们自豪的时候，它如鹰隼般飞扬。当我们思索的时候，它有力地凝聚。当我们哀伤的时候，它如半旗低垂。当我们愤怒的时候，它——扬眉剑出鞘……

假如有火警响起，我希望那个女子能够在生死关头，记住生命大于器官，携带自己天然的眉毛，从容求生。

我眉飞扬。不论在风中还是雨中，水中还是火中。

病中读书谱

病床是一个独立的区域。那里的居民和平时的我们，发生了少许但是不可忽视的变化。

虚弱了。平日能站着或是坐着读书的身体，现在只有横在那儿，像遗在轨道外面的枕木。卧姿读书的最大特点是——随时都可昏昏入睡。这就对书的选择和要求苛刻起来，好像虚弱的脾胃，渴求营养但又要挑柔软好吃的食物。

脾气变坏。严重到不肯姑息和格外暴躁，原先对书中的毛病，凡非尖锐硬伤，比如错别字和无聊的噱头，包括作者的某种虚荣和愚蠢，都可散淡处之。但自身的种种不适，尖锐地降低了对书中不良倾向的容忍标杆。病使我们血气方刚，不再原谅，不再敦厚，不再费厄泼赖。怒火中烧的后果是把一些平日尚可接受的书，永远打入了冷宫。

病增敏感。平日忙碌粗糙，书读得很快，不敢说一目十行，瞟它三四行总是有的。疾患销蚀了灵巧，动作徐缓，仿佛太空人。擎书的艰难和翻页的迟钝，令书上的字迹深深定格脑幕，好像元宵节悬挂过久的灯谜，被人忘了取下。于是所有禁不起推敲的细节和词语，矫饰与虚伪，都在太长的注视下露出破绽。被人愚弄的焦躁，如同酵母般膨胀。幸好敏感的刃是双重的，剥夺的同时也有赠予。令人清醒的情景和美好的人物，因了这份平日疏远的细致，空前地被放大了，活泼生猛，给病榻上的我们带来感动和生机。

病使耐性衰减。平时很能忍，前一百页书不好看，不精彩，兴趣并无大的顿挫。我们记得好戏还在后面，包子有肉不在褶上等一系列少安毋躁的常识，说服自己绰绰有余。但病魔在摧残体力的同时，顺手牵羊带走了耐心。疾病使人清晰地听到了生命之钟的倒计时，不愿把宝贵的光阴和药物抵御病痛换来的片刻安宁，给予啰唆乏味离题千里的卖弄者。就算他在厚厚的面团中潜藏了些许肉丁，急躁的病人也等不及了，弃它远行。

于是病中的阅读，就成了一件比逛街挑选时装更啰唆的工程。

太紧张激烈的书不读。心脏和神经，在白色帷幕重重包围中，如惊弓之鸟，易受招惹。为了长治久安，还是徐徐图之好。

太晦涩的书不读。病中的迟钝，大约有目共睹。四处弥漫的消毒水气息，似乎处心积虑和灰色的理论相克，当你一思索，它就放烟雾。我相信“场”的力量，医院是一个让人弱智的地方。

阴暗丑恶的书不读。这种书，平日也不愿读，但读书也像神农尝百草似的，并不能完全以自己的口感定夺，阅读是工作的一部分。病床上，我给自己放个暑假。那些糟糕的又不可不读的书，留着身手矫健意气风发的时辰对付吧。

太缠绵悱恻的书不读。臆造的美丽故事，带着人世间的夸张虚幻，惹得病中之人发笑。病使情感识别系统高速旋转，那些琐碎的卿卿我我，铁屑一样令眼球不适。也许是离死亡近了，看爱情就更纯正永恒。大的爱也如大的死一般，是宽广和柔软的，云雾似的包容天地。

除了以上这些禁忌，还有格外的技术性挑剔。比如精装书不能读，华美外壳难以卷折，双臂镂空，不一会儿手酸胳膊麻。太大开本的杂志不能读，侧卧在床，无法长久地保持固定姿势，巨如案板的面积，使掌握稳定的阅读距离变得艰难。太沉重的大部头著作不能读，理由不言自明，概因不是抓举运动员。太肮脏残破的书不乐意读，日日消毒打针滋生出洁癖，觉得旧页上趴满病菌。这后一条纯属心理障碍，但有什么办法呢？人以病为豁免，时有不讲理，健硕的人只好不一般见识。

前一段我有幸获得这种特权，除了被重重管子套牢在监护室的日子，病床上终日以书为伴。这也不喜读，那也不爱看，家人最后烦起来，说这样吧，给你带些童话来吧。

于是，童话来了。它们款款地融进医院森严的白色，在温暖的阳光里蒲公英般降落。轻淡的，柔软的，温和的，善良的。阅读它们，就像赤脚走在埋着金砂的河滩，恬淡地踱着，无意中会拣到一颗钻石。数不清的童话，就像洁白的羽绒，安宁地掩盖着薄脆的灵魂，伴随它平稳地渡过玄关。

也许每个人都有自己病中的阅读谱，就像食谱的流食半流食一样，针对自己羸弱了的神经，需要补充和增力。不知道童话是否对他人有益？出院后，朋友教我一招黑鱼炖山药，说是补血补气，一试，果然有效。于是不揣冒昧地将自己病中的读书谱写出来，不敢比黑鱼山药的浓郁，就相当于侉炖鲫鱼瓜子的清汤吧。

写下你的墓志铭

看了这个游戏的名称，很多人会倒吸一口冷气。有人会说，玩什么不好，偏偏要来一个煞风景的阴森游戏！

看大家对这个游戏如此反感，咱们先玩一个别的游戏，算作热身，或者说，游戏分成上下两部分。

上部分游戏的名称是——飞机就要失事。

看来大家要送我一个外号叫作“乌鸦嘴”了，为什么不说点儿吉利的，偏要让大家骇出一身冷汗？好吧，就算这是一个“恐怖”游戏，也有存在的意义。世界上有很多恐怖事件，不管你喜欢不喜欢，它就发生在各位周围。中国有句古话，叫作“凡事预则立，不预则废”。“预”是什么意思？就是预料、预计，提前做个准备。

墓志铭是人死后墓碑上刻下的字句。飞机就要失事，也是生死攸关的时刻。这两个游戏的核心，都是考察当生命受到威胁，死亡即将到来，你会做怎样的准备？

不是多虑。现代社会人的寿命虽然比以前大幅度地提高了，现代科技和医学也高度发展，可你依旧没办法准确地预知自己的死期。在这一点上，现代人一点儿也不比古代人多多少幸运。人总是要死的，这是一个常识。凡是常识都要接受，如果你不接受，规律就会强迫你接受。到那时，你愤怒、委屈、不甘心，都于事无补。如果你鸵鸟埋头，假装这一切都不会发生，死亡就成了你仓皇之时的不速之客，吃亏的是你和你的亲人。

人们不喜欢讨论死亡，认为它是不祥和丑恶的。我曾问过各个年龄段的朋友们：一提到死亡，你会联想到哪些词语？

几乎所有的人想到的都是负面词语——阴暗、黑色、寒冷、腐烂、肮脏、丑陋、恐怖、惊吓、分离、哭泣、伤痛、绝望……

是不是瞅一眼这些词，身心就涌起了强烈的不舒服感？如果我们看到一个新生婴儿呢？大家就会联想到：光明、发展、蓬勃、希望、金色、温暖、期待、快乐、幸福、灿烂……心境和感受完全不同。既然生死都是人生不可或缺的一部分，为什么我们不能像接受生之顺畅那样，平静地接受死之坠落？现代医学已经能够妥帖地减轻临终的痛苦，让死亡变得渐弱渐息，生理的痛苦可以用技术化解，心理的痛苦就更加凸显。

有人会说，我现在年纪还轻，死亡是很久很久以后的事情，等我岁数大了再做思考也还来得及。我甚至听一位朋友在过完了六十岁生日之后，听到人们谈论死亡，还一脸茫然地说，我从来没有想过这件事，它还遥不可及，以后再说吧。我暗惊，人都满了花甲，还说死亡遥远，这乐观可能要把他带到猝不及防的地步。更有人想，我身体很健康，当我身体不好时，再思考也不晚嘛！

这些貌似有理的话背后，潜藏着胆怯和无知。死亡基本上是不会提前把请柬放到你的桌面上并准时赴约的。天有不测风云，人有旦夕祸福。你无法预计死亡拜访你的时间，但你可以提前预备好款待他的茶点。

看过一则小故事：有位老人得了癌症，当医生告诉他这个消息时，他很平静地面带笑容地说，我很感谢上帝让我得了癌症。医生非常吃惊，说，你得了癌症，不怨天尤人、惊惶失措，已很难得，为什么还要说感谢的话呢？老人说，到了我这个年纪，死亡就是我的邻居了，随时都可能来敲我的门。如果我得了脑出血或是心肌梗死，我很可能一句话也来不及说就死了，那样我的亲人接受起来该多么困难。而且我还有很多要交代的事也都没了着落。现在，我得了癌症，我有很充足的时间能和亲人告别，能把诸事整理得清清爽爽。当死亡一定要来的时候，还有什么比这种方式更令人安心呢？这就是上帝所给予我的最好的礼物了。

钦佩这位老人——不是每个人都能有这种从容赴死的勇气和福气。再一想，事在人为。我们可以创造出一个局面，让死亡变得可以接受，让自己较少遗憾，让生命更多一点儿掌握在手中的安然——这就是提前做好应对死亡的心理准备。

思考死亡，是为了有备无患，更为了胸有成竹地生活。只有真正生活过的人，才能坦然平静地走向永恒的死亡。

回到游戏中来。请想象自己坐在一架客机上，宽敞平稳，飞机在万米的高空翱翔。突然，机身发抖，像个咯血的肺结核病人一样连续抖动，颠簸如此厉害，空姐要求大家把安全带系好。广播里传来机长的声音。他通知大家说飞机发生了严重的机械故障，正在紧急排除。但为了预防最危急的情况，现在将由乘务小姐分发纸笔，你有什么最后的遗言要向家人交代，请留在纸上。一切要尽快，乘务小姐会在三分钟后收取大家的纸条，然后统一密闭在特制的匣子里，这样即便飞机坠毁，遗言也可完整保存下来。按照飞机现在的飞行高度，在完全失去动力的情况下，还可以滑翔极短暂的时间……

乘务员小姐托着盘子走过来，惨白的面颊上，职业性的微笑已被僵硬的抽搐所代替。盘子里盛的不是饮料，不是纪念品，也不是航空里程登记表，而是纸和笔。人们无声地领取这特殊的用品，有抽泣声低低传来。

你领到了半张纸和一支短笔。现在，面对着这张纸，你将写下什么？

这就是我们的游戏。在生命遭遇突发危险，就要猝然截断的时候，一生浓缩成一部几十秒的光盘，在你的脑屏幕上急速放映。亲人像走马灯似的在你面前闪过，你对这个世界还有什么话说？

先请大家看一个例子

1985 年，一架日航班机失事坠毁，机上乘客全部罹难。飞机上，有一位五十二岁的河口博次先生，匆匆写下了自己的遗言：

> 再也不搭乘飞机了！神啊！请救我！
>
> 没想到昨天和大家共进的那顿饭是最后一餐了。
>
> 机内冒出类似爆炸后的浓烟，机身开始向下坠。往哪里去？会怎么样？妈妈（日本人习惯以此昵称妻子），发生这种事令人遗憾。再见了，孩子们的事就拜托您了！现在六点半，飞机正快速旋转下坠。
>
> 到今天为止，我的人生真的很幸福！由衷感谢！

很多做母亲的人会留下对孩子的嘱托，在这种时候，她们才发现以前和孩子相处的时间太少太少。很多陀螺一样旋转的旅行者才感到光忙着赶路了，忘了欣赏周围的风景。很多人想对这个世界说“我爱你们”，却不知谁能收到他的呼唤。很多人希望自己能在最后关头保持镇静，手却不停地发抖，以至于根本就留不下完整的字迹……一个曾有数年撕扯不断的婚外情的男人说，在这种时候，关键还不是说什么话，而是把话留给谁？

这个游戏很残酷，但残酷有时如同肥沃的土地，能长出震慑心魄的花朵。我相信在这种时刻，几乎没有人会叮咛自己的后代复仇，没有人会留下自己懊恼的遗憾，没有人会咬牙切齿地诅咒……留下的只能是眷恋的深情和对未竟事宜的嘱托，还有绵绵不尽的祝福。

请原谅我把你逼到了这样一种绝境当中。也许只有在绝境中，人性中最基本最朴素的光芒才会突破种种物质的阻力，迸出单纯而夺目的光芒。

感谢我的父母和我今生所经历过的一切。

亲人们、朋友们，我爱你们。

在巴伦支海沉没的俄罗斯核潜艇的水兵遗言中，留下了类似的话。在生死面前，往日琐碎的恩怨越飘越远，直至消散。突然而至的死亡像一管巨大的消字灵，把一些当初以为非常重要的字迹，覆盖成一片灰白。

我不知你将写下怎样的遗言，我也不知道你将把这宝贵的遗言转交给谁。但我相信它会触动你内心最深的角落，在那里引起波澜。

好了，热身游戏到此结束，言归正传——写下你的墓志铭。这是一个雅词，更直截了当的说法是，盖棺论定。

墓志铭这种东西，有两种写法：一是别人写，一是自己写。

趁自己还活着的时候，像孙悟空一个跟头翻到云中，从更辽阔的时空中来评价综述自己的一生。你是一个什么样的人，你有着怎样的爱好？你经历当中最令人感怀和难忘的事件是什么？它可曾给予你自豪和成就？你的情感生活是否美满？你还有什么要对这个世界倾诉？你可有悔恨和遗憾要交代给大家？你爱谁？你恨谁？你还有哪些未竟的愿望？你还想唱什么歌？你还想看什么景……哎呀，可写的真不少。

中国有句古话，叫作“人之将死，其言也善”，说的是人到了死亡就要降临的那一刻，所讲的话很真实很善良，本性复苏，逼近了人性的光明。从医初始，我对这话半信半疑，心想，人都要死了，各器官都已衰竭，连平常脑力都达不到，还能说出更富哲理的话？当我亲眼看到死亡降临的时候，不得不折服古人的睿智。那真是奇妙时刻，暴躁的人可能变得平静温柔，狭隘的人可能变得大气宽容，吝啬的人可能变得慷慨博爱……那种慈祥和温馨的气息，好像一种奇怪的香氛，弥漫在这些濒死的人周围，像绒毯一样裹住身心，令人忘却了死亡的沉重和冰冷，也让死者被宁馨的光环笼罩。惊讶之余，我生出深深的感慨，人为什么要死到临头，才如此珍惜美好时光？为什么不能早些开始这种真正的生活？

并不是每个死去的人都有这种福气，让生命画上一个圆满的句号。我亲眼看到很多人依然在困惑孤独和愤怒中死去。

墓志铭是死亡之书的书签。为了调剂咱们略显压抑的气氛，先来看几篇幽默的墓志铭。

在英国德比郡的一处墓园中，有这样一篇铭文：

这儿躺着钟表匠汤姆斯的躯壳，他将回到造物者手中，彻底清洗修复后，上好发条，行走在另一个世界。

教会执事为妻子刻了这样的碑文：

莎拉休特，1803—1840，世人请记取教训，她死于喋喋不休和过多的忧虑。

有对夫妻为出生三周便夭折的孩子写道：

墓碑下是我们的小宝贝，他既不哭也不闹，只活了二十一天，花掉我们四十块钱。他来到这世上，四处看了看，不太满意，就回去了。

大文豪萧伯纳的墓志铭：

我早就知道无论我活多久，这种事情还是一定会发生。

大作家海明威的墓志铭：

恕我不起来了！

死者生前为自己撰写的也很有趣。在英国约克郡地区，一位牙医的墓碑上写着：

我一辈子都花在为人填补蛀牙上头，现在这个墓穴得由我自己填进去啦。

著名科学家阿尔弗雷德·诺贝尔生前曾写下一篇短小精悍的自传：

阿·诺贝尔呱呱坠地之时，小生命差点儿断送在仁慈的医生手中。主要美德：保持指甲干净，从不累及他人。主要过失：终身不娶，脾气不佳，消化不良。唯一愿望：

不要让人活埋。最大罪恶：不敬鬼神。重要事迹：无。

现代著名作家老舍在1939年四十岁时，写下了一篇质朴自谦、旁敲侧击、妙趣横生、令人拍案叫绝的自传。

这篇自传只有二百余字，全文如下：

舒舍予，字老舍，现年四十岁，面黄无须，生于北平。三岁失怙，可谓无父，志学之年，帝王不存，可谓无君。无父无君，特别孝爱老母。布尔乔亚之仁未能一扫空也。幼读三百篇，不求甚解。继学师范，遂奠教书匠之基。及壮，糊口四方，教书为业，甚难发财。每购奖券，以得末彩为荣，亦甘于寒贱也。二十七岁发愤著书，科学、哲学无所懂，故写小说，博大家一笑，没什么了不得。三十四岁结婚，今已有一男一女，均狡猾可喜。闲时喜养花，不得其法，每每有叶无花，亦不忍弃。书无所不读，全无所获并不着急。教书做事均甚认真，往往吃亏，亦不后悔。如此而已，再活四十年，也许能有点儿出息。

严格说起来，上述最后两则是自传，而不是墓志铭，但均有人生小结之意。

十六世纪德国数学家鲁道夫花了毕生的精力，把圆周率计算到小数点后三十五位，是当时世界上最精确的圆周率数值。在他的墓碑上就刻着：

$$\pi = 3.14159265358979323846264338327950288$$

“37，22，35”是美国影星玛丽莲·梦露的墓志铭，虽然简单，但却给影迷留下了一个谜。最终这个谜由梦露研究会揭开，这三个数字是梦露的胸围、腰围和臀围的英寸数，表明死者生前爱美的心愿。

古希腊著名数学家阿基米德的墓碑上刻着球内切于圆柱的图形，以纪念他发现球的体积和表面积分别为其外切圆柱体积和表面的三分之二这条著名的几何学原理。德国数学家高斯因其发现了正十七边形的尺规作法，他的墓碑上刻上了一个正十七边形。法国生物学家巴斯德的墓碑上刻着许多小鸡、小羊和小狗。物理学家玻尔兹曼生前发现了热力学第二定律的统计解释，他的墓碑上只写着他发现的公式。

法国作家司汤达的墓志铭比较精练：

米兰人亨利·贝尔安眠于此。他曾经生存、写作、恋爱。

古希腊大数学家丢番图的墓志铭：

过路人，这里埋葬着丢番图的骨灰，下面的数字可以告诉你，他的一生有多长。他生命的六分之一是愉快的童年。在他生命的十二分之一，他的面颊上长了细细的胡须。如此，又过了一生的七分之一，他结了婚。婚后五年，他获得了第一个孩子，感到很幸福。可是命运给这个孩子在世界上的光辉灿烂的生命，只有他父亲的一半。自从儿子死后，他在深切的悲痛中活了四年，也结束了尘世的生涯。

关于墓志铭，还有一些小故事。狄更斯临终前，英国人民要求把他一生的功绩刻在墓碑上，而他却说：我要求我的墓碑上只写查尔斯·狄更斯，除此之外不要再写什么。

曾经“捕捉”天上雷电的美国科学家富兰克林的墓碑上刻的是：“印刷工富兰克林”。因为他至死不忘并引以为自豪的，正是他青少年时代担任过印刷工。

俄国十九世纪大诗人普希金的墓志铭，是他十六岁时为自己写的《我的墓志铭》：

> 这儿安葬着普希金和他年轻的缪斯，还有爱情和懒惰，共同度过愉快的一生；他没做过什么好事，可就心情来说，却实实在在是个好人。

俄国大作家赫尔岑的墓志铭极富特色，总结坎坷命运与非凡成就，唤起人们去拼搏人生：

> 他的母亲路易莎·哈格和他的幼子柯立亚，乘船遇难淹死在海里；他的夫人娜塔利雅患结核症逝世；他的十七岁女儿丽莎自杀死去，他的一对三岁的双生儿子患白喉死亡。而他就只活了五十八岁！但是苦难不能把一个人白白毁掉。他留下三十卷文集，留下许多至今像火一样燃烧的文章，它们今天还鼓舞着人们前进。

以上多是外国名人的墓志铭，现在来看看中国的诗人。南朝宋文帝元嘉四年丁卯九月，也就是公元427年，陶渊明在自己逝世前的绝笔《自祭文》中写道：

> 天寒夜长，风气萧索，鸿雁于征，草木黄落。陶子将辞逆旅之馆，永归于本宅……识运知命，畴能罔眷。余今斯化，可以无恨……匪贵前誉，孰重后歌？人生实难，死如之何？呜呼哀哉！

陶老先生时年六十三岁，在秋风瑟瑟大限将至的时候，把人生看成了寄居的旅店，说自己就要回老家了，堪称达观和安然。他回顾了自己的一生，总结自己可以无憾而逝，也算心安了。他再次重申自己不看重生前的称誉，当然更不在乎身后的咏歌。老人家最后发出一个大感慨，说人既然活得这样艰难，死又能怎么样呢？有一点儿“我都不怕活着，难道还要怕死吗”的略带凄凉的豪气了。

也许有人会说，你怎么总举远处的例子，举个现代的例子，最好是生前就写好了，行吗？好。

北京师范大学前校长陈垣的高足，北师大教授、著名书法家启功先生，早在1978年他六十六岁之时，就为自己预撰了自传式的墓志铭。原文是：

> 中学生，副教授。博不精，专不透。名虽扬，实不够。高不成，低不就。瘫趋左，派曾右。面微圆，皮欠厚。妻已亡，并无后。丧犹新，病照旧。六十六，非不寿。八宝山，渐相凑。计平生，谥曰陋。身与名，一齐臭！

这则墓志铭，既有生平，也有评价，文字诙谐，反映了启功先生开朗、豁达、乐观的性格。

大卫·奥格威是一个富于创新的商界巨子，是世界十大广告公司之一的奥美广告的创办者。他曾经没有钱，没有学历，但他拥有过人的才智、天分和创造力。他成为广告人最完美的典范。从劳斯莱斯汽车到美林证券，从 IBM 到英国、法国、美国政府，都在他的客户名单上。奥格威年幼时在英格兰饱受贫困之苦，青年时代在巴黎当过厨师，在苏格兰向修女卖过炉子，如今攀登到了广告世界的顶峰。奥格威说，他对天堂的想法和济慈一样，“给我书本、水果和法国酒，以及好天气”。

在赫瑞斯提前为他撰写的墓志铭里，这样写道：

> 这是个快乐的人，而且是个独乐的人。这个人可以说今天是他自己的，内心无忧无虑的人，能够说：让他们明天倒霉去吧，反正我活过了今天。

再讲一个普通人的例子。在俄罗斯，有一位年轻的汉学家叫彼德罗夫。他研究鲁迅、瞿秋白、巴金、老舍、郁达夫……他一直是个讲师，连副教授也没有做到。逝去之后，在自己的墓碑上只留下了一个大大的汉字：

> 梦

罗列了这么多墓志铭，也许有人要讥我“掉书袋”了。一是我真心喜欢这些墓志铭，二来觉得这个游戏挑战性较大，多几个摹本，可能会有帮助。就此打住。虽然我们在各方面都和这些伟人们有很大差距，但有一方面这些伟人们不如我们，那就是他们没有玩过这个游戏，他们已经沉入地下，来不及补充和改变了，而你我还活着。他们犹如盐粒，静静地融化于历史之水，而我们还是活泼的小鱼，且都还有改变的时间和机遇，还可以修改我们的墓志铭。

写下你的墓志铭，在某种意义上讲，你就总结了一生。你不可能伪造一个声名显赫的人居住在你的墓志铭下，那是别人而不是你。你也不可能把一大堆不属于你的功绩记在你的名下，因为那也不是你。你到底是怎样一个人，墓志铭只有如实写来。这个游戏的好处就是，你还有足够的时间来重新拟定你的墓志铭。如果你对自己的平庸不满意，你还有时间重振雄风；如果你对自己的浅薄不满意，你还有时间走向深沉；如果你对自己的专业不满意，你还可以选择职业；如果你对自己的性格不满意，你还来得及重塑形象。

这个游戏，可以有两个版本。一是如上所说，就你目前的状况，为自己草拟一份墓志铭，就像一场提前到来的死亡，你要面对的是自己的前半生。当这个版本完成之后，你还可以为自己草拟一份将来的墓志铭。那是你替自己设计的一份礼物，那是你对远方的翘望和期许。

可否找一个文件夹，留下你在“飞机失事时”的片段遗言，留下你为现在的自己写下的墓志铭，留下你为将来的自己写下的墓志铭。过几年，再翻出来看一看。心灵游戏在不同时间段里，会有不同的结果。这不是游戏不准或是伪科学什么的，只说明你在飞速变化当中。

变化是不能简单地以好还是不好来评价的，有沧桑有浮沉，有成长也有蜕变。如果你有心，会从这里看到自己在命运之海中游泳的一招一式，会对自己粲然一笑或是长思不语。在这些泛黄的纸片中，你会看到自己不变的追求和变化的岁月。

生命乃通向死亡的单行道。假如能视死如旅，临死之前，能肯定自己的人生在某种意义上有价值的人，大多可以平静地死亡。

长的是人生，短的是年轻，所有面向死亡的修行都是为了更好地活着。